U0850438

六人晚餐

鲁敏 著

北京出版集团公司
北京十月文艺出版社

目 录 Contents

小　引

三十岁的晓蓝走在厂区的空气里，像在往十四年前走去。这条已面目全非的十字街，如同锈迹斑斑的时间轴，她每走上一步，时间都在“吱吱嘎嘎”吃力地倒退，枯叶重回枝头，道路复又泥泞，泪痕清晰如刀刻。

十字街两边的招牌、陈设、小老板，以及从沿街玻璃里所看到的自己—— 一切都与十四年前大不一样，店铺改朝换代、面目革新，她胖了一圈；肚子里一个八个月的婴儿，一生下来就将没有父亲。但这都没有关系，她只管往街的那一头走，丁成功一定在那里等她。

当然，这不是一个约定。十四年来，他们之间，从来没有任何约定，所有的，只是不可靠的、不断累加的记忆，像未长成的葡萄，挂满十字街的枝头，生硬、酸涩……甘甜的滋味从未有过。不，快要有了，也许就在今天、几分钟之后，就在丁成功的“玻璃屋”，她与他之间，那最好的一串葡萄，终将来到。

她微微笑着，走在厂区的空气里，像是被云朵所托举，随着玻璃屋的临近，她感到自己这臃肿的身子快像小鸟一样飞起来了！简直有些轻浮、忘乎所以了。她丝毫没有闻出来，十字街的空气有点不同寻常，像是接近沸腾的一大锅浓汤，老天爷又往里面撒了最后一把黑胡椒粉，味道浓郁飘香。

……事故之后，整条十字街上所有在室外的人们都用发誓的语调，淌着口水似的，宣称他们闻到了这股奇特的香气，他们当时就有了挠痒痒般的感觉，并从各自的位置、动作、谈话中停下来，纷纷抬起头，向因为接连拆迁而变得浑浊的半空张望，同时贪婪地嗅起鼻子，不少人因此接二连三打起了喷嚏。在喷嚏的合唱过后，他们争抢着对这股气味加以分辨、推测，热烈地高声讨论，结合各自的生活经验与想象力打着比方。一个专卖赝品画的家伙非常高雅地把它比喻为未完成画作上丙烯的味道；而一个专门倒卖二手摩托车(其中大多来路不明)的胖子摸摸他的肚皮，离奇地认为，这味道是0号柴油、杀虫剂与六神牌花露水的三合一；一个常年在十字街游荡、夜晚盘踞中国农业银行自助区的流浪汉则以淫邪的口吻宣称：有一个有着巨大乳房与天仙脸蛋的女人在洗澡，没说的，这正是她浑身搓揉所撩拨出的洗澡水味，带着奶水的腥！

只有晓蓝一无所感。她的心情比空气里的气味要复杂得多，感慨万千的渴望笼罩并淹没了她。

她脖子上系着一条簇新但花式过时的真丝巾，连这条带着折痕的丝巾都对即将到来的危险若有所感，不安地在她脖子间扭动，蛇一般发出咝咝的警告，但她大腹便便地继续走在缤纷的空气里，走在时间轴上，满怀期冀地向那串葡萄伸出手去。

——她这时还不知道，生活的真相常常是这样：“口渴饮水，水即干枯；伸手取果，果即消失。”

时间在空气里，向两个方向流淌。缓慢的这一边，迟疑地、有些惧怕地流向2006年4月13日下午的两点四十二分；另一边，则像倒退的树影，向十四年前急速奔驰，奔驰到她与丁成功，以及所有人刚刚开始的刻度。

练习簿

1

所有的一切，不如就从厂区的空气说起。这空气，是酿造情感起源的酵母，也是腌制往事的色素与防腐剂。

厂区位于城北以北的郊县，算是一块被扔得老远的“飞地”。其空气，最显著的一个特点，不是“空”，而是丰满、拥挤，富有包围感，它亲热地绑架一切，裹挟住所有人的鼻腔、咽喉以及肺部：有时是富足的硫化氢味儿，像是成群结队的臭鸡蛋飞到了天上，或者是甜丝丝显得非常友好的铁锈味，又或是腐烂海鱼般的氮气的腥，最不如人意的是二甲苯那硬邦邦、令人喉头发紧发干的焦油味，像一个顽皮的家伙从背后紧紧扼住你的脖子——依据刮什么风而定，以及风的上游是什么厂而定，有时早晨和黄昏还各不相同，有时还会是两种或两种以上气味的混合，好似有个设计师在进行不大负责的搭配。

要是风再刮得大一点，这肥美的厂区空气还会赤裸着把自己慷慨地奉送到市中心——多么了不起的激情与长途跋涉！可惜市区的人们不解此种风情，甚至当他们由于工作需要，不得不深入厂区开阔的腹地，这含情脉脉的空气亦使他们感到莫大的冒犯。他们嫌恶地暗中诅咒着，尽量屏住呼吸，巴望着早点离开，同时又不忍心似的，看着十字街上尘土里嬉戏的孩子，以及一长排门铺前裸露在风中的油炸点心、碱香馒头，觉得这简直是牲口般的生活。

返城的小车子来了，他们仓促地爬上去，急忙驶去的车窗闪过他们皱成一团、变得难看了的白脸。厂区的人们默然地目送客人离去，反而生起一种敝帚自珍般的欣慰——这厂区的空气，如同生养自己的娘亲老子，无法摆脱也无法痛恨，不如就这样粗枝大叶地一起过活吧。

少年晓白做不到粗枝大叶，可能，因为他是个胖子。

晓白的肥胖，在厂区是知名的，在他的一生中也是具有分量的。若干年后，在南方那丛林般的阴湿气候中，成年的他已经成了个瘦长的青年，但每一次对镜剃须、净面，在黑 T 恤外套上合体的外衣，他在镜中所看到的，永远都还是小时候那样——

足足三层下巴，脖子无从谈起，眼睛被肉块挤得细长，走路时两条宽阔的大腿互相排挤，不得不向外叉开，肚子喜洋洋地滚圆。从来没有合身的校服，手腕上连最长的成人手表带也无法系上。广播操比赛老师让他务必请假缺席。没有同学愿意走在他身边接受忍俊不禁的注目礼。

这么个低俗剧本的肥厚肉身，却很不人道地分配到一份小成本文艺片的敏感、早熟之心，心思曲折纤细如羊肠，这恐怕就是晓白的命。但是，嗯，世上总没有无缘无故的性格与体型，不如稍稍往前追溯一点，到三年前爸爸的去世。这是一个小小的，但必须遵守的交通标志，老天爷站在十字路口，戴着白手套胡乱挥手。晓白的命，就从这里开始拐弯的，那年他八岁，姐姐晓蓝十二岁。

关于晓白、晓蓝的爸爸，先略过不表，反正他这一去，八岁的晓白就立刻成了个“小可怜儿”，所有知情的人都忙着向不知情的人唏嘘着介绍他的情况。人们的善意就像大便或浓痰，需要定期的排泄。本质上，同情、高尚、慈善等都是一种可以促进食欲、排毒养颜的肉体快感，尤其在厂区这样的地方。这里，有一种泛家庭意识，见过没见过面的、熟悉不熟悉的，只要在厂区，就是“自己人”，就可以亲热地骂脏话、探听小姨子的不孕症，或是当众嘲笑彼此的生理缺陷。这厚笃笃的粗鄙风气，与那肥美的空气实可谓相得益彰。

故而，在既定同情心的需求之下，晓白可不就是一个“小可怜儿”！厂区的妇女们特别地待见他，只要一见到，好几只手就会争抢着同时伸过来，占据各自的有利地形，摸他的头、耳朵、细胳膊、后背，一直往下摸他的小屁股，摸他的大腿根，恨不得脱下鞋子一直啃到他的小脚丫。

“真是天可怜见，这么早就没了老子！”“瞧瞧，这么细皮嫩肉的！”厂区的妇女们一边疼着他，一边流连忘返地抚摸。此时的晓白只是微胖，富有最好的手感与观感，他的肤色呈桃红，颊上有浅浅的肉窝，前肚皮软得让人淌口水，小屁股则令人迷狂。晓白的妈妈，苏琴女士，作为一个新寡之妇，必须表现得衰弱而迟钝。她在一旁呆立，捏着手，以期挨过这茂密的问候与施舍。

……妇女们老熟、没有节制的手，在晓白全身上下留下了顽固的记忆，并像章鱼那样向他大脑深处张开了参差的触须，黏糊糊的，挥之不去。这种不适感，如同青梅竹马的霉菌，悄无声息布满他的整个少年期，还坐着通宵火车跟着他到达南方某城并成为异乡清晨的屡屡噩梦——他对妇女这一族类，形成了延续终身的微小敌意。

“Oh，it's the point!”在南方，挂着百叶窗的诊室里，每当晓白极不愉快地回忆起这些细节时，那些快要瞌睡过去的心理分析师便会精神一振，迸出一句语焉不详的英文短句，如释重负地在笔记本上记下几个潦草的字词，并重重地打圈，似以此来证明他们不菲诊疗费的合理性。

正是从那时候起，八岁的晓白养成了一个低头的习惯，他最熟练的肢体动作，就是把脑袋像只腐坏掉的倭瓜一样垂到胸前。许多年后，在南方，人群中，老山第一眼看到二十岁的晓白，也正是被他这种衰样子所吸引并产生了绮丽的误会。

但这一切，都还不是形成晓白气质的关键性养分。真正给予他滋养的，乃是本文开头所提、那独一无二的厂区空气。

想想那个场景……放学路上，一个只有书包敲打屁股的胖孩子，没有任何同伴，即将回到的家里，零落而不健全——没有爸爸！妈妈苏琴女士难以捉摸！姐姐晓蓝只顾埋头用功！晓白转动他看不见的短脖子张皇四顾，感到一种缺胳膊少腿的残疾感。极目所见，只有远处黑纱袅袅的烟囱，连成一大片的锈铁皮房以及灰蒙蒙巨人一般的变电站。稍近处，是又长又高的重型货车，丑陋而骄傲地趴在街面上，散发出像要燃烧起来的柴油味……真的，他可怜得像个臭虫，他完全就是个孤儿。世界上这么多人这么多家啊，为什么他没有？

他眼巴巴地张望，盼望着丑陋的地平线上，会突然出现他可以倚靠的一个人，具有力量的，专门来保护他的……可他最终等来的，只是喧嚣、疯癫的空气，在他四周狂欢，张牙舞爪，并借助每一次风向的变换，打着滚儿戏谑他的形单影只——晓白于酸楚中天真地决定，把空气认作他的伴侣与保护人，他要把每天所碰到的空气尽可能详细地写到他的记录本上。

1991年5月31日，星期五。

姐姐一天到晚不理我，好像我不存在。我故意弄丢她一本强化练习册，她大发脾气。她真一点都不疼爱我。我本是为了引她注意到我。以后我不逗她了。让她死看书去吧。

空气很好，好得像一口很大很大的锅，里面烧煮着橡胶靴子与塑料脸盆，它们被搅动着，加了糖，可能还有醋……渗出了厚笃笃的焦油，也像褐色蜂蜜，在空中摇摇欲滴，如同妈妈的奶。啊不，我一点不记得妈妈的奶……

1991年9月11日，星期三。

妈妈真小气，从来不买虾子，偶尔买鱼，总是快要烂掉的小毛鱼。她烧的菜难吃死了，不是忘了放盐就是烧得要煳。

空气也是死鱼，还是死虾子，死乌贼，死蓝鲸，死的箭鱼与死的龙涎香座头鲸（在姐姐的百科全书里看到的照片，长得真丑）……它们统统死了，发出各不相同的尸体味儿——我们的厂区，像是沉到了没有一滴水的太平洋底部。太平洋，老师说的，世界上最大。

我在世界上最大的海洋里走来走去，周围全都是死鱼。

1992年3月12日，星期四。

老师带我们去植树，我力气大，我替全班的女生挖坑、拖树。还是没人理我，她们从来不理我。放学后，我又偷偷去把那些树全拔出来了。拔的时候，手上的皮被磨得疼，可我心里反而好过多了。

今天的空气显然很肥，肥得可以浇树，肥得像七天之前的豆腐渣，腐烂的豆腐渣像块湿抹布一样紧紧地捂住厂区的鼻子，也捂住了我的鼻子……

放学时风向变了，是隔壁电子管厂的味儿了，我喜欢，像靠近发烫的电视机壳，热烘烘的，像有人在握着我的小鸡鸡。每次一刮这个方向的风，我就感受到我有个好玩的、紧巴巴的小鸡鸡。

这美妙的厂区空气啊，一波又一波地，振动着幼年晓白的心，并直接导致了几年之后那个动机微弱但影响堪比核辐射的小阴谋。

2004 年，二十四岁的晓白从南方回来，回到作别十年之久的厂区。火车临近，他打开窗户，大口吞吸外面的空气，像闻到乡愁一样热泪盈眶，并一字不落地记起了当年记录本里那些饱浸孤独的片断。

身边一个小女孩惊讶地碰碰他，他抽抽发红的鼻子，语焉不详地嘟囔了一句，算是解释："啊，我曾经做错了事，差不多就是你这么大的时候。"

"你哭了。因为他们很生你的气？"

"不……因为他们一点都不知道。"

2

晓白的所谓记录本，是一种粉色面皮、内页打着绿色横条纹的数学练习簿。这是一个做教师的邻居给他的，一下子送了一摞，足有二三十本，因为存放太久而掉了色，软蔫蔫的，钢笔写上去会洇。

自爸爸去世后，邻居们常常会相当正式地"赠送"这种看起来还行，实际上没什么用的东西来。妈妈收下，说些谢谢的话。邻居走了，她以一个轻率的动作扔给晓白，"做草稿吧，不行就扔了。”她表情冷淡，像那邻居反是得罪了她。不过也只到此为止，她还是尽量克制的。爸爸去世后，她在厂区成了个“不同”的女人，男人们与她简短地招呼，女人们则与她冗长地招呼——似乎很难拥有自然的人际。

晓白没有扔。这软塌塌不讨喜的旧练习簿，让他想到了自己。他决定用它们做他的记录本。

很多年之后，晓白从南方重返厂区，与怀了孕却正在分居的晓蓝通宵长谈。那晚，晓白交代出他与老山的一段故事并拿出这些本子。这些跟着他南来北往的记录本，他头一次把它们展示给第二个人。

腰部酸胀的晓蓝惊愕地接过，由于时日长久，这些记录本已近乎一沓破烂物件，陈旧的墨迹里，她困难地辨认，发现晓白对空气的记录，可以说是相当戏剧性的。有时恶狠狠的，充满咒骂与讽刺；有时含情脉脉，使用了一长串春风扑面的比喻；有时则又拟人化的，遍布夸张的钩心斗角。晓蓝忍住心酸，与晓白开玩笑——天知道，如果他一直这样对厂区空气没完没了地钻研下去，迟早会成个小疯子的。好在，几个月之后，练习簿上出现了别的替代物，真正的主角上场了：“那边。”

看到这个词，晓蓝终于没忍住，她哗哗哗哭起来，把她严峻地控制了许多年，几乎都变成了岩石的眼泪一起哭了出来，直哭得连胎儿都在腹中伸手伸脚，似有所感。

“那边”，这可是一个相当有趣的词，也许晓白只是无意中在练习簿上如此命名，但是看看吧，这个小字儿挺来劲。譬如说，“干那个事”“拿那种钱”“在那种地方”“她那种人”，这个“那”，都挺有含义的不是吗？

不过，“那边”——怎么突然地，就来了个“那边”，妈妈就有了个“那人”？这对整日沉浸在自己的肥肉以及肥肉周遭空气中的晓白来说，还真如平地惊雷。

在初次得知“那人”的存在并前往“那边”见面的路上，晓白暗中拉扯晓蓝的手，晓蓝甩开了；等坐到妈妈自行车后面，他又冲着骑在另一辆自行车上的晓蓝眨眼睛，十六岁的晓蓝像往常一样，表现出一种成人式的缄默，毫不理会。

晓白又是只能靠自己！唉，从没有一个人对他有点耐心与善心。他只能独自翻山越岭，向心理上的“那边”进发。

要从空间上看，“那边”并不远，都置身在线条粗放的厂区里——晓白家这边是烷基苯厂，绕过呈“L”形的塑胶化工厂，走到其后大门，向右拐，就是“那边”所在的电子管厂宿舍楼。这几个厂可以算是友好睦邻，生活区有交叉与共享，浴室、小卖部、职工电影院、食堂、卫生所、子弟小学，这些必要的构成像把图钉似的，无秩序地撒落在周围一带，他们母子三人，就在这些杂乱的图钉间穿行，拐七拐八，曲折迂回，前后大概要骑上二十分钟。

敏感这玩意儿，总是令人沮丧。坐在后座的晓白很快发现，妈妈对这条路非常之熟悉——他一下子明白了，有好一阵了，妈妈托词含糊地出门，然后整夜不归，那些时候，她一定都是从这条路上骑到“那边”去的。看来，那个“那边”不是平地惊雷，而是一大朵沉重的云，早就飘在他头顶上了。

到了楼下，妈妈像出发前那样，又一次对晓白叮嘱：“记住叫人。礼貌，还是要的。”又朝着姐姐晓蓝：“注意礼貌。”其实，说一遍便可，何必重复？更奇怪的是她的口气，像是退而求其次——“礼貌，还是要的”。

接着，上楼。站在门前，妈妈上下瞅瞅他们两个，眼神空洞，好像这一切都不是她的本意，她只是在奉旨行事。最终，她敲门。

门开了。一个身形鲁莽的男人迎上来，身着厂区最为常见的藏青色工装，一双手对搓着，哪里不对劲似的咧嘴而笑，其头顶又秃又亮，如黄色灯泡，而一只极明显的酒糟鼻子，则又如红灯，在他们眼前同时亮起。晓白愕然。妈妈一扯手：“快叫丁伯伯。”

客厅里，一张边缘开裂的人造革双人沙发上，一个长相秀气的男孩(前额的头发太长，遮住他的半个脸及所有表情)，一个长相不秀气的女孩(她满脸堆笑，显得下巴很宽)，也一前一后不自然地站起来。

“苏阿姨。”他们像机器人一样发出既定的信号，四只眼睛在晓白与晓蓝的身上来回地扫描。而晓白、晓蓝也反过来扫描着他们，以及客厅角落里一张蒙着黑纱的相片——那是女主人，隔着蒙了灰的玻璃相框，她表情高深地直冲着所有的来客。

妈妈指点着，让晓白叫“成功哥”与“珍珍姐”。晓白一一照办。晓蓝也先后叫了“丁伯伯”与“成功哥”，但在叫“珍珍姐”前，她犹豫着抿上了嘴。妈妈于是恍然大悟地笑了，站在那里跟丁伯伯讨论起姐姐与珍珍的大小。他们非常耐心地分别报出自己女儿的出生年月，阳历及阴历，小小地讨论与比较之后，最终发现，珍珍确实比晓蓝大三个半月，该叫“珍珍姐”。两个大人满意地笑起来，像共同演算了一道非常复杂的数学题。

妈妈让晓蓝重新叫，晓蓝把头扭到一边，嘴里像突然多了一粒糖，含糊地滚了过去，而那个“珍珍姐”，则过分响亮地应了一声，带着肤浅的胜利感。不过，就这个称谓本身而言，珍珍的第二次享用，那已是很多年之后，他们所有的人，都是另一番情形了。

时光啊，像根甘蔗，哪一头甜哪一头苦，谁能说清？此刻，这屋里，来自两边的两个大人、四个孩子，没有一个人会意识到，由于他们的结识，生活将会怎样铺下后面的轨道……他们所能留意的只是此刻，这个不那么顺溜的初见：在相互的介绍与问候结束之前，包括讨论珍珍与晓蓝的生日大小之时，所有的人一直都站着，如同被画定了圆心，他们像落尽叶片的树桩那样站在各人的位置上，身体呈现出不同程度的生硬，构成富有启示的几何线条，彼此叠加，互为因果……

这天晚上，晓白磨蹭着把那软乎乎的练习簿卷成一个细卷儿，然后摊平，再卷。他感到自己的脑袋像堵塞了的下水道，他弄不明白：对他而言，“那边”，到底意味着什么？

思前想后，为了摆脱这沉甸甸的心烦意乱，晓白在练习簿上默写了几个上周刚学过的成语：以身许国。碧血丹心。忧国忧民。浩气长存。一共三遍，默完了，觉得多少表达了部分的衷肠，心里舒服多了。可以看出，晓白是个热爱成语的孩子。成语这东西，对文学家来讲，既庸俗，又局限，可在这个年龄的晓白看来，却觉得那里面有着了不起的精确性与延展性，是他用以对世界倾诉的最佳格式。

就在写完这些成语、放下笔的瞬间，晓白脑袋里突然“叮”地一响：看哪，每天放学路上，他一直渴望着的热乎乎的家、热乎乎的人，这不就来了嘛！当然，丁伯伯那个“黄灯”加“红灯”，他有点接受不了。而珍珍，准跟妈妈和姐姐一个样。可那里有个丁成功呀，哥哥、兄弟、老大！太好了！他可以死心塌地投奔这位保护人，踏踏实实地搭在他肩膀上，而不必再像个瓜藤那样地蔫下去了……什么“倚靠”“搭在肩膀上”，瞧瞧，晓白那么胖，那么重，但偏偏把自己定位得软不拉叽、弱柳扶风——心理医生听到，准又要大摇笔杆了。

合上练习簿，晓白感到有了盼头，但三层下巴的皱褶里同时也有几分忧虑——见面仪式上，那个“成功哥哥”，与众人打个照面后，就立刻缩到他自己房里去再未露面了，那短暂一瞥中所传达出的冷淡是不言自明的。

3

自此，晓白对“那边”重视起来，并以寻求一个“保护人”乃至建构一个亲热大家庭作为他的目标：让六个花瓣拼成一朵大花朵，把两块破棉絮捏合成一床暖暖和和的大被窝！就算多年之后，回忆起初衷，他依然感到这想法不赖，挺朴素的，这是一种超越了小市民趣味的情感寄托，是吧，都不介意什么继父后爹假哥哥假姐姐的……

他注意观察起妈妈——得弄清楚妈妈与“那边”的关系，其好坏优劣与发展前景。

但是，却很难看清！妈妈是那么的“层峦叠嶂”！晓白一直奇怪妈妈的变化，爸爸的去世是个分水岭，她“面目全非”了。有时，她像生了病，接连几天都不做饭，只买些烧饼来应付他和姐姐，她自个儿则仰面躺在床上瞪视屋顶；但或许仅仅两小时之后，她又一骨碌起来，哈着腰殷勤地收拾家务，连雨靴都拿出来反复洗刷。有一条是肯定的，她不爱说话了，就算说话，也总有点假假的。有一个成语，晓白一年后才学到：行尸走肉。这约莫可以形容这个变化了的妈妈。

妈妈去“那边”时——起先跟平常的夜晚一样寡淡，晓白、晓蓝在餐桌上做作业，头顶的日光灯发出苍蝇般的“嗡嗡”声，沙发上的妈妈却有点不安定了，她站起身来回地走，东摸西摸。晓白挠着脖子瞧她，姐姐晓蓝也咬着笔杆子看她。她掩饰地用手做出拨打空算盘珠的样子——她是烷基苯厂二分厂财务室的会计。

……继续做作业，妈妈又替他们一人倒了杯水。最终，她直接摊牌，眉头紧皱，像是不情愿地：“我，过去一下。明早我回来做早饭。晓白听姐姐的话。”

晓白不抬头，像急着赶作业；姐姐站起来，相当体贴：“路上慢点儿。”

等妈妈拍上门，晓白马上丢下笔，站起来，像一匹矮而肥的小马一样溜达起来，房间不大，被他踱来踱去占得满满的，他如同哲人那样忧心着，思考着一些不具体的困惑。

姐姐把刚才装出来的礼貌给扔了，不耐烦地冲晓白直嚷：“走来走去烦不烦？影响我背单词！作业完了就洗洗睡！”

关于妈妈或是“那边”，他们姐弟两个并无交谈，但晓白相信，姐姐应当跟他一样——他们其实不介意妈妈有了“那边”，或是她的定期前往，这并没有什么，她这种情况，用晓白无意听到的邻居们的话来说，“在外面有人”也是可以的。

问题在于：不对劲。

第一，那个丁某，全名叫作丁伯刚的，实在太……叫人怎么说呢！秃顶，酒糟鼻，搓着手的寒碜样，带铁锈味的藏青工作服，眼神躲躲闪闪……厂区这么大，这么多男人，就是闭了眼，也不见得能撞上这样儿的一个来！以貌取人这是不对的，但这跟他们原来的爸爸，差别实在太大！爸爸的俄语说得跟外国人一样。爸爸穿米色风衣。爸爸每天晚上擦他的皮鞋。妈妈这是怎么回事？

随之而来的第二个疑问，则令人更加不快：对于跟丁伯伯的关系，妈妈虽然是投身进去了，但她从不开诚布公，避免向任何外人提起，她天真地对此保密，似乎所有的邻居、同事、熟人们都比她本人还要天真，似乎整个厂区大家庭的诸多成员们尤其是女性成员们都是瞎子、聋子与哑巴。

这令晓白羞耻，也很不踏实。妈妈的只字不提，蕴含着这样一种可能性：她随时会全盘否定她与“那边”的关系，像个不可捉摸的赌徒，翻脸就不玩了。

唉，总感到生活是摇摇晃晃的，不踏实。

4

妈妈的去“那边”，通常固定在星期三——晓蓝通宵翻读时能够明显地看出，晓白的练习簿，每到这一天，就记得很不好。他常常索性就不写字，只画一些随心而至的图案，细密的茎脉、狂乱的荆棘，把那破烂的旧本子戳得满是印子。

为何是星期三，说来也简单。那边的珍珍姐今年刚考进个中技，住校；成功哥高考却不成功，目前待业在家——不知报了个什么学习班，每个星期三他去城里上夜课，因赶不上最后一班车，他借住在城里同学家。这样，星期三的“那边”，是小鸟儿们都不在，只有大鸟的“空巢”。换句话说，妈妈的在“那边”过夜——对那边的两个孩子而言，是假装并无此事的地下状态。

了解到这一情况，晓白先是松了一口气，接着却感到气恼：想想看，成功哥哥会因此多么瞧不起他啊！他本巴望着建立一种坦荡、可靠的兄弟关系，富有义气和豪情的，同时，作为一个大家庭，其气氛应当是庄重、自然的……他们为什么要偷偷摸摸地弄个恶心的星期三！真像刻在脸上的字啊。

好好的星期三，就这么地给毁了，周而复始，每周都要撞到一次，从不头破血流，却令人浑身疼痛。他惦记这个日子，他假装世上根本没这个日子，还假装他没有妈妈，假装他不是妈妈的儿子，假装这一切都可以从马桶里给冲洗得无影无踪。

软塌塌的旧练习簿上，有那么一个星期三，是两扇被涂得乌黑乌黑的窗户，中间却伸出一只手。黑色的背景下，那白色的手骇人地张开着，向前伸着，直逼到眼前——这里面，有一只“手”的故事。

须得简单说明他们房子的地理。晓白永远都不会忘记的那套小房子，位于烷基苯厂职工宿舍楼最边上，紧临着一条窄巷。他们住一楼，窗户正对着小巷。晓蓝的床在窗户下面，晓白与妈妈合住的另一张大床则挨着内墙——若晓白的爸爸再晚去世个一年半载，若他爸爸是个善于运筹和巴结的人，他们大约有可能从房产科调换到另一套稍大些的房子。当然这种假设毫无意义，生活是严厉的，是笔直向前的箭，它蔑视一切的假设。

顺便介绍一下姐姐晓蓝。少女时期的晓蓝，晓白承认，她好看。这是烷基苯厂宿舍区公认的，就像他是公认的胖孩子一样。其实，十五六岁的年纪上，好看的小姑娘多的是，可晓白听人谈论过姐姐，大概的意思是：晓蓝之所以令人过目难忘，主要的奥秘在于她的神情，非常坚决，非常之有主见——任何人看了都会有想法，而那想法就是：完全没了想法。

这效果有点怪吧，但没错，她就是有点怪的人。她最讨厌别人夸她好看，似乎这就在暗示她是绣花枕头；她故意不讲究穿衣服，妈妈嫌瘦的她穿，邻居们送来的她也穿，如何的旧、过时都不管。但成绩倒真不错，有种大象式的耐心和野心，常捧世界名著啃或是捧着英语字典挨个儿背单词，好像将来要做了不起的大事情。

总之，从表面上看，她是一个词：正确性。并且会让人联想到“优秀”“纯洁”“努力”等一系列的好词儿，但这些词儿，只要与厂区这个破烂背景搭在一块儿，就有点滑稽了！她以为她是谁，真还“出淤泥而不染”、真能“扼住命运的咽喉”吗？唉！所以她这个正确性，不是自然的，而是出于不认命——她眼睛深处，或是头发末梢，或是衣服下摆里，总有些格格不入的东西，针尖似的闪动，看了简直让晓白有点害怕。

回到那个酷夏的星期三晚上，晓白先睡去，晓蓝还在看书，窗户未关、窗帘未拉——晓白后来想到，姐姐也真是书呆子啊，略有常识的人都知道，内亮而外黑，若有不轨之人，是很容易发现这家里，只一个痴肥的男孩与他俊俏的姐姐……晓蓝到很迟才睡，她放松地挨着窗户躺下，并为偶尔吹来的凉风而感到惬意，很快，在功课里折腾了一晚的她带着成就感睡熟过去。

……已经睡了一小觉的晓白突然醒了，像有人把他给掐醒似的，他一动不动地侧身躺着，黑暗中睁开眼往前方凝视。他正对着晓蓝的床，他清清楚楚地看见，一只黝黑粗大的手正从窗户外伸进来，试探性、寻找性地摸索着。那只手十分耐心，动一动，再停一停，像探路的人在判断方向。缓慢地寻找中，那手掠过晓蓝的肩膀，一拐弯到了晓蓝的胸脯前，这里，他满意地停下，小心地动作……晓白张开嘴，他确信他在大声呼叫，可奇怪，竟没有声音！

晓蓝一动不动，像是睡死在那里。好一大会儿，她哼了一声，从侧身变做平躺了，小衣服的纽扣现在已完全散开，胸部敞露。那只手张得更大了，快活而仔细地玩弄着，甚至，手后面的头脸与上半身也忘情地耸肩往前探着，黑乎乎的剪影眼看着越来越大……晓白想要坐起来，想奔下床去，想推开那只手、推开那个人，可四肢却像梦魇了似的被紧紧缚住，动弹不得……现在，那只手得意扬扬地往下走了，灵巧地翻开晓蓝内裤的上沿，往下褪着，匍匐着往里钻……

“啊——啊！哥哥！哥哥！”晓白终于尖锐地哭叫出来，他不明白自己为什么叫喊出一个“哥哥”来，同时他把自己尽可能缩小了，以手抱头，双眼紧闭，两只脚在空中无助地乱蹬，活像个巨大的初生婴儿。

晓蓝这下子被惊醒了，她猛地坐起，翻身下床，跌跌撞撞地直冲到晓白的床边："怎么了？你这是怎么了？"

她压根儿没有注意到自己的衣衫不整、肢体半露，她全然不知她身上刚刚发生了什么。

晓白用手指着她，又指着窗户。"手！手！"像刚刚学会说话的孩子，只会这一个单字。当然，那只手早已消失，窗户敞开着，木格格的线条在黯然中保持着不谙世事的体面。

晓蓝意识到了，她的身体从睡梦中复苏过来。她低头看看自己，先是用两手捂起敞开的胸衣，接着又迅速移到下面，拉好内裤，然后左手捂住胸，右手攥着短裤，拼命晃起脑袋，背朝着窗户在狭小的房间来回跑动、冲突着，像只被注射了致命剂的小白鼠，徒劳地想要找个什么隐蔽的角落去蹲下，把自己给活埋起来。

这一夜的下半截，晓白和晓蓝都没睡。

他们想出了许多好办法。不用说，窗户是关上了，还别上了暗销，窗帘也拉上了，并用针线在下边角粗粗地缝死了，窗帘里面，他们还用板凳、晒衣撑、脸盆、空文具盒、烧水壶等架空着，做成了一个虚张声势但十分巧妙的机关，任何一个人，只要从外面推动窗户，这一切就会稀里哗啦掉下并发出巨大声音。

但他们还是没法睡，他们一起坐在妈妈与晓白那张大床的床沿上，看电影一般，紧紧盯着对面的窗帘，他们准备了充分的恐惧，活像在期待着那只手能够再次出现。

约莫凌晨五点，妈妈回来了。她总是在这个时候回来，在邻居们醒来之前回来，像是个老练的小偷，她轻手轻脚支好自行车，没有声息地开门，摸着黑烧水，准备早饭。等天色大亮，她才带着一手肥皂味儿捏捏晓白的鼻子：起床了！今天吃蛋炒饭！每天这个时候，晓白是最高兴的，他在睁眼前一遍又一遍地对自己无声地说：妈妈很干净，很香，她很愉快。羞耻的星期三已经过去了！

但这个清晨，当妈妈影子一样地轻手推开卧室门，猝不及防，如污水泼来，她看到那个被“装置”过的窗户，以及窗户对面，床上一对乌青眼睛、呆坐不动的儿女。整个房间幽暗闷热，充斥着孩子们身体的汗酸味。

晓白和姐姐从胶着中活转过来了。他们迎上去，晓蓝尽量礼貌地瞪着妈妈；晓白一反他平素的讷言，故事大王一般，急急忙忙追述昨夜的一切，“怕怕”“手手”“摸摸”“黑黑”“姐姐跑跑”“心里跳跳”，他古怪地使用了幼稚的儿童化叠词，这更为放大了某种惊悚色彩……听听，多么危险的一幕，由于妈妈去“那边”睡觉，这里差点发生一桩后果不堪设想的丑闻！

效果却不好，妈妈审视地盯着喋喋不休的他，露出思索着的表情，一边试图拉过有些发抖的姐姐，后者猛地往后一退，抹掉一滴正要滚出来的泪，毫不领情地走开刷牙去了。

妈妈沉默了，两只手垂下来，晓白勤勉地仍想继续补充，妈妈却失神地盯他一眼：“除了长肉，你也该长点心眼了！”

没有想象中的负疚与泪水涟涟的抚慰。晓白甚至觉得妈妈把一切都怪到了他头上！不会以为他在虚构吧！哦，不，我没有！

晓白在内心深处像婴儿那样号哭起来：这是真的，我真的害怕极了！我需要有人对我好、保护我！

——而如果，他有一个哥哥，这一切根本就不会发生，他会替他搞定一切！老天爷啊，帮帮忙，求求你，他多么需要一个好兄弟啊。

闭上疲劳诉说之后的唇，晓白失魂落魄地坐下。凌晨的光线里，他肥胖的双手抓起他的练习簿，心酸地翻开，无比细心地一笔笔涂画起那扇被他盯了整整一夜的窗户，黑漆漆的窗户中间，一只手，狰狞地张开来……张开来，并进入了若干年后晓蓝的视线。她热泪盈眶、吞咽般地凝视，恨不得倒回去，踉跄着重新扑进那个夜晚，拥抱她可怜的弟弟，擦干他那吓破了胆的苦汁。

窗户的故事还没完，其结局非常现实主义，典型的厂区风格——窗户被加上了一个类似于渔网的防盗护栏装置。

在下一个周三到来之前，有一天，晓白放学回家，看到窗户上多了一层格子网，网的材料是崭新的铁丝，五根细铁丝绞成一大股，大股与大股纵横交错着，精致而巧妙，形成了一个放大版的渔网，在斜阳中闪闪发亮。

太棒了，瞧瞧，旁边邻居们没一家有的，或许整个厂区也没有，独一无二啊，绝妙的耻辱记号，像无辜飘扬的旗帜。

“丁伯伯从厂里拿了些报废料，搞了两个中午，今天请假过来装的。”妈妈介绍，一边瞟着姐姐，好像这个格子网是抛到空中的一只友好的气球。

真的，姐姐晓蓝就是那种可以超越小我的人，她客观而公正，把手伸进一些网眼里进行抽样检测，点点头：“嗯，连我的手都伸不过去。还透风呢，这下可以开窗了。”

是的，自那晚以来，就算妈妈在家，虽是伏暑，他们都一直没开过窗户——晓蓝禁止开窗、禁止拉窗帘，甚至禁止谈论与此相关的话题。连续一个星期，三个人如身陷蛮荒病瘴之地，总在大汗淋漓中勉强入睡。

这天晚上的练习簿，晓白像写说明文一样地仔细记录了这张铁丝网，其质地其形状其夺目的程度，并用上了他前不久学到的“天网恢恢，疏而不漏”。哈，有比这个更贴切的吗？一张网，网里的两尾小鱼！

大约十三年之后，烷基苯厂这片宿舍区拆迁之际，一个湿搭搭、热烘烘的秋老虎天，中午时分，突然间暴雨如注，晓白与姐姐站在这个窗外与老房子道别……暴雨的小巷深处，他们想起这屋子里往昔的伤痛与清贫，却像路人一样采取着事不关己的远观姿态，甚至还欢呼雀跃地扔掉头顶上的伞，听凭雨水覆盖，表现出一种强硬的乐天主义。曾经在晓白练习簿中闪闪发亮的渔网装置早已锈迹斑斑，雨水中流淌着铁黄色的污迹，如同道具般的泪水。

5

在南方的最后一年，花着老山的钱，晓白喜新厌旧地辗转过多家诊所。初诊时，心理医生喜欢让晓白填写一张表格，其中有一栏，是发育年龄。每到这一栏，晓白就像眼瞎了一般，粗心地跳过去，好像他从来不认识这几个字。

然而，该怎么说呢，事实情况是，对于气味浓烈、雄鸡报晓般的“青春期”，晓白曾经寄予厚望，虽然从来没有人跟他谈过（唉，这孤儿般的生活，有谁会跟他谈啊），但通过对同龄人的观察，他对这个节点产生了相当乐观的寄托：他相信他会抽条子，就要瘦下来了。

但现实很不配合，足够长的几年过去了，他根本没有出现那些常见的标志：喉结、变声、青春痘、宽起来的肩……如果非要找，也许吧，在肉脖子的某处，藏着个花生粒大小的喉结。至于嗓音，真逗人，他居然越变越细了。更为可笑的是，从背后看，他宽起来的不是肩，而是屁股，明白吗，他的发育期，收获了两瓣饱满得赛过西瓜的臀部！还有额外赠送的胸部——脂肪们在这里多情地汇聚起来，由于缺乏支撑，它们半挂了下来，夏季到来，薄薄的汗衫清晰地勾勒出晓白的胸形轮廓，那是容易招致平胸姑娘妒忌的弧线。如果他背上双肩包，如果他跑步，如果他出汗，如果他到公共浴室……嘿嘿，想想就会让人发笑哩。

晓白究竟如何看待他这具日益沉重的肉身？自怜、憎恨还是无所谓，他讳莫如深，在练习簿里从不谈论这个，像个善用曲笔的史学家，他选择了记录另一个事实：菜单，来自“那边”的星期六菜单。它们前赴后继地呈现在练习簿中，或也可视作对他这发胖趋势的小小注解——饱含着一千又两千的卡路里，它们在练习簿上油腻腻地排着队，攻克并占领了晓白，使他成了一个彻头彻尾的死胖子。

是的，自初次见面之后，每到星期六晚上，妈妈会带他们到“那边”吃饭，两家六人，一个相当正式的晚餐。

总要等到天很黑，完全过了饭点儿，饥肠辘辘中，妈妈才带他们往“那边”去，以确保不会遇着什么熟人。但在楼梯上，仍然可以碰到“那边”的邻居们，对方在楼梯上侧身停住，像是礼让他们走过，可那平常的一瞥里可能大有内容：看哪，这寡妇又来了，还拖着俩孩子！真够热闹的！这总让晓白感到一种兜头而来的浇灌，真恨不得把自己的胖身子给缩成苍蝇大小！他不敢看晓蓝或是妈妈，因为不论她们脸红或是脸不红，他都会感到加倍的羞耻。

而穿过这一层目光的洗礼，将会是一个寡淡无聊的夜晚——晚餐的主场在“那边”，而“那边”的主人们，他们好客的方式，该怎么说呢？

……也许可以解释为腼腆，这是指“成功哥哥”。对“客人们”的到来，他垂着头发露出半张脸来，不知冲什么方向打个含混的招呼，之后便不闻不问、一头缩回他房里——他的房间，其实是个阳台。晓白张嘴盯着那微微抖动的老式铁皮门，心中神往……珍珍从后面大咧咧拍拍他的肩，嘀咕着："别看了！他那狗窝，没有人能进得去！连我都不让！"

晓白只得收回目光，像个礼貌的客人那样端坐下来。珍珍盯着他，几乎贴着他的脸，直咂嘴："你！皮，真白，睫毛，真长！"晓白想往后缩一缩，但椅子两边的硬扶手很紧地夹着他的屁股。他只得假装无所谓地听任珍珍研究他的其他部分。他想他态度得好点——晓蓝远远地挑了张椅子，一声不吭地打开她随身带着的书。她端坐的那一小块地方，温度或许都降下几分；而妈妈，从一进门起，就给自己戴上一张贤惠面具，以一个冒牌女主人的身份，煞有其事地一头扎到厨房里。

厨房里，丁伯伯总系着那条颜色丑陋的深褐色防水围裙，油渍渍地发亮，颇似屠夫，但这毫不影响他的挥斥方遒。狭窄的厨房被他非常巧妙地利用上了一切地势，布置得像个严密的沙盘，生的熟的，绿的白的，荤的素的，主菜与调料，各就各位、各尽本分，他杀气腾腾地操作着。一整个晚上，他，以及后期加入的妈妈就一起置身在那浓滚滚的油烟里，像是以厨房为牢的服役者，正好可以合理地避开对方的孩子。

是的，他们都不擅长与对方的孩子们交谈，任何可能需要谈话的情境或事件，他们都会通过各种方式加以悬置或转移——十二年后，与晓蓝谈起猝死的丁伯刚，作为一种淡淡的凭吊，晓白仔细回忆了一下，在他们作为临时组合家庭的这两年半里，如果做一个统计，丁伯刚对晓白、晓蓝所说过的话，只字不落包括停顿与省略号，收集在一起，恐怕都写不满晓白的一页练习簿；妈妈要强一些，她与那一边兄妹的对话，会“多”达一页半，并且所有这些对话，十之八九都发生在餐桌上。

星期六晚餐相当于是最正式却也是最没有建树的外交场所。

所以，在等待晚餐的那一大块尴尬时段里，晓白坐在客厅里，只需要跟珍珍打交道了。

——终于看出来，珍珍实际上是个……怎么说呢，有些缺心眼的人。她脸上几乎总保持着笑嘻嘻的神情，毫不掩饰地轮流打量晓白与晓蓝，眼睛像狗那样，忠诚得令人有些不安。她问长问短，哪怕对方明显敷衍。

值得一提的还有她的打扮。虽然她相貌粗犷，但这丝毫不影响她对时髦的追求，也可能是她所读学校的影响，那像是个随心所欲的地方。每个周末，细心的晓白都会发现她的新气象，诸如：卷眼睫毛了，指甲油换颜色了，打耳洞了，头发由大卷变成小卷了。她因此显得更老气了。

可她欣赏自己的变化，歪坐在沙发上，她笑容满面地审视自己的指甲，或不停地摆弄一条贴有金片的 PU 革腰带。很明显，她在等待晓蓝主动搭话，最好是讨论一下她的装扮，哪怕就是批评两句也好——热切的小火星子在那对分得较开的眼里一冒一冒的。

但她太不了解晓蓝！打扮？嘁，这正是后者最为不屑的话题之一……晓蓝纹丝不动地坐在那里，被手里的书绑架了一般。

晓白艰难地在椅子上扭动了下屁股，好心好意地想要给珍珍一个台阶下。“呃……你每天，写点什么吗？”期期艾艾的话说出来，他自己都吓了一跳，问这个干什么。

珍珍惊讶地鼓起眼睛，失声大笑：“日记？我最恨那个了，没话找话！不过，我每天也干一件固定的事，你猜是什么？”

“不知道。”

“照镜子啊，小胖子，这个都猜不出，每个女孩都会做的。”她开心大笑，露出一片红红的牙龈。

晓蓝突然“啪”一声把书合上，“刷”地站起，却又很快坐下，重新把书用力打开。

珍珍摇头一笑，变戏法般地从口袋里掏出一面小镜子，以一个小幅度的但极为女性化的动作举到侧前方，一边冲着晓白挤挤眼。

她的镜子一闪，晓白从里面看到自己，圆滚滚的脸上一层油汗，满脸打圆场的笑——看着那样的自己，一阵焦虑的浪头打来：别浪费时间了！得做点什么，让这两团泥巴，尽快捏合成为一个泥巴！成为万家灯火之一：黄色雾气的灯光下，无所顾忌的兄弟姐妹，畅意地谈笑风生，双料加量的家……晓白为着这憧憬着的一幕而感动了，他撇下珍珍，歪歪斜斜地站起来，勤勉地四处走动，像是打入前方腹地的哨兵。

他走进卫生间。这里最能代表一个家庭（一团泥巴）的本质：尿臊刺鼻的旧马桶，黄乎乎的洗脸盆堆满脏衣服。瓦罐里趴着只黑乎乎的龟。卫生间的窗户口，搭出去一个铁架子，架子上挂着几只空鸟笼，还排着一行盆钵，有的长杂草，有的是蒜与葱……整个厕所弥漫着腌臜的气味，但是，这么生机勃勃、强烈的男性化！不像自己家里的卫生间，真讨厌啊，太女人了，洗发水味、搽脸油味、花露水味、经血味、过期唇膏味。

装着上厕所，晓白长久地蹲着，肥大的屁股在空气中发凉，他的长睫毛眼睛凝神于马桶对面挂着的五六条毛巾，它们硬邦邦的，发黄或是发灰，分布着地图般的渍迹。晓白逐条研究，突然冒出个怪念头——要是能确认哪一条是丁成功的多好！他就要用它们来使劲擦拭自己的手、脖子、脸、嘴唇、大腿，用毛巾上粗糙的颗粒制造疼痛的摩擦……

还有客厅，晓白转动颈子四处张望。丁家的装饰柜，没有任何装饰，只参差不齐地塞着旧油印厂报，谁想要包个东西、垫个热菜，或是上厕所，就走来抽一张！也有个小书柜，却像货架一样，胡乱摆放着过期台历、白线手套、扑克牌、酒瓶子……晓蓝曾对此做过评价：敢打赌，在那边，你休想找到一本书！好像没有人识字！也真难得。说这话时，她在整理爸爸留下来的一些字典和工程图纸，口气故意显得相当之公允……晓白不搭理她，他觉得她很讨厌，就不能无视这些差异吗？

当然，两家有一个共同点：遗像。在等晚饭的无聊之中，晓白曾多次把他冒昧的目光停留在女主人像上。照片里的女人怪通解人意的，她凝固的视线，如同一道狭小的光笼罩着晓白，显得贴心贴意，以致让晓白产生了一种既温馨又恐惧的错觉：她比自己的妈妈、比身边任何一个活着的人更明白他的孤独；她还活着，只是到邻居家串门去了，等她回来后，她会跟他聊聊关于“亲密大家庭”这个设想，描绘一下那种情意绵绵、热气腾腾的情景。

终于，饭好了，妈妈探着头，用她那假假的贤惠让晓白“喊成功哥哥出来吃饭”！其实她这么一喊，不论谁早该听见了。但那扇门仍然要拍很久，“成功哥哥！成功哥哥!”晓白用他自己都嫌恶的细嗓门喊道。终于，丁成功把门拉开一道小缝挤出来，然后迅疾带上门，生怕谁的目光会拐个弯看到什么似的。

他真瘦真长啊，矮胖的晓白仰着头，看到他乱发下的额头上全是青春痘——晓白痛心而羡慕：我没有的，他都有！

“别喊我哥哥，不习惯……直接喊名字吧。”他喉结一动，声音很低。

他竟不愿意我叫他哥哥？晓白心里十分沉重！他随即说服自己：对的，亲兄亲弟，确实不能这样随便，那还值钱吗，还值得他牵肠挂肚吗？变成一家人哪有那么容易的！

晓白把目光移到了餐桌上，把胸中那团茫然的期望全部转化成了食欲。

餐桌上，他们从不乱坐，估计就是一张圆桌，也肯定是同样的局势——两大阵营一般，两个大人顶头各一个，形成分界线，然后孩子们两两对坐。

星期六晚餐的伙食总是丰盛得不可思议。其实丁伯刚一个钳工，绝对谈不上多么阔气吧。妈妈的解释是，一边把脸朝向晓蓝，为的是引起姐姐的注意：只有两家人一起吃，丁伯伯才会这么铺张。

丁伯刚死后，晓白与晓蓝谈起这些周末晚餐，晓蓝提到一个"恩格尔系数"的名词，大意是，一个人(或一个家庭)把收入中的多少用于吃喝，这个比例越大，生活质量就越差，意思是活得如同猪狗吧……但晓白不喜欢这个系数，吃吃喝喝难道不是人生中一件重要的事情吗？尤其当隔阂的、不够熟的人们不得不挤在一块儿相互取暖。

由于人多、菜多，丁家的餐具都是随心所欲拼凑而成：黄瓷盆、小铝锅、不锈钢饭盒、印花塑料盖碗以及有缺口的瓷碗，这反而为拥挤的餐桌增加了一种豪放的作风，所有那些五颜六色的菜肴们都像在热烈地欢呼：来吧，不要在乎那些玩意儿，快点，撕咬我、吞咽我、喝光我吧！

大约正是为了响应这最原始的召唤，他们的吃饭，是纯粹的吃饭，绝对没有任何的交谈或嬉笑！"吧唧吧唧"，只有"吧唧吧唧"，他们挤挤挨挨、专心致志地吃……多少个周末的六人晚餐啊，蠕动着的胃囊，油腻腻的桌面，筷子碰到饭碗发出的声音，像是一台小尺寸的旧电视里所播发的画面，像是凡·高的《吃土豆的人》，嘴唇的开合中散发出无限的凄凉之情，一种共同努力着但并无改善的困境，赤裸裸、心知肚明的孤独……此种景象，延续了两年多。两年里的几乎每一个周末，都是如此，直至这个临时家庭宣告解体。

然而，岁月偶尔也会来点遥远的呼应：十四年后，长江堤坝边，野草地上临时摊开的餐布上，伴随着新死者与新生者，他们两家再次走到一起，团团坐下，暮色掩映着相互交织的身影，他们表情竭力平淡，避免谈及拥挤的往事或刚刚过去的灾难。

在南方的大部分时间(除了与老山交往的那一小阵)，晓白总是一个人，对着只有一双筷子的桌子，他常常会条件反射地忆及当时在“那边”的周六晚餐，人多、菜多，那最接近于他理想中的“美满家庭”！尽管在内容与交流上是完全的空白与静默，但从回忆里看去，一切都是情有可原的——

比如，丁伯伯，他不可能说话，他在餐桌上的主要事情，是喝两口小酒。他有个专用的土陶酒盅，暗绿色，手感粗糙，这跟他的酒极为般配，他所喝的是简装洋河大曲，瓶身上一个翩翩起舞的绿衣仙女。他这一酒一盅，也算是一套酒具，长年置于餐桌一角，一到吃饭，他便毫无顾忌摆开架势，用轻柔而自爱的动作替自己倒上一个大满杯，约有一两四五的样子，然后，慢条斯理地沉浸其中——他没有闲工夫跟大家说话。

而丁成功，当然也可以理解，作为一个长期待业“穴居”者，他有他冷酷的操守，就算一整个晚上只有这时候可以让大家荣幸地见到他，但他那两片有棱有角的嘴唇，除了咀嚼绝不作其他功用。

至于珍珍，算了，放过她吧，晓白想想就要忍俊不禁。她那劲头儿，在餐桌上总被进一步放大。她旁若无人地咂嘴，她门牙上嵌入了菜叶，她襟前滴上了汤汁，她噘起嘴唇对付一个夹不起的毛栗子。

幸而，相对于语言与热情的稀缺，空中的视线却颇为活跃地交叉相接——在练习簿中，晓白把这种现象比喻成他经常做的一种题目“请把合适的词语用线段相连”——

比如他自己，中了邪似的，总克制不住地要留意丁伯刚的酒杯，替他数着，到底，他在喝第几杯，他总共要喝几杯，他将在第几杯醉倒……而珍珍，晓白发现她喜欢盯着晓蓝，自得其乐地进行戏仿，后者吃什么菜，她稍后也夹什么，只夹一点点，特别秀气的样子。丁成功的目光在头发缝里，偶尔迸出一道，冷箭般不知去向。晓蓝照例不搭理任何人，她紧盯着碗底，不像是吃饭而是在祈祷，在请求老天爷原谅这错误晚餐的所有在座者。

目光最富笼罩性的是丁伯刚，由于小酒的浸泡，他早就从“屠夫将军”(晓白暗中这么称呼他)变成了一个温柔醉汉，眼神像是宽大的雷达波，每咂上一口，便慈仁地扫视整个大局，而后再以这种扫视作为他的下酒菜——每个周末，他都是以跑步抵达终点的竞技状态，轻松而毫无悬念地醉倒。

妈妈无动于衷，好像她从来没有做过工程师的会计太太，从来就特别习惯于这样一个醉汉钳工似的，她人造太阳的目光在四个孩子身上没有热度地播撒，平衡地照应着让菜，看到谁的饭吃完了，便及时地站起。

……而所有这些目光之上，晓白捕捉到一些不寻常的东西：

对，丁成功和晓蓝的目光。不，准确地说，他们之间没有目光，他们压根儿不瞧对方一眼，非常绝对，连余光都没有。可晓白却又分明知道：他们正在互相琢磨、挑剔、回避！真的，他敢用他发达的胸部发誓，这绝不是幻觉或想象：他们在以“不看”的方式“看”！

这太神奇了。晓白感到他心头突然动了一动，像有只兔子，用它毛茸茸的小耳朵，挠了他一下。

眼神交织着或没有交织着的无形之网中，晓白快活地吃着，每个菜都好吃极了，他拼命翻飞筷与匙，机械地运动牙齿与腮，鼓励并纵容自己的胃。在晚饭后期，他的腿不得不更大地叉开来，人往后仰着，汗衫在肚皮上形成丰满的皱褶，比任何时候都更像一个大肚弥勒。

丁伯伯那醉眼的雷达，只要扫到他由衷的吃相，便欣慰举杯“吱溜”闷下一大口。晓白受到鼓励，愈是卖力地吃，同时，他替自己不解，这算是在讨好吗？或者说，作为一个胖孩子，在这貌合神离的晚餐上，大吃一顿便是他最大的价值所在？

但这种情形已经不可阻止或更改了，甚至，在大家都差不多放下碗筷之后，在惯性的力量下，他还会发起新一轮攻打，进行某种表演似的，痛快地连夹数块红烧肉，又用浓汁泡饭，把鱼翻个身吃净，再把吃不完的炒菜“包干”掉。最终，巡视着被他清洗得一片贫瘠的桌面，炫耀般地打一个清脆的饱嗝，一边满足地意识到，桌面上方的众多视线，包括丁成功的，正为他的壮举而凝神屏息，惊讶地瞪着他，瞪着一个活生生的饭桶。

从“那边”回家的路上，坐在妈妈的自行车后面，任何一点颠簸都让晓白的胃像是在荡秋千，晃悠着到达一个高点，然后疼痛着下坠，等到了家里，疼痛更加加剧了。妈妈去烧水，说要给他泡点茶，可晓白一想到喝茶这个动作，就几乎要捧着胃在地上打滚！

晓蓝冷冷地瞧着，有了主意，她拿过来一把牙刷，毫不留情地往晓白嗓眼里捅。在牙刷毛的刺激下，晓白顺利地呕吐了，吐出很多，各种饭菜味混合着，气味可怕，像把整个夜晚都吐出来了。一边呕吐，看着嘴里的黏液恶心地拉长，晓白却感到一丝奇特的惬意。

晓蓝拿书掩着鼻子，拍拍他肥厚的、麻布袋一样的背，嫌恶而不解地骂：“你这是何苦。浪费！”

妈妈递过水给他漱口，也不表示任何抚慰，好像这一切，只是春夏秋冬的冷热交替，是横在前面的冰冷河流，每个人得靠自己选择他渡过的方式。

等到可以坐下来，晓白会打开练习簿，把他一直默记着的菜单一一罗列：五香花生米、虎皮青椒塞肉、毛豆米鸡丁、茄夹子、丝瓜炒油条、鸭血韭菜、红烧猪脚、千张结皮肚豆腐豆芽杂烩……

此后，不管任何时候，出于对往事的悼念或憎恨，晓白只要重新翻看起这些练习簿，哪怕他正饥肠辘辘，但在这些菜单的提示下，所有那些消逝掉的周末之夜又夹杂着菜肉之香呼啸而返，唤起来自胃部最深处的胀裂。

6

对于有亡人于野的家庭而言，清明对年月的分割意义，或许大过新年，故而，这个现象也就可以解释了——晓白的练习簿，每到清明，便会换上新的一本。

每到清明，他都会絮叨地回忆前面的若干个清明，哪怕内容基本重复。晓白此举，也算是无意中触到了这一真相吧：生活本就是无穷无尽的重复，重复讲罢了便忘掉的对话，重复空了又饱了的胃口，重复平息了又激昂的欲望。人们永远都在重复死去活来、腐烂而多情的生活。

自爸爸死后，他们所重复着的清明是：从城北以北的厂区出发，在漫长的城郊公交系统里转三趟车，穿过整个燃烧着纸钱的城市，到远在南部郊县的石岗殡仪馆去。因为坟地很贵，妈妈便把爸爸的骨灰寄放在此处，每五年交一次保管费，可以一直放二十年。那二十年之后呢？妈妈在办手续时咨询工作人员。那人看一看妈妈，以及她身畔一高一矮的晓白、晓蓝，很通人情地侧一下头：二十年吗，也差不多啦……

爸爸在那里有个详细地址，很完整，像可以邮寄广告与账单：润阳区五楼 8 室 64503 号。

练习簿的绿格子纸上，晓白详细记录着这个地球上的定位——润阳区：石岗纪念区第三幢，外观像公寓楼。五楼：爸爸的楼层，像学生宿舍那样面对面有二三十个大房间，每间房门上都标着黑色房号。爸爸在 8 号房，门没关(或许竟没有门，晓白记不清了，寄放骨灰的房间，需要门吗)，房间里有约十张架子，像超市货架。64，这是爸爸所在架子的编号，5 是他在架子的第五层，03 是从外往里数，数到第三个，就是了。

爸爸占了大约两本画报那么大、四五个文具盒那么高的地方。因为靠外口，天好的时候，窗外的阳光能照到他。办手续的工作人员曾经对妈妈指出这一点，好像这是一个额外的福利。

但晓白对那里面的阳光有着相反的感受。人一踏进去，反而如同跌入地下的河流，双脚失重，他很想拉住晓蓝的手，却又不愿承认这份恐惧。偏偏晓蓝每到此地，便不可思议地亢奋起来，她莽撞地一个劲儿地往屋子深处走，一直参观到最顶头才折回来，顺着另一排架子，从第五十号再挨个儿看到第一号，她根据灵牌热心计算着那些死者的年龄，对照着相片，小声念出他们的名字，若放着特别的小供品与私人物件，更要拉扯着晓白去看！晓白求助地转向妈妈，而妈妈，却似乎也消失在河流的另一端了！

是的，此时的妈妈，同样在重复。她有一套极简单的祭奠仪式：随身带了抹布，把架子里外都抹一遍，也包括左邻右舍，抹到别人的架子时，刻板地念两句：互相照应啊你们互相照应。然后，她敬爸爸两根烟，为了点着烟，她得先嘬着嘴吸上一口，再长叹着吐出来。等那两根烟燃尽的工夫，妈妈就不紧不慢报一下晓白、晓蓝上一年的成绩与名次，一串分数之后，她就默然地盯着烟头，看着它以停滞的速度变成灰烬……

晓白站在一边，目光从爸爸的照片上挪开——那照片，就跟这屋里所有的照片一样，他觉得他完全不认识！真的，他死活想不起来爸爸，他有多高？胖还是瘦？说话什么调子？平常喜欢吃什么，待在这里，他不知道该如何伤心……无聊之中，他观察自己肥大的影子，以及妈妈细长的影子，还有晓蓝飘来飘去的影子，一阵淡薄感慢慢托举着他，并使他飞升到半空，飞在这个安静得像坟墓，或者说，就是个巨型坟墓的石岗上空。他孤独地游弋，一边抛掉对爸爸隔靴搔痒的追念，在失落中寻找落在大地上的影子。

回程时，他们穿过纪念堂，会碰到那些前来参加遗体告别仪式的人群，缠着头布、号啕着的家人，戴着小白花、低声交谈的同事，一群群地从他们身边走过。姐姐总捏捏晓白的手，一边饶有兴趣地继续观察，张开耳朵捕捉人们在空气中的谈话，甚至伸长脖子，扭过头去，盯着那些拖曳着大哭而去的背影。

直至回到家里，接下来的好几个星期，晓蓝都会一直谈论不休，关于那些擦肩而过的死者们，她有着独特的记忆力，随口就能讲起一个，家中似乎往来着各路的死魂灵。

妈妈忍耐了很久，终于劝阻过一次，晓蓝却笑容满面地反驳："死这件事，不是怪有意思的嘛！我们班的同学可喜欢听我说啦，我也是可怜他们，他们好像从来不知道人会死，什么都没见识过，太肤浅了！”晓蓝语气中带有某种优越感，好像她开发了一门新学科而她在此领域遥遥领先。

在与“那边”结交的这一年，对即将到来的清明，晓白在练习簿里隐约表达了他的疑惑：这一次，妈妈去看爸爸时，当她点上烟，除了报上他与姐姐的成绩，会提一下“那边”吗？这个，对爸爸而言，应当比他们的成绩要重要一些吧。

不过，无须他费心，却是“那边”先要上坟，并且，邀请了他们一家同去，说要“介绍”一下。

“什么？介绍一下！介绍给谁?”晓蓝眼睛睁大，眼白像小鸽子一闪。晓白却晃晃脑袋，内心较为欣赏，这就是“那边”的风格，那种特有的随心所欲，以及随心所欲里的礼遇。晓白想起女主人的细鼻子细眼，笑容里的善解人意。他倒是真想被介绍一下了！

妈妈显得颇不自在，为了穿什么衣服、买不买纸钱之类的小事情毫无主张，晓蓝的脸半挂不挂的，用她的“正确性”拿主意：“穿得讲究一点，这样显得尊重！”至于纸钱，“那没必要”！

六个人在丁家的那个宿舍楼楼下会合。久不出门的丁成功把头发剃了，胡子刮去了，浑身紧了一圈，手上提着把铁锹，陌生得像是他的孪生兄弟。珍珍则提着一篮子不知什么东西，大约很重，身子都弯了，活像个农妇。

大家碰了面，有些一愣，好像都对对方的装扮和气质感到惊奇——这还是他们第一次在大白天、在户外碰面，初次共同出行。妈妈要接过珍珍的篮子，后者天真地推搡着，一边羡慕地打量晓蓝与妈妈的行头。

“没有车子通到那里。就走着去！不远。”丁伯伯很快地到前面去带路，一支小型的队伍，逶迤地跟随着他。今天他没有系围裙，手中没有陶酒杯，晓白觉得都有些不认识他了，幸好，他的秃顶与红鼻头相伴如旧。

走着去，果真是不错的……春日浓烈，他们渐渐地往北郊的深处去了，柏油路变成水泥路，再变成平平的白土路，再变成不那么平整的黄土路，空气也开始稀释下去了，涩涩的塑料焦煳味之中，开始夹杂着菜花香了，也有风干大粪的烘臭，临近小河时，则是潮乎乎的水腥气……无邪的春日搅和起这些味道，往他们的鼻孔与袖子里钻，来自大自然的黏和力像是良性菌团似的繁殖着，起初那莫名其妙的生疏感，被微风一点点吹散了。

妈妈走到丁伯伯一侧，放松地评价起天气：怎么每年的春天总这么短呢，比如去年，比如前年，比如大前年。

而丁成功的那个“孪生兄弟”，则平易近人地教晓白使唤一把锹。晓白郑重地抿着嘴，把下巴挤成一堆，严格地执行那些祈使句：“你挥挥看！”“用左手！”“往下边拿拿！虎口张开一点！”好好听着吧，这是否是一种迹象？他们将成为好兄弟！他们这一群，将成为一个真正的家！

晓蓝和珍珍没有交谈，她们正一起搭扯着那沉甸甸的大篮子，颇有默契地迈着富有节奏的步子。晓蓝的淡紫裙子飘起来，露出纤细的膝盖。

这亲和的、近乎是优美的场景，让晓白快活起来，他轻浮而浪漫地想，这多么像一场春游啊，到坟地春游……他一辈子都不会忘掉的！

路边的坟地现在开始多了，不规则地四处点缀着，有的长满野草，有的垒了些砖头，有的则考究地浇了水泥外围。

女主人的坟位于野垃圾山那头。这处垃圾山，晓白早就听说过，这还是头一次看到，那遮天蔽日、顶头立地的废物杂件涨得他眼珠子都疼，好像整个城市的排泄物都集中到了这儿，一辆破破烂烂的卡车刚卸下一车东西，毫不客气地从他们身边呼啸而过，留下一串翻滚的尘烟。野垃圾场的虫蝇非常之活跃，他们尚未完全走近，就可以看见那一团团肥硕的黑虫们，四处腾起了又落下了。

晓白与晓蓝不禁脚下迟疑了；珍珍却神气活现，早把大篮子丢给丁伯刚，十分灵活地在那些坟头里左拐右扭，跳格子一般，只一会儿，她的身影就没入那些荒草中去了

“我们选在这儿之后，厂区好多人都跟着我呢，又方便又省钱。”丁伯伯挺自豪地用手画个大圈，很高兴可以展示这一方面的权威，他指点着向他们介绍，这里头埋的原来是哪个厂的、什么工种，这个癌那个癌的，或是出什么意外事故，死时多大岁数……

坟头可真是多啊，前后左右，扑面而来，像是一张张脸，像是要出来跟他们打个招呼。姐姐不肯从坟上跨过，因此落在最后

面，表情苍白，两腿晃荡，几乎不知如何下脚，显然，她更习惯于在殡仪馆那插满塑料花的地方观察和谈论……晓白看到丁成功瞟了眼姐姐，不经意地放慢脚步，一边拉起晓白的手，带着他们姐弟尽量绕着坟头走。

看，有人关心他了，手拉手，多亲切！晓白对丁成功涌上无限的感激，他随即也以照顾的表情拉起晓蓝。他们三人的胳膊，形成一条“之”形的僵硬折线，在坟头上方以各种角度拐弯、变形、移动……

他们最终停在一块粗糙的水泥碑边，上面一列蹩脚的字“爱妻黄明秀之墓”，丁伯伯用手抚一抚：“这是我自己浇的水泥碑，筷子头写的字，等快要干了，才想起来忘了写她的生卒年月。也没事，我一直记着……”坟上的绿草长得十分可喜，飘落着些白色塑料丝。丁伯伯用手轻柔地拈开，像替人拈去头发上的碎线头，晓白注意到他那表情，跟平常大不一样。

这当儿，丁成功已经握起锹，在附近找到一处土源，颇为老练地往坟上加起土来，黑土块儿滚动着，粗暴地压上绿草——他们的上坟仪式，是要给坟添一层土，让坟头更厚更大。其他人只在一边立着，听任耳边偶尔掠过风声。

到底是好年纪，或是沉浸于这不常有的劳作，丁成功竟把那锹使得煞是漂亮。很快，他热开了，脱掉外套，又脱掉毛衣，里面只是件汗背心，想不到，一直看他是瘦长瘦长的，其实，身上竟有这么多埋伏，每举起锹来，胸部与胳膊上的肌肉块一阵阵翻滚移动。

这让晓白看得极为眼热，不免沉痛地想到自己宛若女孩的肥大胸部，看哪，这才是真正的“男子汉”，他永远成不了的……眼神无意间掠过晓蓝，吃惊地发现，后者竟也是脸色绯红，一对眼睛不自在地在坟头上躲闪，她当真是被这么多的坟头给吓坏了？

晓白感到，他心里又动了一动，那小白兔毛茸茸的耳朵又拂了他一下。那到底是什么？

添完坟上的土，就开始祭奠，那个沉甸甸的大篮子登场了：各式各样的菜，没完没了地从里面拿出来，摊得满地，量不多，但种类惊人，有炒有炖，有甜有辣，就连主食，也是三种：米饭、馒头和面条——简直比他们每个星期六的晚餐还要讲究！

晓白忽而感到一阵模糊的不满与怨恨，他不能不想到在殡仪馆里，狭小的润阳区五楼 8 室 64503 号，妈妈点在爸爸骨灰盒前那寒酸的两根烟，她没有任何表情地看着烟灰掉落……晓白瞟一眼妈妈，她垂着眼皮侧立着，一声不吭，像是另有所想。

摆好饭食，开始烧纸。大篮子如同魔术师的道具箱，又变出叠好的元宝、长长的挂幡、画着符的红方纸等。黄草纸熊熊地烧起来，火焰晃动着空气，纸灰飘散到饭菜之上，真如与亡魂互通有无了。

丁伯伯在两处坟头的中间找了个地方坐下来，看着那些饭菜，相当满意的表情：“我每年都这样，一点不马虎……你们不知道，她得的那个贲门癌，到最后什么都不能吃，纯粹就是活活饿死的。所以，我每年都要让她好好吃上这么一顿。”

“她咽什么东西脖子都疼，脖子伸好长，憋好久。”珍珍大声补充，怕晓白不信似的，她捋直自己的脖子示范，“包括水和唾沫。”

晓白严肃地点点头，这是个很好的话题。他搬出脑袋里道听途说的关于爸爸患病的印象：“我爸爸，他是肝，能想到吗？到最后，他的肝像石头一样硬。可他浑身却都肿起来了，软绵绵的，轻轻一掐，就是个大凹坑。”

“他的皮肤，原来很白净，比你们谁都白。到最后，黑得连我都不敢认了。”晓蓝冷不丁也说了一句，说完了她自己好像有些惊讶，忙又抿上了嘴。

丁伯伯十分理解地点头：“肝到最后，都这样……唉，这些年，各种各样的癌我听得可多了，可贲门癌，我真想不通啊，莫名其妙的，为什么她会得这个！连那个字我们都不认识的，贲门！”

珍珍亲热地笑话他：“看你当时闹的，就为这个字，你跟医院大闹一场，简直要掀翻病房！医生也不耐烦，说是厂区这种地方，稀奇古怪的毛病本来就多，闹什么闹！”

妈妈竟也有了发言欲，只是声音干巴巴的：“我们家那个肝病是传染的，我每次从医院回家，对自己的鞋底很害怕，总觉得弄不干净，怕哪个孩子碰到……到最后，所有的毛巾、水瓶、脸盆、扇子、保温壶，一齐都扔在医院，想想可惜得很。”

丁成功捋一下他的头发，出人意料地也插嘴：“到现在，都还记得妈妈吃的一种大药丸子，装在溜溜圆的塑料壳里，还封了石蜡，工艺品一样，一盒六个排得整整齐齐。”

“嗯，说到药!”晓蓝现在是完全放松了，“我爸爸有种药那才叫精致，全装在盖碗里，瓷的，有花纹，像古人喝茶的那种，有托盘有盖子，所以，每吃完一帖药，我家里就多出一个盖碗，这多好的东西，谁舍得扔？到最后，我家床下面、沙发下面、电视柜下面、冰箱顶上，全都是盖碗!”

“瓷盖碗！这不是穷讲究，倒是死讲究！哈哈哈!”珍珍挥舞着双手前仰后合，很有感染力，大家不禁都笑起来——气氛从来没有这么自然过啊！晓白乐观极了，对两家的关系充满信心，没说的，从这一刻起，就会像水与泥一样，你中有我、我中有你，牢不可破了吧。

突然，他发现丁成功正颇为惊异地盯着晓蓝，显得无法自控——晓白知道姐姐，她那短促而明媚的笑还停在脸上呢！此前，她在“那边”很少笑的，更很少这样活泼地聊天……

小白兔的耳朵又来了！这是第三次了。不知为何，晓白有点沉痛起来，某根神经像被冰水激了一下似的，刷地在空气中抖擞了，随即像野马一样“嘚嘚嘚”奔跑起来。他一下知道了，他可以为丁成功哥哥、为这个大家庭做点什么，他将如何制造出一份超强黏合剂，实在是天时地利人和啊，如同一架柔软的自动云梯，现成儿地摆在面前了呀，他最多只是顺应时势而已！

一阵阵和软的春风吹过，送来近旁垃圾山的臭味，周围的坟头们像是通情达理的听众，耐心地倾听着他们的谈话，并以坟头草在风中点着头表示同感——关于死去者的病痛，关于临死前的种种情状，他们所不能忘记的画面与细节，一串串争先恐后地奔涌而出，好像这都是些值得炫耀的私人财产，反正人们不会妒忌死去的人，现在，他们正慷慨地拿出来，毫无保留地与对方分享，一边宽容地坐对臭气熏天的垃圾山与香喷喷的美味祭品，以及懒洋洋、万物生长的春色……这会儿，饭菜上已不仅仅是纸灰了，还多了不少大胆的虫子蚂蚁，正四处爬动着替代亡者津津有味地品尝。

这简直可以说是喧嚣而有趣的一个清明祭。十几年后的另一个初夏，曾经的亲人杳不可追，新鲜的死者又加入地下，他们当中的苟活者们，重新走到一起，用红布包裹着，伴随着汽笛那走了音的漫长鸣叫，把亲人们的骨灰抛入脚下浑浊的江水……参加江葬仪式的晓白突然来了灵感，并提议来一次野餐——在诸多记忆都已付之阙如的情形下，这个保有明亮色彩的郊游般的清明突然间历历在目。

最终，当他们口干无比、筋疲力尽，从乱坟堆打道回府，快要走到家门时，晓白才突然记起并失色叫起来：“哎呀丁伯伯，你们忘记把我们介绍给她了。”他的口气活像在谈论一个新朋友。

“你们去了，就是介绍了，并且，她一定还把我们也告诉你爸爸了。咱们大家，就等于全部都介绍过了。”丁伯伯不假思索地回答，语气庄严而权威。

此话有理。这一瞬间，晓白突然信服起丁伯伯来，他默记着，要把这句伟大的话一字不差地记入练习簿——他确凿地相信：所有地下的人们一定非常交好并窃窃私语，齐心协力地关照着这边的一切。

7

若干年后，在心理医生逼迫般的启发下，晓白回忆他的成人礼，他大汗淋漓，像在记忆的沙漠里寻找子虚乌有的绿洲。“没有什么，我觉得我从来没有……”他可怜巴巴地绞着双手。

“哦，那算了。关于性！对性事，什么时候产生兴趣的?”医生敲敲本子，换了个粗鲁的说法。

“这个……”晓白低下头捏手指，在放大的指纹与指甲之间，他又回到了他的十四岁，他应当深刻检讨的十四岁。

这一年，妈妈与“那边”的交往已经持续了一年半——时光飞逝，晓白着急两样事情：一、两家的气氛仍然不咸不淡，每个人都仍待在每个人的僵硬里，包括丁成功，后者从不真的注意他。他在这个世界上的孤独处境，没有得到丝毫改善。二、怎么说呢，他对某个词有了兴趣。

这是个全新的关键词，猛虎下山般凶狠，但晓白很有骨气，使劲跟他的练习簿做着无声的厮杀，此地无银三百两地在这个词周围打圈圈。但这个词的运行轨迹，像是百科全书上的太阳，每隔一个周期，这火热的球体就从南北回归线返回，无情地逼近赤道，令其火烧火燎、寸草不生。而这个周期，短得只有一个星期。

考虑到晓白的苦心，也不直说吧，但可以透露与其相关的一个名词：床。

是啊，床。那是黑夜里的物件，那是脱了衣服的去处，那是裹着被窝的所在，故而，里面睡什么人，谁和谁睡，如何地睡，大有文章可做！这文章，其起承转合、段落大意、中心思想到底如何——许多发育期的孩子，糊涂一点也就过去了，可晓白绝不是个囫囵吞枣的人，他的腰身有多粗，心眼就有多细，天生就是个钻牛角尖的好人才。

……他闷闷不乐地打量自家的床：晓蓝的床、他与妈妈的床。

“我想一个人睡小床，让姐姐跟你嘛。你们，都是女的。”他小心地跟妈妈建议，家里放不下第三张床了。

“什么？你说什么？”妈妈用刺耳的声音反问，好像晓白触到了一块极其肮脏的禁地，她谴责地盯着他，“你还小呢，哪来什么男男女女的。别闹了。”

听听，“你还小呢”，“哪来什么男男女女的”！她们看来真的已完全忘了他的年龄与性别了！换衣服啊、洗洗弄弄、这个那个啊，从来不避着他，他睁眼闭眼的所见，就全是她们的内衣、卫生纸、梳子、纱巾、擦脸油……他了解她们的全部构造与特性，她们每个月里某几天的特殊体味和易怒的性格，那些偶然进入视线的、凝固了的血腥会让他产生棉花糖般的软弱，并萌发出扒开自己内裤的冲动，他的裆里，是否也该出现一团猩红！

这念头奇怪吗？一点不！看看他独一无二的伟大体形，对着镜子看看吧，那肥硕白嫩的屁股、那货真价实的胸部！这让晓白既厌恶又迷糊：到底，自己算是什么？又或者说，男女之别，真的有那么重要？他常常想到窗口那只“手”。这只手，不仅进入了深夜的窗户、进入了晓蓝的衣服、进入了晓白的练习簿，它还渗入了晓白的荷尔蒙——刺痒的视觉印象反复再现，那只“手”，其一系列灵活的动作，像是淫荡的笑，胁迫地对晓白耳语：看见了吧，就是这样的，男人与女人，你到底在哪一边，丰乳肥臀的胖女人，还是黑暗中的“手”？不，怎么可能，他跟那只“手”属于同一个种类？

……不，不要，全都不要！我什么都不懂！晓白上气不接下气地在他的潜意识里奔跑，他气喘吁吁地向看不清面孔的爸爸求救，向沉着脸的妈妈求救，向背诵着英文的姐姐求救。可是，他们全都冲他唾出羞耻的浓痰，把脸转过去了，把身体转过去了。晓白最终绊倒在他孤零零的练习簿上，被口水浸泡得发皱的纸张上，他赫然发现：自己画出了一个相当逼真的女性生殖器。

天！真下流！晓白慌乱地用笔乱戳，粗暴地撕去这一页，然后合上练习簿拼命拍打——但无济于事，他的所作所为已经在世界上留下了痕迹，就算时隔多年，在他撕去后的下面一页，仍可以清楚地看到一个完整的轮廓，经年累月的浮尘累积于微型的沟壑，使得那颇为具象的阴阜图像少年的面孔一样清晰。更耐人寻味的是，就在图画附近，梦中的晓白还随手记下一连串“AABB”“ABB”式词语：上上下下，里里外外，前前后后，软绵绵，肉乎乎。

最终，在上下求索未果的情形下，饱受困扰的下流哲学家晓白决定把他的探索范围扩大到“那边”。

对，正是丁伯伯的那张床，它像阴险的钓鱼线，慢慢地浮上来，又沉下去，勾着晓白的身体某处，生疼地拖拽着——这张床，具有一切必要的构成：男人、女人、晚上、关闭……他有了一点粗浅的领悟，可这领悟又是抽象的，令他愈加地焦渴。他必须在星期三晚上莅临现场，进入真正的核心！晓白试图压下或掐死这个鬼念头，但压不下啊，赤道上的太阳！刺眼、热辣，他片刻无处躲藏！

——瞧瞧这个死晓白！可是，真得体谅他啊，他是个孤独的小家伙，相当程度上，他的身体还是痴肥的婴儿，可性别意识却在颤巍巍的萌芽中遭遇危机。

这个星期三的晚上，妈妈走后，晓白做完作业，洗洗要睡了，突然感到晕乎乎的，小脸通红（没准儿就是被那个邪恶念头给活活烤的），湿毛巾贴在脸上如同冰挨上火。听到他含糊的呻吟，晓蓝走近，伸手一碰，不高兴地嘟囔：“你发烧了！”

“我发烧了？”晓白将信将疑，并不觉得难受，可他猛地有了个好主意。

“喝杯水吧！额头上搭块湿毛巾？”刚刚从物理题里钻出来的晓蓝，也没特别重视。

“不要喝水，我这里……很难受。”晓白指指自己的心口，脸色很难看，这表明他的病，远不是发烧那么简单。他试图站起，腿却可怕地发抖，硕大的躯体瘫在椅子上，还翻起眼睛，白多黑少。这一套，他一个人时经常玩。

“晓白！”晓蓝果然给吓住了，“我不认识最近的医院！也不知道妈妈钱放在哪里！听着，我们可不能找邻居！人家会笑话妈妈晚上不在家的……”晓蓝急得要哭，好像他马上要死在家里。

晓白心中着急这个书呆子的不灵光，只得半闭着眼，哼哼着提醒：“快找妈妈……”

“那……你可要撑住。”晓蓝胡乱加件外套，拖起散了架的晓白，他们慌里慌张地出门了。

夜已经很深了，月光很好，带着心知肚明的世故，配合地照着他们。当然，晓白很坚强，他“撑住”了，面粉口袋一般堆在晓蓝自行车后，晓蓝费力地蹬着，在一堆又一堆丑陋的建筑物中竭力辨认路径，白天里人来人往的街巷此际变得模糊而鬼魅，中途错过一次路，所幸一家亮着灯的烧饼店提醒了他们，平常仅二十分钟的路程，他们折腾了快一个钟点。

晓白可不怕时间迟，越迟倒越好！想想看吧，他将要看到，妈妈在丁伯伯的床上……只看一眼，他便会满足，就算死也无所谓了，他保证！

是丁伯伯开的门，见是他们两个，无疑吓了一跳，立即向房间里喊起来。妈妈答应着，人却没出来。晓蓝已泄了劲，倚在鞋柜边，隔着两道门乱喊：“妈，他高烧、心口疼——”

晓白却顾不得那么多了，时机就在眼下！

他用力挣开晓蓝的手，径直便往里冲，妈妈正在床沿趿着拖鞋。见到晓白，心急地两只手一起揽上，把她的上额贴近他的额头，晓白趁机深吸一口气，奇怪，在这卧室里，他竟然闻到一股醇厚的酒香！醉醺醺，暖和和，令人腿软……

他强迫自己镇定，小狗般往前凑，嗅闻妈妈身上的味道，并迅速打量她，可是，瞧，领口，前排纽扣，裤腰，全身上下，除了光着脚、头发散着，她简直跟平常一样！晓白不甘心地扭头往床上扫去，那里并排挨着两个枕头，大被筒卷得很妥当，并无特别之处，最多，他看到一卷“金莲”牌卫生纸，打开着，露了粉红色的皱纸……丁伯伯搓着手进来了，不自然地绕开晓白走，下半身一条睡裤短吊吊的，露出小腿上的体毛，惊人地浓密。

晓白只顾着四处巡视，寻找他所不知道的任何一点迹象，妈妈在旁边注意着他，冷不丁地问：“咱们这就去医院吗？”

“啊？医，医院……”晓白一愣，结巴了。

“晓蓝！”妈妈猛地提高声音，“他哪里发烧？”

晓白急了，自己伸手摸摸，额头几乎是凉的，糟糕，那该死的烧，什么时候退了！他将计就计，忙把衣服搂紧：“现在，我很冷……”

晓蓝分辩：“他刚刚都翻白眼了，直喊救命。”

妈妈不再说话，低下头把袜子穿好：“走，回家。”她转过脸跟丁伯刚解释：“大概，一路的夜风吹下来，他的烧倒退了。”

路上，妈妈骑得很快，晓白垂头丧气缩在自行车座后面，都不敢伸手去揽她的腰。他知道妈妈看破他了。不过，他并不太担心这个，晓蓝可以做证，他刚才的确是发过烧的，做妈妈的哪里会跟病孩子计较呢。

他所丧气的只是他今晚的所见。看到了吗？没有看到吗？到底应当看到什么呢？白折腾了一趟，还是什么都不知道，什么主意都没有！晓白突然感到加倍的酸楚，他将带着这样下流的疑惑死去吗？有谁可以帮帮他，不管代价是什么，他需要一个引导人、一个来自大哥的启蒙……

这天的练习簿上，他没有记录他的发烧、月下夜行以及他的所见与失落。他只写了一个幼儿园水平的句子，字迹的歪扭中散发着肥胖的悲伤：哥哥，一个哥哥，我要一个哥哥。

不过，嘿，天可怜见的——这个夜晚其实并没有白折腾！

就是随后的那个周六晚上，一切如常，丁伯伯玉山醉卧，妈妈清洗善后。

本该回到洞穴并“啪”一声关上门的丁成功意外地滞留在餐桌，突然冲晓白开了口：“听说了，你们半夜三更的……干得不错，很有意思！他们总打量我们什么都不知道呢！”一边说着，眼光往晓蓝处扫着。晓蓝眼皮一低，不置可否。

晓白不相信地竖起耳朵，像小狗得到抚摸般迅速把头调向丁成功，这么说，自己并不是那么蠢？丁成功认为这“很有意思”？

丁成功用心知肚明般的声调，放低声音：“等着瞧吧……下面，还会有的。珍珍，咱们可要学着点儿！”他扭扭手腕子，长期无所事事后猛然找到桩事情一般。晓蓝仍耷着眼皮，可晓白清楚得很：他们两个，又那样了，用“不看”的样子“看”！

珍珍靠近过来：“学，我学！晓白你个胖小子，我倒还要向你学习！”她用力拍打了一下晓白的肩。

一种罕见的、齐心协力的亲密在他们四个人当中荡漾，这将是一个“星期三联盟”……妈妈拿着抹布出来了，大家立刻做出恰如其分的动作，包括珍珍，虽然她也许并不明白事情的关键所在。

晓白保持着不动，他听懂了丁成功的言外之意，并看到一幅不怀好意的明日画卷……他痴呆呆地坐着，背后一阵细汗，不敢看妈妈，作为一个始作俑者，他不可能，也舍不得退出。看看，这个“星期三联盟”让他们四个头一次挨得这么近！多么令人感动，像真正的兄弟姐妹那样地齐心协力！他喜欢这样！

此后，又过了两个风平浪静的星期，像是根本不可能有事情。但晓白清楚，埋伏肯定蹲在某个地方，是只没有叫的狗。

果然，就在连他也快要忘了的再一个星期三，妈妈去了“那边”，没一会儿，又折回来了。“珍珍带了几个同学回家，说是排练晚会的节目，要搞大半夜……”脸上的尴尬浮了一半，妈妈转身铺床，只把背影冲着晓蓝与晓白。晓白却想到丁伯伯的那张床，这会儿，那个双人被窝筒一定像张开的嘴巴一样，空着。

紧接着下一个星期三，可能都快凌晨两点多，妈妈再次回来了，她特别注意地轻手轻脚，扭钥匙孔，一点点推门，简直费了足有五分钟，几乎没有声音，可晓白一下子就醒了，好像他早就在等着她回来。他闭起眼睛，注意不抖动睫毛。

……妈妈进来了，挨着半个床沿坐下，晓白借机觑看，台灯一角的灯光下，可以看见妈妈的头发和脸，都被夜露水打得湿漉漉的，神情里的苦涩一览无余，正愣愣地，以最小的动作摊开她的被子。

这次是谁？晓白估计该是丁成功了，他从夜校赶回来了？也带回他的什么朋友了？他们通宵打牌玩闹？

可以想见，这还没有完，他们甚至不想费心把那些“回马枪”处理成偶然事件，什么也不解释，就是毫无理由地半夜敲门，像是当众掀开被窝，把暧昧留宿的事实挑到半空中晃悠，然后欣赏货真价实的尴尬！可追根究底，这不都是他晓白起的头嘛——负疚感如洋葱心一般剥开，令晓白在黑暗中落下眼泪，他涌起一个不计后果的冲动：去向妈妈忏悔并承诺，不会再发生这样的事了。真的，他要找机会跟丁成功谈谈，像两个男人一样，到此为止！结束这样的“联盟”！但是，他不敢追问：真舍得扯断这根友谊的细细红线？

小规模的斗争与假设中，晓白无耻地睡去，又在沉睡中醒来，并眼睁睁地迎来了更多的花样：珍珍回家找东西，在丁伯刚的房间翻箱倒柜；丁成功说夜校停课，并赖在主卧室看电视；晓白脚被刀子碰破了，晓蓝再次尽责地把晓白带到“那边”，嘭嘭嘭敲门……在“那里”过夜现在成了妈妈的噩梦：她在出门前犹豫；她决定不去，在家里辗转难眠；她照旧前往并坚持待到清晨，却眼圈乌黑，像是守了一夜的亡灵……

而与之相连的那些星期六晚餐上，在丁伯伯醉眼蒙眬的环视与妈妈强作如常的贤惠中，四人同盟以一种低调的形式保持着，他们并不乱丢眼神，甚至显得冷淡，好像已经升华成了地下组织成员，他们的宗旨是：谁有能力、谁有机会，谁就多承担一些义务。

……当他们几个最终也步入成年，对男女事有了成人的认识——某一天，丁成功与晓蓝见面，他们那天要谈的，本是关于晓蓝考研的事，不知由于什么东西的触动，却提到了这些星期三的恶作剧—— 一阵不自然的沉默，丁成功咽下一口唾沫，承认了这个“星期三联盟”的破坏性：“的确不应该的……可是，我以为你喜欢。我，是为你。”

晓蓝扭过头，向远处的某个地方看去，像是又看到了已经死去二十多年的爸爸，那个年轻的、穿着米色风衣的爸爸：“对，我是喜欢。”

“那么，也值了。”丁成功说，隐约可见当年的一丝无赖劲儿。

他们没有提到晓白。在所有的事件中，在丁成功与晓蓝的关系里，晓白的作用一直被低估。

8

“星期三联盟”的作用力在两个月之后拐了个方向——这天，晓白放学回家，突然发现客厅正中放着辆新自行车，26 式的，蓝色。

妈妈站在自行车边上，在等他：“喜欢吗，它是你的。”

晓白对自行车的感情一直相当复杂。渴望是毫无疑问的，同时也异常羞怯。他难以想象，自己这样笨重的身体是否真能够驾驭一辆自行车而不是把它压成一团钢饼？他总有个逼真的想象：他在街头狼狈地摔倒，自行车扭成了麻花，而他四仰八叉像乌龟一样翻不了身，人们围上来，指点着耻笑他……

晓白蹲下去，用手摇动脚踏，使得那悬空的后轮飞快地转动起来，搅动着空气，发出一圈圈的呼呼声，车子像在空气里游泳！多美妙啊，真的，他可以试试，难道忘了厂区那浓厚的空气吗？它们会像无数的手臂一样地托举着他的，他肯定会骑得很好的！从此，他不必再像个胖丫头似的吊着脚坐在妈妈后面了。也许，他该为这辆自行车在练习簿上大书特书，用一支带香气的圆珠笔，用最工整的字体！

—— 一个孩子气的憧憬笑容眼看着将要绽放在晓白宽阔的腮上了。

“丁伯伯给你买的。”妈妈用她一成不变的声调加了一句，晓白没有看她，但能想象到她的表情。

噗。

晓白突然觉得像被戳了一针，不知道什么地方，漏气了，四周围变得昏暗，泼了脏水一般。但他仍在用手摇着踏板，摇得还更加快了，像踩着越来越大的风火轮，绝地腾飞，跃离这一团突然变得污糟了的空气。

这么说，这不是一辆自行车，而是捎过来的一句话、一个贿赂？他将要就此归顺？难道兄弟姐妹间就不能一起搞点亲热游戏吗？他让自己愤怒起来，天杀的，他宁可不要这车，宁可仍旧像个胖丫头片子似的坐在妈妈自行车后座上！

不，应该骑，就应该没皮没脸地骑，这是报应！也是报酬！就让这恶心的事最后成为一桩更恶心的交易吧！

晓白猛地就拖着车子直冲出去了。他全然不会骑，可他偏就要！像只蠢狗熊似的，他一个跟头接着一个跟头，有时他压着自行车，有时自行车压着他，越是摔得龇牙咧嘴他越高兴。他让自己瘀青、让自己擦掉皮、让肘关节在地上弹跳拖曳——啊，太痛快了！有人看到吗？欢迎观赏并尽管笑话吧，胖猪、蠢驴，就这么个傻大个儿，还骑这么新这么漂亮的车。呸，你以什么换来的，你先是出卖，接着又被收买，多么寡廉鲜耻！

晓蓝从家里追上来，好不容易拉住晓白的车，晓白索性一撒手，任自己掉下来，扑向地面，像要钻到土里去一般。晓蓝并不拉他，反也哧溜着，挨着晓白坐在地上："得了，癫什么疯？他们也送了我一本牛津版《英汉大字典》，从今天起，我就要拿它查单词呢。”

听听，这毫无心肝的话！晓白更加不想爬起来了，他仔细地瞅着地面上放大的、清晰的水泥纹路，大麻子般的坑洞……那么送给丁成功的是什么，送给珍珍的又是什么？热情大派送啊！瞧多么富有智慧！他们宝贵的四人联盟就此告终，那类似战友般的亲热感就此消失！好吧，又要成为孤零零的一个了，永远冷清清的。

多么没有脸面的生活啊，他感到从未有过的悲伤与厌恶，替他们四个小的，也替那两个大人。就这么永远趴在地上好了，一直沉下去，进入泥土深处，一直抵达爸爸与“那边”的女主人，也许，只有他们才会真正理解他的这种伤心吧！

而妈妈对晓白的惩罚，像是风筝线，一直拖着，拉得很长——直到所有的人都快忘了这件事。

表面上看，是为了白衬衣上一个微不足道的墨水点子，妈妈前所未有地揍了他一顿，是真打，很用劲，并且挑了晓蓝在家的时间，当着面儿，狠狠地一声不响地打。晓白偏就不叫疼不告饶。晓蓝冷淡地忙着低头背单词，不看也不劝。妈妈于是继续咬着牙往下打。

三个人的沉默比屁股和后背上的疼痛还要令晓白印象深刻，随后的一整个晚上，庞大的沉默还像浓雾一样占据着整个家——也许，在他们母子三人之间，恰好需要这样一次撕裂般的洗礼，以对“那边”的关系进行一次刀刻火灼的纪念。

半夜里，晓白醒了，也或者，他一直疼得没睡着。真疼啊，疼得他都没办法记练习簿——说到底，练习簿只是个狗屁不是吗？

不记了。从今天起，老子不记了。

一瘸一拐地，晓白蹑手蹑脚地到卫生间撒了个尿，对着镜子里头发蓬乱、眼睛无神的胖孩子看，看了好大一会儿，他想他该做点什么。

做什么呢。

他拿起三个人的刷牙杯子，把牙刷牙膏拿掉，分别接满了水；接着，取下香皂与肥皂盒的两个上盖，也接满水；然后，是卫生间所有的脸盆、脚盆、洗衣盆；对了，还有厨房，很多的饭碗、菜碗和盘子，较多的玻璃杯，较少的调料碟子，他极为耐心，把里面原来的东西一一清空、一一铺开来，然后慢条斯理给它们全都接满了水。

……啊，不，还是不够带劲儿！晓白咧开嘴角，拖着他两只高低不平的大屁股瓣，到房间摸到自己的书包，找到了12色水彩颜料盒，他笑容更大了——在每一个装有清水的器皿里，暖色与冷色精心间隔着，他挤进了不同色彩的颜料，让它们慢慢地融化……他退后一步，欣赏灯光下这明晃晃的明媚景象，像摇摇晃晃的四季，像云端的彩虹，像燃放的烟火。

看看吧，全世界睡着的人们都在梦里来看一看吧，每一盆微微晃动的水里，浓淡不匀像水草般游动的色彩里，都倒映一个黄巴巴的小灯泡，在对晓白充满情感地眨眼睛，诉说着热忱而恳切的爱，它们都在爱他，像爸爸妈妈兄弟姐妹一样地爱他，他哪里是一个人呢——还有比这更像样的梦境吗？

就在这个很棒的梦境里，晓白带着点遗憾地想，看来，必须利用上那个小白兔的灵感了，得为两家的亲密友好开辟新的模式：在丁伯刚与妈妈的关系之上，再加一层晓蓝与丁成功的关系。亲上加亲。

当然，晓白根本没想让他们相爱，那太离谱，他才不那么天真，再说从晓蓝的性格与志向来看，也完全没有可能性，但这恰恰就是这个主意最为可靠的地方，他只是增加他们的好感与黏稠度，让这个空中楼阁的"家"看上去不是那么破破烂烂！就这么简单，一点小寄托而已。而且，丁成功这下子也会真正重视起他的。

晓白往水里滴着颜料，一点点地滴。对晓蓝和丁成功的关系，他也只要加上这么一点点，就好像是在双方的心里各扔下一粒种子，然后，他保证，就是望天收，完全取决于他们本人……

9

所撒的种子，其实就是在丁成功与晓蓝之间，进行一些断章取义的贩卖，放大一些似是而非的表情，描红一些并不存在的线条——然而，老天爷怎么忍心的，根本就没有任何"当季"的收获，仅仅半年之后，两家突然就毫无先兆地分手了。他的全部心血与寄托都付之东流了。

关于分手那一天的场景，晓白至今记得每一句对话，因为这个分手与最初的发生一样突兀，就像是一个内部招工政策，像是白糖涨价，像是什么人要被上级提拔，总之，大家都从一个神秘的渠道获悉，以耳语或以目示意的方式，每一个知情者都紧抿着双唇，好像跟自己全无干系。晓白仍给蒙在鼓里，仍是最后知道的那一个。

两家的最后一次周末晚餐，人很齐。此前有半年，因为晓蓝高考、珍珍加班，她们两个经常缺席。

已经在一家小酒店实习的服务员珍珍，脱掉了她不合身的赭红色制服套裙，像参加隆重晚宴一样化了浓妆，大耳环非常耀眼，在灯光下，像另外两只大眼睛，左看看右看看，傻乎乎地兴奋着。

的确，晓白劝自己，从伦理与常情上讲，这是值得兴奋的。怎能把拼凑的家庭当回事儿呢？谁要表现得恋恋不舍那他准是个大傻瓜，得体的表现是长松一口气，像摆脱一块增生的脂肪或骨质，为之欢呼吧，一只双色球的分裂，一段野史的终结，一块注定要融化的黑色积雪。

珍珍的大耳环朝向晓蓝。多日不见或者因为就要永远不见，高考中的晓蓝比以往稍微客气了些，她瘦削地靠在椅子上，把书横在腿上，表情像是即将远航、对眼下这最后阶段的忍耐。

“你是文科还是理科？”珍珍小心地开口，看得出这是她好不容易想到的问题。

晓蓝把手上的书朝她举一举。

“啊文科，对，女生一般读文科。”珍珍明白了，“我们楼层里的服务员，有三个高考落榜生，全是文科。”看珍珍多会说话。

晓蓝无谓地笑笑，她对高考信心十足。“你们组全是女的？”她问得也相当可笑，服务员嘛！

“对，全是女的。另一个组，也全是女的。两组的领班也是女的。我不是领班。”珍珍绞尽脑汁，想到一句，补充一句，“你们考文科的也全是女的吗？”

“不，但女的多一些。报理科的女生少一些。”

谈话艰难而无聊，在女生与文科的话题上反复打转……或者，这生硬也具有一种价值，证明她们这种交往是多么不搭调。

磕磕碰碰、垂死挣扎的谈话中，丁成功下班回来了(这一年，他终于找到工作了：吹玻璃工。晓白还不知道呢，这也是导致两家分手的原因之一)，晓蓝立刻闭上嘴，看起她的书来。她这一个晚上，此后都没有说话——作为一个撒下种子的庄稼人，晓白一直留意着。唉，多可惜、多残忍啊，他可真没少费心思！

丁成功手中拎了只鸟笼，很奇怪，他选在今天买了一只鸟。这个道具为他创造了很好的空间，他把车钥匙含在嘴里，一只手拿着厂报，另一只提着鸟笼，这样，他没法跟任何人说话，他径直进入卫生间，把鸟笼挂在窗台上，然后专心地冲着那小鸟吹口哨，虚掩的卫生间门里，短促的口哨像是一长段没有人能听懂的演讲词。

这是什么鸟呢，也许是画眉？这是晓白突然间想到的鸟名字。但他没有开口询问，他的嗓子最近有些变化，他终于变声了，进入了一个最难听的阶段。当然，他也不想说话——看起来，整个屋子里，只有他在为这个突然到来的最后一顿晚餐而陷入震惊与哀伤。为什么他们每个人都显得那么若无其事？这么的懒散与吝啬，都不肯对这一破碎的局面流露出一丁点儿的情绪……

晓白咬住嘴唇，他恨起自己的年纪，从十二岁到十四岁半，再怎么长，他还是个小屁孩，不像他们，他们都有硬正的出路：丁成功是了不起的吹玻璃工，珍珍在酒店替人铺了不起的干净床单，晓蓝将会考上那了不起的大学，只有他，只有他会渴求这不冷不热的“家”，他热爱丁成功，他接受珍珍，他讨好晓蓝，他不计较丁伯刚，他从不怨恨妈妈。他是多么妥协和巴结这种乱七八糟的搭配啊，可一转眼，他所妥协所巴结的，却招呼都不打地就把他给扔了。

随后的晚餐没有什么异常，大家都在谈鸟。这只刚刚进家门的小鸟像个快要沉没的破船，他们全都得凭借着来苦度这个晚上。

“这是什么鸟？”

“蜡嘴雀。”

“毛色很亮啊。它会叫吗？”

“是麻雀的一种吗？跟金丝雀是什么关系？”

“有人站在路边上卖的。最后一只。他急着要回家，所以这么便宜。”

“我去给它喂饭好不好?”

“今天算了。它喜欢硬食。谷子、小米、葵花子什么的。”

“那菜叶子呢？水要天天换吗?”

……

晓白真惊讶呀，在这个最后的晚餐上，大家竟然在谈着一只毫不相干的、种类平常的蜡嘴雀。他们好像突然都成了爱鸟人士，好像这只鸟很重要很关键，他们争抢着纷纷地对这只鸟发表粗浅的、常识般的意见……他们在齐心协力地把这个分手的夜晚变成一个潦草的、毫无情感色彩的冷淡之夜。

晓白这时还不懂得——其实这是对的，人们就该这样没有良心，生活总是一段又一段滋味含混的时光，这些日子，你跟这些人在这个角落，另一些日子，你跟另一些人在那个角落。反正，人们总在抛弃角落或被角落抛弃。多情是多余的、不合适的。

“呃……以后欢迎你们到我们小饭店来，我可以给你们打折，员工内部价。”在晓白跟着妈妈姐姐出门时，珍珍打着饱嗝，发出这莫名其妙的邀请，或者也是这晚唯一像样的告别词。晓白勉强点头，一边往回张看，丁伯刚已趴在残菜剩羹中。丁成功则又去了卫生间，继续对着那蜡嘴雀吹着他不成调子的口哨。

——一连串这样“去意义化”“去感情化”的打击，让晓白简直浑身冰凉。他坐在自行车后，听着她们两个假装热心地在谈着明天的天气，真有闲情逸致啊……无数次的情景都是这样的，三个人，从这条路上骑到“那边”，再从“那边”骑回来，一种他已经适应并喜欢起来的节奏与关系，相对稳定的模式……然而，他才刚刚放心地踏上去啊，两边的岸竟就塌了！他早就知道的：喜怒无常的妈妈随时会把牌扔下来不玩！

……自行车轻轻地扭动、起伏着，晓白哀伤地觉悟到：人与人间最大的伤害不是仇恨或是报复这些尖刀似的东西，不对，而是软绵绵的漠视，满不在乎的离别……出门远行的念头就在这个伤心的时候冒出来，真的，他都念初三了嘛，明年就可以考到外地去！越远越好，他也要无情地扬长而去，他要让所有的人都吓一跳，意识到他的分量！

这个新想法让晓白获得了微弱的补偿。他耐心地坐在自行车后座上，默不作声，两条腿挂在自行车边，仍然像个文静白净的胖丫头。

10

就在第二年的 8 月末，拎着一只咖啡色箱子，晓白如愿出发，往遥远的南方去了。他踏上了一辆深绿色的南去列车，宽厚的后背像一面无法飘动的旗帜。

晓白前往的中专是测绘学校。测绘，有点莫名其妙吧，难道是出于对浪漫的遐想，在异乡的大地上用他肥胖的身躯丈量河流与街道？或者说有着务实的寄托：包分配、待遇优裕？不，这些不重要！哈哈，根本无所谓！浪漫或是实际——他讨厌其中任何一个。事实上，他唯一的诉求就是：外地、外地、外地。让所有那些冷血动物继续在这儿冷血吧。他走了，不再管这一摊子了。

然而他自己清楚，他的内心，一直没有摆脱对家与亲情的强烈渴求。从爸爸去世，到章鱼般的妇女之手，到星期六晚餐，到最后一晚的蜡嘴雀，这过去了的六年里，他是一棵已经长歪了的树，伴随着无法填补的残缺与饥饿感。

……列车长啸，晓白艰难地不肯回头。没什么的，这里只不过搁着他父亲的骨灰(他不记得他的长相，他倒是记得那边的女主人)；只不过有那令人憋屈的空气；只不过有个他曾经使劲讨好过、现今已毫不相干的哥哥，而这个从未成立的哥哥，肯定都不知道自己已经离开了厂区！多么一文不值的关系啊。他只有最心爱的，但已夭亡的练习簿——箱子很挤，但晓白还是带上了它们，为此他不得不放弃了两件毛衣。

要毛衣干什么呢，南方永远都是温暖如春的，说不定，还有一点爱呢。

杯中物

1

丁伯刚的小陶酒杯一定是世界上最结实的陶杯。在那个许多东西都变为碎片的2006年4月13日下午，它滴溜溜地在一片狼藉的马路牙子边滚了若干圈，竟然在大爆炸中保持了完好无损。也许可以这样解释，由于主人丁伯刚的去世，它已经以遗物的身份获得了永垂不朽的金刚之身……作为一个陶杯，它曾经有过最好的时光，也像丁伯刚一样，是粗糙而浓香飘溢的。

啊说到记忆，这可是个古怪的、有着自主选择性的玩意儿，分析大部分人的记忆，为何他会莫名其妙记得这些，而忘了那些，你以为那是摸彩哪，其实，都经过势利大脑的挑三拣四，它替你决定各个瞬间的怦然心动或麻木不仁……所以，丁伯刚的记忆也谈不上多么差劲：两家分手之后，仅仅四年工夫，他那五十五岁的脑袋便成了个荒漠中的酒囊，泼泼洒洒，一路走一路瘪，嘿嘿，到最后，这大布囊，看上去虽还是鼓鼓的，里头却只有风啦。

好在，分手这一年，他还是好的，还经常捧着小陶杯，煞有其事进行认真的思考。大概是由于酒精的关系吧，他的思维会挑战文雅与彬彬有礼，对秩序发火，对节制发火，显得丰富而深刻。比如，关于这段连头带尾不过两年七个月的关系，丁伯刚认为——就相当于是一趟郊游吧，两家六个人，好比是几个游人，三三两两的，在一个大石头上挨着一起歇了会儿，然后站起来拍拍屁股上的灰各走各路了。就这么简单。

关于分手的原因，嘀，真说不好呢，丁伯刚也觉得有点怪，两方连架都没吵、手都没有动……要是非得找点缘由，嗯，零零碎碎的倒也能数个一二三。丁伯刚晃晃自己的手指，怎么回事，一个巴掌，一会儿有十个指头，一会儿又是五个，对，应当数出五个原因——大拇指，是儿子丁成功的工作；食指，是珍珍提出领结婚证的事；中指，是那小娘儿们的怪脾气；无名指与小指……嗯，丁伯刚大度地笑起来，全算我的，算我和我的杯中物。

是啊，早有诸多苗头表明，丁伯刚自己也乐于认领：他是个十足的酒鬼。

以酒鬼来命名一个男人，在厂区，是富有传统的，也是有十足男子气概的，否则，你倒说说看，一个死了老婆、扯着俩孩子的厂区钳工，在他怪无聊的一大把时间里，总不能老头儿似的总打瞌睡吧，总不能像小青年似的到十字街上乱窜吧。

丁伯刚对酒的纯洁热爱，可以掀开他的床板做证。

前面曾经提到过他的“床”，胖小子晓白只抓住了床的一个功用，其实，相对于床上被窝里那点事儿，床下面也不赖——如果，我们可以掀开人世间所有的床板，就像掀开所有的被子，想想看，将要看到多少缤纷的细碎或不堪、有违伦理的用具？凄凉的秘密信物？伪装过的毒药或赃货？哈哈不扯了，丁伯刚的床下，可是清白而单一！全是一顶一、正宗的好东西：汾酒、泸州老窖、西凤、剑南春……记得那个过去很久的星期三晚上吗？晓白称病突然闯到他的卧室所闻到的，正是这些酒们所散发出来的香气！

是的，丁伯刚真诚地认为：床下，是最佳藏酒之所，那里光照不足，并可整夜浸淫、须臾不分，这就对了！要知道，这些酒陆陆续续置办而来，不大容易的，仿用晓白的表达方式，实可谓“集腋成裘、聚沙成塔”。

……对酒，丁伯刚存有收藏家般的耐心与野心，平常每天晚上“搞几盅”的酒，他不讲究，稻花香、洋河，都行；但真正的好酒，好比压箱衣裳与金银器物，要没有的话那还像个人家嘛！贵归贵，但如果把成本像张大饼那样地摊薄，摊到每一天去，也就没什么了嘛——过鬼节添两瓶，逢端午拿两瓶，拿季度奖了买两瓶。丁伯刚按照他心目中的中国白酒版图，川酒、皖酒、苏酒，慢慢地填着空，甚至，还包括他最仰慕的茅台，来自清冽的赤水河东畔！嘘，没有人知道这个，就藏在床下最顶头，酒盒外掩护着一堆乱七八糟的旧鞋盒。

买这些酒做什么？丁伯刚心中也不确定，他敬畏地几乎是羞涩地死死守护着他一床肚子的酒。当然，他内心是馋的，但并不当真去喝！譬如一个人家买了金条，哪里真就拿出来用呢，尽管放在那里，留着！美着！除非真碰到什么特殊情况，那才来个“千金散尽”……

然而，根据一个毫无幽默感的定律，如果人们谨慎地为特殊情况好心好意地铺上红地毯，那么，特殊情况，它必然就会大驾光临！

不信瞧着好了，丁伯刚的酒就要保不住了。

丁伯刚不知道，他还只管傻喝着呢。他十几年如一日地举起他的小陶杯，凑近干裂的嘴唇，坚硬的杯口贴着猩红发黑的牙龈，微微一倾，那滑软而刺激的酒水，便顺着牙齿进去了。啊，不急，不急着咽，而要冗长地受用它，把它在口里抖动着玩弄，幅度极小地左右晃一晃、上下送一送，让内腮与上下颚充分地、最大面积地与它亲近缠绵……当然，不可过分贪恋，否则嘴中四壁反会迟钝，故要在严格的控制里结束这暧昧的缱绻，毫不犹豫地用舌头把它裹到喉咙口，把它送到幽暗的胃与腹部的深处……重新空虚下来的嘴、齿、唇，立刻又焦渴地半张着，期盼下一口亲热的重逢……

最好的喝法就是如此。丁伯刚从来不需要任何具体的下酒菜，花生米、猪耳朵、牛肉干，他妈的都太杂碎、太俗气了，丁伯刚的下酒菜，跟别人不一样，是无形之物，是迷糊的或困难的各种想法：或为块垒，以酒求化；或为干柴，酒助其燃；或为枯田，以酒灌之。

比如，最近这段时间，丁伯刚的下酒菜，就一个：儿子丁成功的工作，这份无法落实的工作像个吊死鬼一样，摇摇晃晃地挂在头顶上，走到哪里都缠着丁伯刚！

尽管丁伯刚本人只是个钳工，尽管在厂区这里，碰到的各路活物，不是男工人，便是女工人，便是学徒工或是退休工！厂区的特产与拳头产品便是工人，可尽管如此，这并不能妨碍一个父亲对儿子的高度期望，更何况，丁成功曾经是个货真价实的神童呢。

关于这一点，丁伯刚一直都没有告诉苏琴，这是他跟死去妻子唯一的共同财富。关于这个儿子的远大前程，他们曾有过漫长的铺垫与寄托，那是他们过去所有日子的中心……知道儿子为什么叫丁成功吗？他一直记得怪清楚的。那一天，喝光最后一瓶满月酒，歪歪斜斜地在屋子里走，思路也是歪歪斜斜的，灵感竟然就来了，像个知识分子似的，毫不费力地一下子就想到这么个大名：成功。听听，多他妈的雄心壮志！没的说，鸡窝里将要飞出金凤凰，这儿子将来会有飞黄腾达的事业，过上吃香喝辣、得意扬扬的日子，说不定还会当上很大的干部呢，他们全家就指望着在他身上打翻身仗了！

然而，现在看看呢，奶奶的，他竟高考落榜，连份工作都还没有……两年的闲饭吃下来，瘦长得像根钢钎子，手脚生锈，连眼神也懒于拐弯，任何一样极小的东西，他都能够长久地盯着不放。譬如，他会蹲两个小时，计算乌龟一共伸了几次头。抹桌子时，研究上面的条纹，一张桌面可以抹上一刻钟。

某个傍晚，丁伯刚看到丁成功趴在窗口，看一张几年前的旧厂报，足足看了一个钟点，直到外面一团黑了，他才恋恋不舍把头抬起，然后慢条斯理地撕那张报纸。他的撕法非常独特：一个字一个字地撕，标题的字大，便撕得大；正文的字小，便撕得小，撕下的小方块，他耐心地攥在手心，直到一篇文章撕完，才猛地一扬手——好像天空先是便秘，继而冷不丁又拉稀般地下起了雪。

看看儿子这个样子！丁伯刚真恨不得自己就是儿子手里的那种报纸，给撕碎了扔下楼！真不能再这样下去了。丁伯刚坐在丁成功后面的饭桌上，还没到吃晚饭喝酒的时候，可他的手就伸向陶杯与洋河了，必须的，得喝两口。

才半口下去，丁伯刚突然呛住，并恍然大悟：他妈的什么叫特殊情况，这不就是嘛！床下那些从来没碰过的好酒，原来是替这小子的工作买的！天上掉不下工作，他得出去求人——厂区这个地方，什么才是最硬正的通行证，没别的，正是酒哇！任何一个人，哪怕他铁石心肠，只要看到他捧出的这些陈年硬正货，就会明白，丁伯刚这次是剖腹割肝、剐出心头肉了！

当然，道理归道理，丁伯刚无论如何是没有办法自己去“送出床下的酒”，好比卖儿鬻女，这个动作太撕心裂肺了，他做不出来，他怕他的嘴角与舌头会抽筋，他的红鼻头会翕动着更加通红，说不定还会疯癫地伸出手去讨回来，没皮没脸地喝上了，这都不是没有可能的！这一点，丁伯刚极富自知之明，他太清楚自己对酒的感情，世界上没有什么东西可以挡得住。

2

就这么的，丁伯刚想到了苏琴——这时候，他跟苏琴也好了差不多一年了。通过苏琴把酒给送出去，不就好多了吗，他的心就不疼了。再说，她是他所认识的唯一一个体面人。她那格格正正的样子，人们会给她面子的。她跟她前夫，那个工程师，他们，是厂区的另一种人，一定是擅长跟“上面”的人打交道的。

啊，等等，有个老问题又在丁伯刚心里沉渣泛起——作为另一种人，苏琴为什么竟会跟自己好上？从最开始到现在，他一直都没搞懂过这个问题。还记得当初，他们头回见面，甚至都还没等介绍人说完他的全部情况，她就等不及似的，点头同意了。丁伯刚被苏琴的不假思索给镇住了，意识到自己捡了个大便宜。瞧，她要脸有脸，要身子有身子，胸脯、腰、脖子什么的都还在，两个孩子又算什么，谁不会有两个孩子啊……像头东西似的，丁伯刚生怕便宜跑了，慌得根本都没有想一想这里的蹊跷，也忙不迭地点头了！

等到冷静下来，他就开始纳闷上了，并且没事儿经常拿出来纳闷纳闷。可他只管纳闷，就是不敢当面问，他真害怕苏琴会胡乱答出个什么来！苏琴这个女人，浑身的捉摸不透，表情一本正经的……不过她床上挺好使，好使得让丁伯刚总会产生幻觉：这个女人，也许，是有那么一点点喜欢自己的，否则她不会这样的好使。不是吗？

唉算了，由它去吧，又不吃亏！他本也没想图个别的，难道还指望她当真怎么样！丁伯刚粗枝大叶地晃晃脑袋，只趁着酒兴，得出个缺乏逻辑的结论：丁成功的工作，交给苏琴去办，最合适不过！她有这个能力，甚至也有点义务不是吗？她不是一向挺高级挺派头的样子，也应该做点高级的事情吧……

近乎滑稽的场景就此开始上演了——连着几个星期四一大早，过完夜的苏琴推起自行车准备回家，衣衫不整的丁伯刚突然急忙忙追出来，提溜着个沉甸甸的袋子，如一包黄金。他躲躲闪闪的，嘴里含糊地介绍："这是汾酒。这是西凤。这是剑南春。"一边说着，他的手盲人摸象般地从那些袋子上刻骨铭心地抚过去，眼睛却不看。

苏琴太惊讶了："你这是干什么？"

"嗳？儿子的工作啊！"丁伯刚理所当然般地，"就是昨晚，我跟你提到的那几个人，你分头去跑一趟嘛。"丁伯刚轻描淡写地，回避着"送"字，一边眯着他的醉眼，一只手仍在心疼地抚摸。

"怎么让我去……我，不可能的！"苏琴难以置信地摇头，一口回绝。昨晚在床上，他是嘟囔了几个名字，可这跟她有什么关系！

丁伯刚真诚地直咂嘴，似乎他早就跟苏琴谈妥了这个事情："礼多人不怪。拿着，拿着！看这多好的酒啊！记住，你一定要跟他们说说。我家丁成功曾经是个……神童，他该有份好工作！真的，他是个神童！我跟他死去的妈妈都最清楚，我不妨也跟你说说！”丁伯刚叹一口气，为了说服苏琴出面，他决心翻出他最后的秘密底牌。

清晨的微光里，好日子像奔马跑过，扬起片片烟尘，丁伯刚的牙齿闪过一层洁白的光，夸张与欺骗性的记忆在那白光里复苏。“他一岁会数数，两岁会背圆周率，三岁会背唐诗，四岁会读报纸，三年级，他拿起四年级的书就会读，初一，他拿起初二的试卷就会考……明白吗？他不一般，他应该有大出息！飞黄腾达！我们丁家就全指靠他呢。”丁伯刚一口气地说，顿了顿，他加上一句，“他妈妈是没福气了。但你，包括晓蓝、晓白，都能靠上他的。我们只要扶他上了马，他就能拉上我们两家的破车一块儿跑！你相信我。”

苏琴扶着自行车，两只脚来回倒着，她什么都听不进去，只急着要离开。再说，听他都胡说些什么呀，还神童，天下什么人都是神童吗……她试着往回家的方向推自行车。

丁伯刚却紧紧尾随着，嘴巴里隔夜的酒气在风里飘散，“你不知道，从他妈妈一死，他就成了现在这个屃样子，像一团烂酒糟……我对不起他妈妈，我答应过要让他有出息的！所以，真的，他必须有一份像模像样的好工作！你说对不对？你要跟他们好好说说！”

他们……苏琴尽量回忆丁伯刚昨夜提到的名字以及其相应的职位，唉，真是做大头梦，“他们”怎么可能真的帮丁成功？凭这几瓶包装都烂了的酒吗？再说，她怎么可能堂而皇之去替丁伯刚跑他落榜儿子的工作，她绝不会在任何人面前承认她与丁伯刚有关系的，剁她的头也不干！

苏琴瞪着喃喃絮语的丁伯刚，忽然明白过来：他还在醉中，这只是宿醉的一个固定构成，不管对面站的是谁，他必须这样表示他的努力，把他心肝宝贝疙瘩的酒交付出来，表示他作为父亲的姿态。这样一想，为了脱身，苏琴决定妥协，她接下那些酒，瞅个空儿跨上车飞快地走了。

丁伯刚留恋地跟着跑了几步，拖沓的身影如同半截模模糊糊的墙，在晨光中扩散，变得薄而宽大，一边无限蔓延着，往时间上伸、往空间上伸。这个奉献出美酒的酒鬼，壮烈而痴情地等待着一份无比美好的工作——在他再一次醒来之后，在他另一次醉去之前：丁成功的工作，解决了。他的神童儿子，将会有出人头地的辉煌，绝不会像十字街面上常常看到的那些小杆子，过着炮灰般的、猪狗不如的人生。

丁伯刚笑巍巍地确信着，就像对酒精的高度信赖，信赖其辛辣的神秘性，以及这种神秘性对生活的引导。

然而，这伟大的神秘性也许只能独善其身，对儿子的工作显然无效，意外的一击终于讽刺地迎面抡来——周六的晚饭桌上，丁成功突然捋一捋他的头发，对一桌人宣布："我自己找到工作了，就是咱电子管厂。"他的声音里有根棍子撑着，直而硬。

丁伯刚盯着丁成功的嘴，像盯着一枚炸弹，声音如垂死之人："具体?"

"十一车间，新成立的，吹玻璃工，学徒期三个月。下周一到劳资科报到。"丁成功往桌子上瞟瞟，可能看了一眼苏琴，也可能除了苏琴谁都看了。那些送出去的酒，当然不是秘密，每个人都知道，为了丁成功的工作，丁伯刚床下的酒，在这几个月里，已经全部消失了，同时消失的还有丁伯刚的某种精气神儿，他变得落魄而暴躁了。

"怎么，怎么找到的?"丁伯刚语带热切，他宁可相信丁成功是在骗人！吹……玻璃？什么狗屁玩意儿，这能算份工作！

"厂门口贴着呢。都半个月了。没人去，我去。"丁成功冷冰冰地回答，他同样不知道吹玻璃工是什么，但这重要吗？难道他还能够挑挑拣拣吗?

丁伯刚像给人打了一拳似的，脑袋往后一让，并在瞬间涨大了一百倍。他抖嗦嗦地举起他的粗陶酒杯，很奇怪，他是冲着苏琴敬的："喃！来，敬你一杯吧！这下你落得轻松了……他自己找了个！听听，吹玻璃工!"

苏琴站起来，带倒了凳子。她犹豫着张口："其实……"

丁伯刚摇摇头不听，焦渴地一抬下巴，酒水纷纷地洒到前襟。他抖着嘴角，突然非常难看地哭了。整张桌子陷入悲凉而谴责的气氛。珍珍却拍了两下手，这是替丁成功高兴，还是鼓励她父亲的哭泣？晓白感到无地自容。晓蓝只管把眼睛使劲一闭，也不知她能闭起些什么。

随着第一串浊泪的滴落，丁伯刚突然坚强起来，笔直地瞪着空荡荡的酒杯，一种粗暴的情感喷涌而出。他勇敢地发现：他开始憎恨苏琴了。

难道不好意思承认吗？他一直对这层关系不踏实！从她轻率地跟自己好上，但死活不肯张扬这层关系开始，从她那假装出来的贤惠，以及贤惠中的蔑视开始。她跟了他，这本身就是件不够真诚的事。他一直在找个理由恨她，瞧，现在他恨上她了。

而憎恨的高潮尚未真正降临，直到他送出去的那些美酒们又排着队回来了，原模原样，连烂兮兮的纸袋子都处女膜一样完整，梦牵魂绕的酒香重新将他柔情蜜意地包围！丁伯刚差点没哭出来！

“怎么回事？怎么回事？”丁伯刚愤怒极了，像打算自杀的人发现自己被人救了，他满足而腼腆地等着苏琴解释，胸口咚咚直响。

“嗯，其实……我从来就没有送给‘他们’，我没送任何人。”苏琴垂着眼皮，语调刻板，她对事情的后果显然毫无估计，“我知道他们不会帮上忙的！他们准会说，一个高中生，不做工人还能做什么？他们一口就会回掉的，送出去就等于是白白扔掉。再说，”苏琴像是尊敬地看一眼丁伯刚，他的眼睛正像玻璃球那样微微凸起来，“再说，我知道你有多喜欢这些酒！”

老天爷啊，你听听，你倒是做个主啊！她竟然从来没把这些酒送出手！她压根儿就没有去出过力、去恳求过那些人！她事不关己，她无所谓地就放弃任何可能性！就听任丁成功这么顺流而下地成为一个屁都不如的吹玻璃工！

还“我知道你有多喜欢这些酒”，妈的巴子，她懂个屁呀！

丁伯刚的心脏像被扔到水泥地上的骰子那样四处滚动着。她彻底断送了丁成功这一辈子！也断送了他这整个家！想想看吧，那一长串惊人的富有潜力的神童标志，那赍门癌的妻子，她对儿子的临终寄托！尤其还有个珍珍在一边，那个什么也不能指望的傻丫头。唉，幸好妻子死掉了呀！

所以说呢，怎么真能指望一个后来的女人？难道忘了那个最基本的道理，就好比说，电器原配的插头，茶具原配的托盘，衣服原配的纽扣，另换一个，哪怕再新式、洋气，可他妈的又怎么可能好过原配！怎么能指望当个东西用！真的，他不再会把苏琴当个东西了！分手吗？太便宜她了，不，他要继续用好饭好菜去招待她那两个小崽子！照样与她同床共枕滚在一处，操得她四处打滚！最好她还以为他很谢谢她！这样恨她才有劲儿不是吗？

噢，还有这些酒！这该死的他奶奶的美酒！此一番失而复得就好比是死而复生，等于白捡，无论怎么样挥霍都是可以的！

丁伯刚懒洋洋地一笑，决定更改对这些好酒们的态度了——还敬畏什么！就应当放肆地亲狎、哧溜溜喝光，再把它们变成尿给撒了！

主意一旦拿定，一切的烦扰都像衣服领子那样一拎，被提纲挈领了。丁伯刚笑纳了苏琴归还来的美酒，随意地打开其中一瓶，钉子一般痴坐在桌子边，顾头不顾腚、死气白赖、浑然无忧地举起杯子来，一边不紧不慢地品尝着对苏琴的像黑夜那样的仇恨。

一二得二、二二得四、三二得六，直到六盅之后，他对苏琴努努嘴，又冲床努努嘴，眼角的红血丝里涌动着涨潮般的疯狂，酒精像巨浪一样托举着他，去把苏琴里里外外彻底翻个遍！

他往苏琴看去，苏琴正在床上，紧闭着眼睛，像是温顺地准备迎接惩罚，但在她的肢体里，却又深藏着对这一切的蔑视，以及更胜一筹的疯癫。

唉，这个女人，她永远都不是自己的。跟她的这一段儿，就像已经馊掉的饭菜，迟早都是要倒掉的！

丁伯刚颓丧地摔下他的杯子，那怪结实的陶杯子在桌上滚了几滚，好像在提前锻炼筋骨，预演一番若干年后它将要遭遇的巨大气浪。

3

有一次的酒，丁伯刚认为非常值得纪念：那通酒，一是使他与苏琴的分手明朗化了；第二，还使他从一个软绵绵的醉汉成为一个，怎么说呢，爱使拳头的那种醉汉了。醉汉也是有派别的。

记得当时的杯中之酒是安徽淮北濉溪的，这个地方丁伯刚研究过，他每次买酒都会研究产地。濉溪有点奇怪，其实是个矿区，产煤，而淮河水，由于毛主席的一句话“一定要把淮河修好”，它便被当地的大坝拦截分成了极多细小的支流，到了冬季，水都差不多干了。但正所谓“苦水出好酒”，竟成就了其出名的“十里香”；同时，这里还出产了两个历史上很有名的大酒鬼：嵇康和刘伶。这两个人其实丁伯刚并不熟悉，连名字也不大认得全，但只要是酒鬼，那就都是兄弟啊，为此，他对口子窖分外倚重——满满入一口，嗬，麻舌头、麻牙齿、麻下颚啊，趁着这麻辣劲儿吞下去，一秒钟过后，嘴里就像刚刚漱了嘴一样的清爽了！嘴巴重新张开，那夹带着苦涩的香气立刻跑出去，从餐桌上方开始发散，散到门边、窗户边、墙缝儿，强盗般占领了一切旮旯地方。

丁伯刚连喝三杯——今天的下酒菜，怪逗趣儿的，是关于结婚证呢。

这个没高没低的话头，是丫头珍珍提出来的。这个星期六，她老人家没有在酒店义务劳动，而是赶回来共进晚餐。正好好儿地吧唧吧唧吃着呢，不知哪根神经一搭，她突然一本正经地建议道：“嗳，我说，真奇怪，你们两个，怎么不领个证呢？办不办酒席无所谓，正式点儿呀！”

这时候，“星期三联盟”刚过去不久，她这么一说，却让人觉得两者之间似乎有什么联系。桌子上人全像死了一样，没人应她，仍然只是一片吧唧吧唧的吃饭声。珍珍毫无感觉，她喝口汤，“我们酒店，几乎每个星期都有人摆酒结婚，可热闹了，再丑的新娘一穿上婚纱都还蛮漂亮的。”

还是没人说话。

珍珍接着往下：“不过！倒真的，还从来没见过中年人结婚摆酒的。所以呢，你们摆不摆酒无所谓。但结婚证，明明白白的，我看应该搞一个。反正我们小孩子都没意见的对吧。”她大包大办的，好像丁成功、晓白、晓蓝曾经一致就此事委托过她。她那脑袋里，到底想什么呢？

好在，菜、饭、酒，都吃得差不多了，大家很快散了。苏琴照旧去洗洗涮涮，动作很快，因为她要趁热带点饭菜回去给冲刺复习的晓蓝——丁伯刚每样菜都单独替她弄了一份儿，这有点麻烦，而且，丁伯刚知道，那孩子根本不会领他的情。丁伯刚懒懒地想着，一边把眼皮舒服地搭上，一切都跟以往的星期六差不多。谁也不会把珍珍的话当回事儿的。

直到苏琴在门口穿鞋，都快要开门走了，丁伯刚像是掐着马表般地准确地从昏睡中睁开眼，他看着苏琴，声音清醒得像名挑衅的军人，当然，也可以理解为一种邀约：“你觉得呢，领证的事？”

他看到苏琴的一条腿，不自然地挪了一下，他突然感到担心，并且害怕起来，他预感到一种跌落，所有的都将跌落，就在不远的明天。

丁伯刚往儿子那扇门瞧瞧，那里没动静；又往客厅里的照片瞧瞧，死去的老婆仍然淡淡然地平视着。趁苏琴还没有反应，丁伯刚在心里小声跟自己说了句实话——讲真的，他还有点喜欢珍珍刚才的那个提议呢，最起码的，盖个章，就正式了嘛，他对苏琴就踏实了嘛，要不然，这买卖不对头啊……

苏琴又挪了下另一条腿，然后把换下的拖鞋放放正，非常平淡，但也非常高深地回答："你觉得呢，我们两个？"

然后她合上门，走了。一分钟都没停。

丁伯刚开始咀嚼她这句话，像咀嚼一把生花生米，涩涩的，嚼到最后，又有点花生油的香气。他又喝了三大盅。他明白她的诘问：哼，我们两个，般配吗？他也同意她的结论：不般配。切，她以为他真在乎吗？他甚至明天就可以让她滚！真的，他可以说到做到，他难道还舍不得她？

口子窖现在开始亲热地抽打他了，燃烧的火苗顺着喉咙往下游走，途经脖子、胃、肠，直到撒尿的话儿，统统着火了，噼里啪啦蹿得像麦秸秆；接着，那腾腾的热气又上溯了，一直上溯到丁伯刚的眼睛里，他眼睛红了，红得想滴点什么出来才好！他瞥一眼老婆的像，想到了许多过去的事情，想到了他们一家四口的过去，又想到了眼下这莫名其妙的现在。唉，日子真尴尬啊。

不，别傻了，正喝着这么好的酒呢，应当高高兴兴的！丁伯刚可不愿意自艾自怜。他重新为自己约定了三盅，每一杯都很有风度地亮一下空杯，以示计量的严格与科学。

然后，他扶着桌椅站起来，感到整个人都成了个酒具，五脏六腑里都在晃荡。

这人形酒具晃荡着走到窗前。从客厅的这扇小窗户，可以看到他最为熟悉的场景，熟悉得像每天啜饮的杯中物：两个大烟囱、一个水塔，像钝角三角形那样一声不吭地相互陪伴着；矮而粗壮的水塔用红砖垒就，像个老女人，她的暗红成为整个视野里最基本的色调；而两只烟囱，则各有个性，其排烟的时间及效果也决然不同。稍矮的那只，是水泥制品厂的窑塔，整个白天都冒烟，很淡，太阳强烈时，肉眼基本看不见——它所冒的其实不是烟，而是细腻的水泥灰。在空气的掩护下，淡白的烟灰非常均匀地撒遍厂区所有人家的所有角落，整个上午，然后又是整个下午，烟灰们耐心地积累着。终于，下班回家的人们，用手拂过桌面，收回外面的被子，举起黄瓷缸，他们的肉眼这才“看见”，烟灰们像一层薄纱覆盖着手里的东西，所有的东西都像个新娘子似的，操，几乎羞答答的！另一只烟囱，如同轮岗的卫兵，它在傍晚时分才开始冒，这正好是丁伯刚下班后的时间，它那灰黑色的烟带着焦煳气，随着风向形成的弧线如同女人的腰肢，着实使人迷醉。

丁伯刚喜欢站在窗前发呆——这样的厂区黄昏，丁伯刚多么喜爱呀，以至于他一听到年轻人对厂区的褊狭、落后表示抱怨时，他就会发火，这么温顺、广阔的厂区，还有什么好挑的，简直就是世界上最可爱的地方嘛。别以为丁伯刚在说胡话，凡是跟他一样，在厂区一轮又一轮生产高潮、劳动竞赛、比学赶超中度过美好年华的人，都跟他深有同感。他们一直记得，在厂区，他们创造了多少奇迹，那么充实而生机勃勃……

黄昏之后，天色暗下，暗到那灰黑的烟、暗红的水塔都看不见了，一丛红蓝色的火苗就会从夜幕中慢慢浮现：那是石化厂长年累月排出，并一直燃烧着的地下废气，一年四季，从白天到黑夜，都那么傻乎乎地烧着，像有人在半空举着火把，他被付了工资，必须不知疲倦地永远举着。丁伯刚一眼不眨地盯着……那红蓝色的火把从模模糊糊变得越来越亮，好像成了整个厂区的中心。他相信，一定有许多跟他差不多的老家伙，跟他一样，站在家里的某个角落，揉着烂红的眼睑瞪视着这丛火把。

丁伯刚凝望着，熟悉的悲伤再次来袭，这火把让他想到了丁成功，雄伟的大火一下子变成了吹玻璃车间的小鬼火，丁成功正光着个大膀子对着根管子吹呢！软乎乎的液体玻璃恶心地流动着……他将要一直吹下去，从学徒吹成师傅，吹成个老油子工人，衣服满不在乎地脏起来，胡子拉碴的，慢慢胖了，秃顶了，并且，像自己一样，喝起酒，大醉起来，并同样站在某个窗前看着这冒着黑烟、烧着废气的厂区……

这样的想象让丁伯刚站不住了，就好像他是站在镜子跟前，照到的却是二十年后的儿子，活脱脱变成了另一个自己的儿子，儿子站在镜子里，用谴责而尖锐的眼神凝视着他——丁伯刚难受得像有锥子在钻心！不论多么差劲，发生在他自己身上，都是合理的，但若复制到曾经是神童、本当前途无量的儿子身上，则是悲惨和不可忍受的！

丁伯刚慌里慌张地看看窗外，内心焦渴，一转身，他以最快的速度扑向桌上的粗陶杯，像长途跋涉，同时还发着高烧的人那样不要命地继续喝起来。

而醉汉丁伯刚对神童儿子丁成功的殴打，就是从这瓶口子窖开始的。公允地讲，这也不能全都怪他，而是杯中物的附赠品。

附赠品一般在次日打包抵达：头疼、眼睛肿、舌头苦、牙齿疼，这都没什么好说的，较奇特的是丁伯刚的胳膊与腿，它们加长加大了，变硬变倔强了，冷不丁还孩子气地发抖，随便拿个什么玩意儿，都相当之艰难，哪怕就是给牙刷挤个牙膏，也得平心静气很久才敢下手——该着的！你以为灌下去的是他妈的甜腻腻的汽水或果汁吗？操，酒是多么了不起的东西，它是有脾气有排场的，它必须前呼后拥、以一桌的酒菜迎来，也必须呼天抢地、以拼命的呕吐送往！有什么好抱怨的呢，丁伯刚的心态就是安之若素、逆来顺受，非常地富有担当，就像他与酒之间，已经超脱了常人所喋喋不休的是非恩怨。

宿醉的丁伯刚像个价值连城的大瓷瓶子似的，危险而端正地坐在那里，五脏六腑里青一阵紫一阵、松塌一阵收紧一阵，左冲右突走投无路。

珍珍给人铺床单刷马桶去了。家里没有任何分散点与注意点，除了丁成功那扇紧闭着的阳台门。

丁伯刚盯着儿子的门，专心致志，好像那是块电视屏幕，上面播放的不是新闻联播或连续剧，而是乱糟糟打打杀杀的港产武打片，看得越久，他的逻辑就越是愤怒——老天爷，日子为什么会这么无聊！不就是因为那个屏幕之后的臭小子嘛，要不是他，就不会这么绝望了，就不会对不起他妈了，也不会记恨苏琴了，更不会喝光那么多正宗的好酒了……哎哟，可找着罪孽的根子了！

“你给我出来！”他大喊。

那扇门仍然紧闭着，像倔强的嘴巴，越发令人恼火。丁伯刚站起来，是，他现在有的是劲儿，他举起他非常有劲儿的脚，对准阳台门狠命踹过去！

阳台门却像有机关控制似的，准确而悄没声息地一下子打开，丁伯刚差点没跌下来。丁成功发青的光脑壳伸出来(他什么时候剃的头？光光的！都没跟老子说一声，真像个囚犯！)，青脑壳不说话，只盯着丁伯刚，如果丁伯刚没有看错，毫无疑问，那眼神里竟是可怜与瞧不起。

“你在里面干什么？让开！我要进去！我要到阳台晒太阳！”

丁成功反倒莞尔一笑，把身子钻出来，啪地带上门，好像只有从他身上踏过去才能进去。

“反了反了！”丁伯刚把力量从绷直的脚尖转移到手巴掌上，以一个不太熟练但符合力学原理的弧圈尽心尽责地抡过去，一直抡到丁成功脸上。

“啪。”多么生猛而新鲜的声儿啊，几乎把丁伯刚自己都吓了一跳。

丁成功白净的脸上立刻出现了红印，嘴角还渗出一点血来——好像刚才幻想中的武打片真的上演了。丁成功揩揩脸颊，好奇地看着手上的血迹，对丁伯刚似笑非笑地点点头：“没处耍酒疯了……好！还有吗？再来呀。”

这平静的讥讽，以及关于“发酒疯”的定义，让丁伯刚感到很妥帖，看来，这样耍一耍酒疯，有些道理。

第一次的殴打就此开始了，不算十分激烈，由于丁伯刚不谙此道，倒打得单调而实在，连应当伴随的咒骂都没有。丁伯刚只是每搂一下都预先晃一晃，活像是一边瞄准一边跟儿子商量：这里来一下怎么样？左边再来一下如何？

丁成功用两只手护着脑袋，半哈着腰，像个忠心耿耿的门神一样看守着他可怜的小阳台，偶尔他侧过身子，或转过背，以便配合丁伯刚无从下手的拳头。

噗。噗。噗。

沉闷的击打，拳头与皮肉的碰撞，在父子间缺乏节奏地响起，像是古怪的仪式，亲密而忍耐的关系。

……直到儿子踉跄着拍上门离去，丁伯刚才伸出僵硬的大舌头舔舔他肿胀的拳头，一边乜斜着他死去的妻子，脸色难看起来，他开始疑惑——刚才那个狂暴的人是他吗？奇怪，为什么要搂儿子呀，全世界的人都可以搂，只有神童儿子是不能碰的呀，他最心疼的……

唉，瞧瞧这个脑子漏风的男人，等着吧，当潜伏在他体内、被酒精所饲养的那只小野兽慢慢睡去，新一轮的麻木与悲伤将把他吞噬，他将会有一个地狱般的夜晚。

不过，这是一个值得记取的夜晚。以此为界，丁伯刚与儿子此后的关系，语言交流直线下降，而肢体动作同比上升，并慢慢固定成主要形式。每次的搂与被搂，都没有具体的缘由，就像人跟人寒暄、打招呼、吃饭，怎么会有个为什么呢。

若干年之后，丁成功每次想到亡去的老爹，都会感到背后的皮一阵阵发痒，他真想穿过缥缈的时空，去重新拽起他父亲的手，往他的后背上凑，他多么希望，他的老爹还能够像从前一样，捏起拳头生机勃勃地死劲儿揍上一顿自己！这不仅仅是为了怀念，还是为了感激。若不是老爹揍他，若不是他被揍得逃到十字街上，他怎么会在那条街上碰到补习回来的晓蓝……后来的一切就都不会发生，他就永远不知道，什么叫爱，什么叫甜蜜与哀伤。尤其到后来，他与晓蓝的秘密交往中，晓蓝最常做的事，就是细心地察看、照料他其实并不多么严重的伤情。在那些瞬间，他得以一次又一次地确认：晓蓝是喜欢、在乎他的。

——只可惜丁伯刚一直不知道，在丁成功与晓蓝的关系上，他竟然迷迷糊糊起到那么大的作用！在十字街出事之后，大家都争抢着追叙细节、诉说歉意，只有他，这死得太早的丁伯刚呀，还事不关己、好像很无辜地躺在地下呢！

算了，不能跟丁伯刚顶真，就算他知道，并一直活着，他也会选择把这些事给忘掉的。许多事情他都是这样处理的——在大家想不到的某些方面，他采取了细腻的手法。

4

比如，他与苏琴分手的最后一幕，当时的一分一秒，差不多都像高清电视那样清清楚楚，但差不多就在同时，他翻了个身，立刻决定统统忘掉——

开场很平淡，星期三的深夜，她赶来了，不紧不慢地换了衣服，又不紧不慢地开口宣布："今天，是我们最后一觉了。"

丁伯刚闭闭眼睛："最后一觉？"他一下子明白：这是要分手了……很好，好得很。只是想不到，这个蛮高级的女人，竟然用"最后一觉"来挑明。

"嗯。"苏琴从容地点头，似乎她早备好了台词与动作，或者，自与丁伯刚结识之初，她就时刻准备着了。

"哼，我早就在等，老子都等得不耐烦了……"丁伯刚尽力张开他红烂的眼睛，迎风流泪一般，眼眶里一泡水。

"你在等？"苏琴重复，有点意外。

"……反正，你以后家里什么东西坏了，或是体力活什么的，不要客气，尽管找我。"丁伯刚突然想起自己的强项，很大方地宣布，并起身添了一杯酒，肥大的身躯拖沓着，然后重新轰然坐下。他在黑夜的灯光下举起杯子，那满溢着的一层酒，折射出凝脂般的黄光，"老话说的，一日夫妻百日恩。咱们虽不是夫妻，可有不少日，对吧。"

这句话有点下流，但苏琴看上去倒有点触动了："你就不问问……为什么？"

"他妈的不要弄得婆婆妈妈的，烦死老子了。"丁伯刚粗暴地说，他很喜欢这样骄傲着的自己。再说，她怎么可能说真心话！"反正，一日夫妻百日恩。"他重复着这句话，嘴中"吱溜"又是一口。

苏琴看看丁伯刚，如果他耐心点儿，她真可以说一说原因的。不过，不说也罢！

“我们今天好好睡一觉。然后，星期六，把孩子们找齐，正经吃一顿散伙饭。”丁伯刚非常有条理地说，“你去铺床吧，咱早点睡。”他瞟瞟苏琴。

这最后一个晚上，奋不顾身是唯一的关键词。在溢满浓香、如同打翻所有美酒的黑暗中，他们的肉体闪亮而狰狞，体液交融并飞溅，与之相伴的还有丁伯刚满口的脏话，用尽厂区出产的所有下流词汇，辱骂苏琴身上的每一个器官，他捏弄他搓揉他抽打他挖掘，他目露凶光，杀气腾腾——苏琴发出撕心裂肺的号啕，她无所顾忌地承应着丁伯刚每一个下流的污辱，在神志不清中热泪滚滚、呜咽着不停抽泣，没有人知道，她是享乐还是哀恸……

最后一次翻身下来，等到喘息差不多停息，丁伯刚忽然有些羞涩一般地，把他的手从苏琴被捏得瘀紫的乳头上拿下来，语气愤然而怨恨：“你知不知道？我从见你第一眼就看出来了，你根本看不上我，你个地地道道的骚×，是你的骚×看上我了。对不对，你说，对不对？”

苏琴不说话。此刻的她已近乎昏厥……黑暗中，她想起一个挺愚蠢的问题，一出口，她自己就后悔了：“你以后……会记得我吗？”

丁伯刚却已经半睡过去，他鼻子里哼哼两声，一边不耐烦地甩开苏琴的胳膊：“记不得，不可能记得的。老子酒喝多了，记性坏掉了，老子明天早上就会忘了。”

丁伯刚真睡着了。他不知道苏琴在黑暗中撇着嘴笑了，这个回答好啊，再好没有了。这的确是个不赖的告别——这不仅仅是与丁伯刚告别，也是在跟性告别，跟肉告别，这将是她这辈子最后一次交欢了。今夜过后，当次日清晨的第一缕阳光照上这张狼藉的床，那一刻起，她将成为一个清心寡欲的老年妇人。

丁伯刚其实没有撒谎，在睡神与杯中物的指引下，他准确预言了他将要到来的失忆，他的大脑正轰隆隆地酝酿着关上对他人的大门，并自由地缩短、更改、否定着他对世界的认知，他将迎来人生最为欢乐祥和的阶段。

5

但在大部分人看来，尤其是丁伯刚的工友们看来，他的失忆是从厂区改制开始的——国家权力机器的影响，再怎么说，也该大于女人的绵软肉身吧。

走到了1999年的厂区，正暴风骤雨般进行着所谓“资产清理”，除了物质形态的资产，当然更包括由血肉躯体构成的人力资产。故而，在变卖各类车床熔炉流水线的同时，厂区也掀起规模浩大的减员运动——从车间到食堂与小卖部，处处都可以听到痛苦而狂乱的呻吟。事实上，关于这场翻云覆雨的改制，其漫长的前戏大约从十年前就遮遮掩掩地开始了，以“承包责任制”的形式进行挑逗与暗示，而局部的宽衣解带则在五六年前拉开序幕，即所谓的“抓大放小”，先把要紧的部位拿下。拜厂区地理偏远卑微之赐，那极富暴力美学的强劲攻势到世纪之交前夕才真正到来，撕裂与蹂躏的疼痛里，“提前退养”与“买断工龄”像两只经验老到的手，剥光人们的衣衫，撕烂人们的内衣，被逼到角落的人们只得像良家妇女一样紧紧护卫着最后的然而一文不值、必将暴露的私处。

……痛苦中的人们如蚂蚁日夜爬动——老实不中用的便收拾起家伙准备过起清苦的日子，同时哀叹着为什么上辈子没有投胎做成“厂长”或“副厂长”，否则现在便可以变成为“经理”与“副经理”，拥有一夜暴富的股份；一部分精明些的则互通消息，夜以继日在厂区走动，比较各家“买断工龄”的价格与条件，比照“自愿申请”的“卖身契”上相关用语的细微差别，像把自己放到秤上，看看能否再多卖个三五块；也有被激怒的不安分的人们，四处撺掇着组织上访或请愿，要与“厂长”，不，现在叫“总经理”对话！他们是开天辟地的工人老大哥，怎么能这样卸完磨杀驴吃，那么多的贪官污吏治不了，专拿工人阶级开刀，老大哥耗光了青春，洒光了热血，到头来就这样一笤把扫地出门吗……

这一切，丁伯刚统统不参与，除了喝酒，他清高且英明地不采取任何应对措施——面对这分裂而动荡的残局，他像个看戏的人，咧着嘴歪坐在最后一排，看着那么多呼天抢地、惊慌失措的老工友们，感到大船沉没般的钝痛。好吧，给这四处进水的生活再踹上一脚吧，大家一起完蛋，彻底趴窝！

那个叫什么词来着？他老是记不得这个词，可他觉着挺好，他喜欢这个新身份！可总是刚刚记得，一转脸又给忘了，他总拉着身边的随便什么人，急巴巴地请求：“你再说一遍，我知道我不是工人老大哥了，有个新头衔，我叫什么来着?”

“嗬，老丁啊，我刚刚不是告诉过你了，就是‘下岗工人’啊，你脑子怎么了这是? 给气糊涂了，当心，可没有人报销你医药费啊……”这人转脸就告诉旁人去了，伤感的也是瞧热闹的口气，瞧瞧，这改制闹的，把人老丁都气得失忆了！

但是也有另一个说法，这说法来自珍珍与丁成功——丁伯刚真正开始失忆，并搞出比较富有创意的差错，始于珍珍与黑皮“办事”的那个晚上。

关于珍珍的对象：黑皮，此人倒是有那么一小段来龙去脉的。在珍珍第一次带他回家的那个晚上，珍珍曾经花了大约半个钟点啰里啰唆地介绍了一下。当时的丁伯刚正百无聊赖地痴坐在桌前，像个巨大的酒糟泥人，边缘模糊着，已经快要化掉了，哪里还听得明白什么。他揩揩眼屎，努力睁大眼睛，约莫得出一个笼统的印象：这是个推销员，推销的玩意儿叫作……“水上步行器”? 一个从来没听说过的东西！所以搞到两手空空，珍珍就把他给“捡”回来了……

要一般的老爹，肯定会把这个倒霉的家伙给赶得远远的对吧。可一个醉后的丁伯刚，就不是一个庸俗意义上的老爹了，他不仅脱俗，还很睿智，思维异常地踊跃，像是十字街上的交通，又堵又塞，却总能异军突起。他脸色通红地打了个畅意且气吞山河的酒嗝："推销什么狗屁啊！所有需要推销的，全是骗人的破烂玩意儿！你真想要活路不？要漂漂亮亮娶我家珍珍吗？听我的！你知道吗，现在的厂区，嗨，世界末日喽，遍地黄金噢，就看你舍不舍得脸面、放不放得下身段！"

没等黑皮表白他其实根本就没有脸面和身段，丁伯刚捏着酒杯往前一指，由于用力过猛整个人都连带着上了前，晃得杯中酒都泼出一半："喏，简单得很，你，挨个儿的，去各个厂区捡破烂去，我告诉你，他们正把真金白银全都当垃圾在处理呢。你尽管去，你就趴到地面上去，像狗一样地，你闻，像小偷一样地，你掏，哪里有铁屑子，哪里有废旧钢丝、报废零件，你尽管去捡好了，捡到手不就是你的活路！"

丁伯刚的手像一幅宣传画上伟大人物的手，他指向前方，他指向垃圾破烂，指向真金白银。

黑皮的皮越听越黑，嘴巴却越张越大。他的牙，白得那么蠢蠢欲动。

丁伯刚的"杯酒指方向"就这样无意中带着黑皮通往了蛮好的一个"活路"，真是此处漆黑彼处光亮啊——在这暗无天日的厂区，黑皮干上了"破烂"营生。一个卑微的灰扑扑的入口，配合着那些急切想要甩掉旧摊子的改革者们的需求，蹚着过渡期与动荡期混浊的河水，在大人物们拿着刀叉分割上好腱子肉的桌子底下，从他们的手掌缝里，从他们急忙忙吐出的骨头渣里，黑皮狗一样地捡漏，捡到了足够撑死他的肉屑与血沫。

不到一年的时间，黑皮就"咚咚咚"地跨着大步来跟丁伯刚提亲了。

黑皮的两只手搭在桌子上，指甲里两团黑，但上面的一只大金戒指充分地掩盖了所有的油污，另一只同样闪烁的金戒指则放在手边——这戒指打算套在珍珍手指上的。出于一种知恩图报、毫不低调的逻辑，黑皮把他所有的家当都摆到了桌面上。

丁伯刚盯着这两只与他无关的戒指，喝着与他有关的酒，看一眼，两只，再看一眼，四只、六只，戒指们不断地升位排列。这不是他醉眼的喜剧效果，而是理智的预期：面前这个指甲乌黑、开门见山的破烂王，必定会稳稳当当地为珍珍赚到更多的戒指。

然而，天知道啊，丁伯刚对此并不感到欣慰，准确一点说，他竟是被黑皮给吓到了。他事先没有料到，黑皮会把规模、速度以及牵涉面做到这个地步。黑皮越是肥壮——像吸附在衰老瘦马上的牛虻，丁伯刚却越是感到一种深深的犯罪感，好像这样一来，正推动并加快了厂区分崩离析的速度。他眼睁睁地看到，越来越多的车间被遣散，贴上封条，一些南方口音的人夹着皮包在厂区四处察看，用挑剔而无情的目光估摸着最终的剩余价值；更多跟他一样没了用的老骨头们，将在这样的目光中像小石子一样甩到最边边的角落里，以薄酒终了余生……

“还要再搞一下子?”黑皮替他倒酒，并把酒杯放在给珍珍的戒指之后，丁伯刚得绕过这个女式戒指才能拿到他的酒。

哦。他这下回过神，这家伙还在等他的答复呢。

其实，他的答复有什么重要呢。珍珍必然是跟定了这个黑皮，她的将来，必定是吃得上好肉喝得上好汤的，一点不需要操心的；他真正需要操心的反而是另一个好孩子！丁伯刚瞟瞟蔫耷在一边、几乎打起瞌睡的丁成功，感到加倍的心酸。

——这一年的年初，丁成功突然时来运转，被借调到工会，这是天大的好消息！以工代干，有奔头了不是吗……然而，都来不及舔一口这最初的欣慰，老工友们就愤怒地前来羞辱他，他可真生了个好儿子哎，知道这好儿子在工会干什么吗？哼，走狗，爪牙，专门四处发表格，送人“下岗”与“买断”，简直就是瘟神嘛。

所以，瞧瞧吧，唉，这一对儿女啊，因为改制，得福的得福，得祸的得祸……如何说去呢！这一点不讲道理的世道。

嘿嘿。丁伯刚糊涂地笑起来，冲着黑皮，他环起拇指与食指，张开中指、无名指与小指：“O——K——”

丁伯刚平生只会说这一个英文单词，电视里看来的，一直没有合适的机会用上一用，可这个场合，应答一门亲事，这依附着厂区的衰败而诞生的美满婚姻，难道不是最恰当的吗？

黑皮高高兴兴地收起了戒指，并理所当然地带着珍珍出去了，去了哪儿？没有人过问！反正，丁伯刚没有过问。

他只是继续又喝了点夜宵酒，然后爬上了床，在珍珍这头一个夜不归宿的晚上，他比平常更响亮地打起了呼噜——直到凌晨一点，丁伯刚突然醒来，他竖起耳朵，扭着僵硬的身子狐疑地打量着几乎是空荡荡的家，一阵巨大的不安突然攫住了他，他去找丁成功。跟以往的动手不动口相比，他这次的表现可谓彬彬有礼，他轻轻地、轻轻地一直敲丁成功的阳台小门，直到后者衣冠整齐地出现。他没有注意到丁成功根本就没有睡：“珍珍人呢?”

丁成功瞪着老爹，他能想象到珍珍现在处于什么样的情状，光着身子，心甘情愿地大张着下肢，任着黑皮笨拙地上下忙碌……这样的想象只是一闪之念，他无法再往下进行，不仅仅是对亲妹妹的回避，还由于体验上的缺乏，以及一种说不清楚的遗憾，他想到自己的事情……沉默了半分钟，丁成功含混地说：“你不是答应把她嫁给黑皮了嘛。”

“当然，我答应了！我说到做到……他这就把她给带走了?”丁伯刚眨眨眼，好像记起了什么，他点点头，算是明白了。可同时，他又有了新的疑惑，他焦急而认真地向丁成功提出了第二个问题：“那，你能不能告诉我，你妈她人呢?”

丁成功不习惯，甚至有点厌烦丁伯刚这么礼貌，再说，他需要趁着夜深人静，好好地想一想他自己的一些事情。对，他当然有他的事情，我们不久就会详细地知道：就在这天的中午，那家的女儿，晓蓝，在两家分手四年之后，竟主动地找上他了！满腹心事的丁成功有些不耐烦地冲客厅里的照片一努嘴：“她不一直在那儿嘛。”然后拍上门。

丁伯刚按照儿子嘴巴的方向回过头，怔忡地盯着亡妻的照片，忽然心惊地滚下热泪：“什么时候的事哇？这么说，你竟是死了!”他真心诚意地难受起来，就像妻子刚刚死去那样。他趴在吃饭桌子上，捧着女人的相片，像头疲惫的老牲口那样呜呜地哭起来，半夜听来，有些瘆人。这个场面此后成了丁伯刚的保留节目，亡妻在虚拟的复活中不断上演新死的凄凉，他每晚都为此痛心不已，举杯对着遗照伤心落泪。

算起来，正是自那天始，丁伯刚的花样开始多了起来。

早期，是对数字的抛弃，诸如买断工龄的一次性补偿、自己的岁数、女人死去的年头等，接着是各类名词，比如改制后新公司的名字、他住了几十年的巷子的名字；渐渐地，则是一周前的事，两天前的事，前一晚上的事，几分钟前的事——他烧的菜开始不能吃了，要么咸死，放了若干的盐；要么忘了关火，焦成一团黑煳。

甚至，早晨碰到正在卫生间刷牙的丁成功，他也会表现得惊讶而戒备：“嗳，你是谁？怎么睡在我家？”

“我是你儿子。”丁成功没精打采地应付。

“不可能，我儿子是神童啊，可出息了。看你这个屃样子……”

6

但是……在大家都接受了丁伯刚的失忆症之后，又有某些细节令人惊讶地表明，有相当的可能性，丁伯刚是“特意”在让自己失忆，这是他主观上选择的一个私人游戏。他成心搅拌往事，像搅拌他最拿手的凉拌菜，就这么搅拌着搅拌着，味道慢慢浑浊、真假莫辨了。

不过，就算丁伯刚是故意的，谁又能够对他此种行径进行谴责或是揭露？难道把泥沙俱下的往事像稻草那样一根不落地驮着，不论阴雨连绵还是狂风呼啸，都弯腰驼背忍辱负重，就最了不起？说不定，生而为人，那无穷的烦恼正是由于记忆力太好所致！忘掉了，放下了，反而会开心得多！最起码，“失忆”之后，丁伯刚对神童儿子的平庸现状不那么愤怒了，每天的殴打也只是走走形式……

不过，嘿呀，在某些时刻，丁伯刚的失忆游戏也会露出点马脚。起码，有两件事可以作为呈堂证供。

第一件事。

不知怎的，在丁成功与晓蓝秘密交往大约两年之后，丁伯刚似乎终于觉察到什么，感到丁成功有哪里不对劲。这小子每晚都睡得很迟，吃饭时发呆，说话会走神，情绪时好时坏，一有空就钻到卫生间对着蜡嘴雀窃窃私语……借着酒劲，他粗鲁地用手捋过丁成功的肩：“告诉我，你多大了?”

“二十七岁。”

“妈的都二十七了！白吃白喝这么大了!”丁伯刚敲了一下儿子的脑袋，“那老子多少岁?”

“五十六岁。”

“他妈的，我都成老头子了。”丁伯刚快活地骂了一句，他凑近丁成功，“嗳，二十七岁了，想那个吧？可以找个女娃了!”

此一阶段的丁成功，与晓蓝算是有了较为稳定的地下交往，丁成功一方面是沉浸其中，可一方面又绝望于这种沉浸……不管怎么说，他肯定是没有想到“那个”事情，丁伯刚这句话让他满面充血，震惊而难堪，扭过头去一言不发。

丁伯刚得意了，把脸凑得更靠近，像只毛毛虫：“嗳，有没有目标？有没有吗？我知道，厂里的那些女工，有的很泼辣很开放！”

丁成功霍地站起来：“我去睡了！”然后直冲到里面，把他的门死命拍上。

丁伯刚的破绽就是这个时候露出来的。他跟着丁成功到门口，在儿子拍上的门前，像一棵树似的一直站着，门里门外两头都无声无息……丁伯刚就这么站着，差不多一直站到下半夜，估计着儿子早已睡着，估计着这世界上再也没有人会听见，他才闷声闷气地嘟囔起来：“唉，你就跟我说实话嘛。从一开始我就看出你对那个丫头有意思，她有什么好的，整天挂着小脸，谁欠她的？不过，有本事你就来个真的，把那死丫头搞定啊！你要真搞定的话，我跟苏琴能再做上亲家，呃，亲家公跟亲家母好不好睡觉的？是不是有点乱……”

冷不防阳台门突然又打开了，丁成功一张扭曲了的脸伸出来，既仇恨又祈求地看着丁伯刚：“别说了……”

这倒把丁伯刚给吓着了，随即他羞恼至极，勃然大怒，突然间灵敏得像只猿猴，一把揪出丁成功，非常下狠劲地一拳把丁成功揍倒到地上，然后脚也上去了：“操，你丫的装睡，你偷听老子说话！你他妈的还能有点出息？搞个小丫头都搞不定！要不要我撒泡尿给你照照镜子，看看你像个什么死样子！白吃白喝臊眉搭眼的，不如打死你算了，死了你还好去陪陪你妈！”

这么的又打又踢，不知是累了还是别的，丁伯刚动作慢下来，并流下几滴老泪，他动作别扭地抹了抹。等丁成功从地上爬起来，他生硬地耍起“失忆”的花招，像戴上一顶破破烂烂的旧帽子：“咦，你是谁？你在我家干什么？”

第二件事，关于迁坟，要他把入土了十多年的妻子给折腾出来……

是2001年的事了，这一年的厂区——经过左一轮右一轮物非人也非的改制以及撤并转停，厂区的名声慢慢优雅了起来，像一个满身油污的家伙被按到肥皂水里洗了几通并套上了雪白的新衬衫。厂区不再是重度污染或偏远不可及的代名词，这块弃儿似的边缘性地域，迎来了史上最大规模的拆迁与重建。了不起的房地产圈地运动如火如荼、高潮迭起，前后左右但凡像点样子的地块都像大姑娘或小媳妇似的被饥渴的开发商们一一认领回家了。要是开发商所说的全是真话的话，那么，原先的旧厂房、闲置仓库、公共浴池、培训学校、职工医院等那些地方，将会摇身变成高档极了的软件中心、写字楼、连锁酒店、产业园区、健身会馆之类……而那些后来的更加饥渴、更加眼红的开发商可怎么办呢，便只得退而求其次，把视线往厂区的边缘方向投去，就这么的，那个臭名昭著的垃圾山、野坟场一带竟也被圈起来啦！老天爷，不论是人是鬼是神，当初有谁能够想得到啊，这样不堪的地方，竟然有人争抢着愿意花大价钱买下，并许诺说要盖起漂漂亮亮的高楼大厦，这多让人感动啊。

只是，等一下感动，因为感动的后面，还拖着小毛刺、小阴影呢，就看谁沾上身、谁踩到脚——丁伯刚就踩到了，还踩了两次。第一次，是他所在的电子管厂宿舍区被刷上歪歪扭扭的“拆”字，幸而，开发商后来出了乱子，此“拆”暂缓，他们得以顶着“拆”字苟延残喘。但第二次就没这么幸运，发放到每一户的书面通知相当之严厉：三个月内，必须完成迁坟。过期者则视为无主坟，由有关部门统一处理……

丁伯刚不认字儿似的把这则通知看了许多遍，好像在反复考虑、推敲一个最好的方案，直看了两个多月，看得小纸条都起毛边了。丁成功几次要自作主张前去处理，他都拼死般地坚决不让，但真问他的主意，他又答非所问，只是捧着酒杯、敲打着桌子，发出自相矛盾的感叹。

他会这样号啕着叫嚷，眼泪都要出来似的：“哎呀，什么世道，连死人都不得安生了吗，死了都还要被拎起来！不能这样的呀！这根本不是人做的事啊！从古至今啊，都讲究个入土为安啊，哪有进去了又出来的道理？我一辈子安分守己啊，我是工人老大哥啊，我从不作孽的啊……怎么能这样子啊，宁可我死啊也不能再去折腾她！有胆冲我来，把我先弄死算了……”

可仅仅半分钟之后，脸上还挂着鼻涕眼泪呢，他又喜不自禁地用一种艳羡般的语调：“你妈妈她还是有福的，你想想看，相当于是从糠箩跳到米箩嘛，本来她要在垃圾山边上闻着臭气过苦日子的，可现在，不得了，了不得啊，那里说不定要变成市中心！你知道市中心什么概念？一个平方就要几万块的！要不是当初我正好替她选了那么个风水宝地，她是死是活都绝不可能住到市中心的，并且还一分钱都没有花！唉，这种福气，这种大便宜，也只有她能占了，我将来可没有这样的运气！”

……

到最后一个星期，丁成功实在等不下去了，决定私自处理，暗中找了两个专门打理迁坟的人，提了锹、铲就去了……可是，太令人惊讶了、太不可思议了，原来那么熟悉的、每年去上一两次的野坟场现在竟已不可辨认！大多数的旧坟已被掏走，留下的坑坑洼洼里积蓄着雨水与垃圾，从地上翻出来的碎砖块、水泥板、烂木头又被拾荒者进行了另一轮彻头彻尾的清理与淘汰，从而制造出迷宫般的陌生地貌。

丁成功目瞪口呆同时也有点羞愧地站着，直到那两个人不耐烦地提醒他直接找墓碑就可以了！当然当然，怎么没有想到，可令丁成功更加吃惊的是：他找不到妈妈的墓碑了，那块浇灌得相当粗糙、由丁伯刚用筷子头写就的“爱妻黄明秀之墓”的碑像长了翅膀似的，飞得杳无踪迹！那两个家伙生怕生意黄了，自也十分卖力地四处寻找，甚至跑到比较远的垃圾山边缘，边找边念念有词：“黄明秀，黄明秀之墓”……好像这块墓碑有个名字并且自己长了脚，正在跟他们玩捉迷藏……

徒劳的两个钟点之后，他们无奈接受了这么个蹊跷的结果：“黄明秀之墓”不见了。

丁成功付了点钱把那两个人打发走了。中午的阳光照着乱草，照着坑坑洼洼像是长了许多瞎眼睛的坟地，丁成功坐在那里，十分沮丧地点起烟，一边想着，看来这样子，妈妈真的像老爹所说的，要永远地待在这个未来的“市中心”了……

抬头向半空吐烟圈时，才发现，老爹不知什么时候悄悄地站在不远处，正笑眯眯好像挺得意地瞟着他呢。那心知肚明但绝对不说透的狡黠眼神，绝对不像一个失忆多年的糟老头子，一点不像。

没等丁成功有任何反应，丁伯刚又极其娴熟地装疯卖傻上了：“啊我知道的，你来找你妈了？你老骗我她死了，其实她就躲在这儿对不对？哎呀，她可不该到处乱跑呀，厂区现在都给翻了几个个儿了，她准会像个外地人一样迷路的！对了，你有没有告诉她，你以工代干，被调到工会做事了，干干净净的整天穿着白衬衫……她会高兴的，肯定！”

丁成功没有接他的话，只是扔掉烟屁股站起来，一言不发地领着他往回走——如果老爹不想暴露他的真实情况，就让他这样搞下去吧。

走了一会儿，丁伯刚好像醒悟到自己演得有些过火，他赶了几步，与儿子并排，期期艾艾、请求谅解地看了一眼丁成功。他把头伸过来，凑得很近，声音低得像咬耳朵，好像这野坟场上还有别的人会听到这个并无价值的“伟大秘密”：“墓碑……是我干的。我可不愿把你妈给弄出来，就让她像果核似的永远待在那儿吧……你想想，我们就算替她找到个新地方，将来还会拆迁！到最后，所有的地方，不管活人的死人的，都会拆的，这一轮不拆，下一轮准拆，不相信你就等着瞧，将来的日子，就是不停地拆不停地拆……所以，我，我想托你个事儿。”他支吾着，难为情似的。

丁成功停下来，但仍然不敢侧头看老爹，生怕惊动了，他又缩回去——老爹的细腻与笨拙，从没像现在这一刻，让他内心伤悲。

“我托你个事儿。以后……千万不要把我放土里，我给搞怕了。你看，这干了一辈子的厂，我住了一辈子的房子，埋了半辈子的你妈的坟，你看看，全都要拆要搬要挖……你说，我将来要放在哪里才能安生呢？等我想到了好去处再告诉你，总之，这地下我是不去的……”

总的来说，从抗拒迁坟取得成功之后，他就再也没有露出破绽过，他的失忆越来越炉火纯青，并已经成为十字街上怪有名儿的一景——每天早上，几乎跟清扫垃圾的环卫工一样准时，丁伯刚都出门遛上一小圈，走在那个亮闪闪、舶来品般的十字街上，从那些尚未开门的大型连锁超市、休闲洗浴中心、龙虾美食城、手机专卖店前走过，但他老人家一概有眼无珠、充耳不闻，固执地停留在他熟悉的旧日画面里。他煞有其事地走走停停，跟压根儿不存在的烧饼铺、五金店、桌球小老板、修自行车摊子及来来往往、并不存在的熟人们挥手招呼、指东问西，在原来该拐弯但现在变成了蛋糕店的地方，他踏着小碎步在原地模拟拐弯；在地铁施工的围挡处，他心情愉悦地停下，大声说笑，因为那里原本是一株树荫巨大的老树，下面长年支着张破桌子，并总有三五个老家伙在玩牌——这些老家伙们，其中有两个已经故去。

丁伯刚就那么一直走啊走啊，直到走到了一块挂着“罗氏大地资源公司”的地方。这是他那女婿黑皮，拉大旗作虎皮的什么公司。丁伯刚仰头看看“罗氏……资源公司”，突地想起什么，猛然间神色有变，他紧张地重新回看他刚刚走过的街面儿……旧日的幻象忽如大厦倾倒、泡泡破灭，他“看”到了并“记”起来了。厂区早不再是旧时的厂区，他与他的那批同龄人，他们的整个青壮年，他们熟稔的营生，他们奋斗过的生活，已经跟随着烷基苯厂、电子管厂、塑胶化工厂、石化厂、水泥制品厂等这些该死的会排泄会污染的厂子一起被统统踢走了、抹杀了！

丁伯刚这才腿一软，无限痛楚地跌坐在马路牙子上，那些扔到脑勺后的又都扔回来了，妻子的坟、美酒与苏琴、珍珍嫁了个破烂王、神童儿子辞去“以工代干”开了间玻璃屋。丁伯刚非常丢人地哼哼起来，头发披散，鼻涕涂得满地，嘴里稀里糊涂地念叨着：我不记得我原来有什么，我不知道我现在没了什么……

没有人知道，只有他那只陶杯知道，这期间，他跟苏琴又见面了——个中详情后叙，值得预告的是，了不起的丁伯刚，在整个重逢中，面对苏琴女士的数次来访，除了一两个细节上的失守，大体上，他非常地道地保持着绝对拟真的陌生感，毫不理会她眼眶里的泪水与心酸的倾谈。到第三次道别时，他有些羞涩地提醒：“你下次，别忘了再带点酒！”但那个“陌生”女人流着眼泪无情地摇摇头："我不会再来了。"

这种典型性失忆的良好记录一直保持到他死。

丁伯刚的死亡来得非常突然，以至于像是他的又一个花招。

2004 年，他的最后一年。这一年他闹出来的各种差错颇富有创意。他曾在一个小时内连跑三趟十字街的杂货店，买同样一个东西——这是家破旧的快要倒闭的杂货店，货品可疑，积满灰尘，可他就不喜欢超市，尽管那里又明亮又公道。就在这家小店，他十几年如一日地采购他的劣酒、汗背心与金莲牌卫生纸。三次踏进杂货店，他都像一个被迫多次排练的演员一样，迅速地打一个同样的招呼，以一个相同的动作递给店主十块钱，用一模一样的口气要一瓶红星小二，等着找零的时候，他说一模一样的废话作为闲聊，而出店门时，他会以一个同样的角度回头，冲店主开心地大叫："小心火烛!"

他还热衷于上厕所，比喝水还要频繁。到后来，他待在厕所里面的时间比外面要更长——他总认为自己今天还没有大便，或是刚才涌上的小便他一直没有撒。他无视自己的肌体反应，宁可去与记忆力躲猫猫。最讨厌的部分是，对杯中物的摄入，彻底陷入了无序与敞开。他从一个富有规律的保守酒鬼成为一个全无贞操感的破鞋酒鬼，任何时候他都可以喝，早晨空腹，半夜凌晨，午睡醒来，饮酒如水、如茶、如汤。多次的酒精中毒，使他成为附近那家二甲医院急诊室的常客，胳膊上像瘾君子那样分布着星罗棋布的吊针眼，有时还贴着上次没有撕掉的医用胶布——每一次，他浑身酒气地昏迷、半夜进入急诊室、洗胃、打吊针、入睡、苏醒，出院……这流水作业般的过程，跟他到小杂货店买红星二锅头活脱脱一模一样，也像是在反复排练他特别偏好的一组经典动作。

只是这一次，这最后一次，丁伯刚的排练出了差错。

前半截，他昏迷、进急诊室、抢救、洗胃、打吊针、入睡……都还是一模一样，只在最后一个动作上，他“忘了”做，他一下子就睡过去，忘掉苏醒过来了——清晨，护士去量体温，却发现叫醒不了这个“老主顾”了。

在“罹患”失忆症五年之后，六十一岁的酒鬼丁伯刚死于酒精中毒。

……由于死亡来得太过仓促，不管是他本人，或者是丁成功，更不要说珍珍，谁都还没有来得及替他想到一个“安安生生永远不会拆迁”的死后去处。为了丁伯刚的这个几乎蛮不讲理的心愿，兄妹俩只得把他的骨灰一直存放在他那套早就被刷上“拆”字但仍未拆掉的旧房子里，跟他的陶杯放在一块儿。

影响力

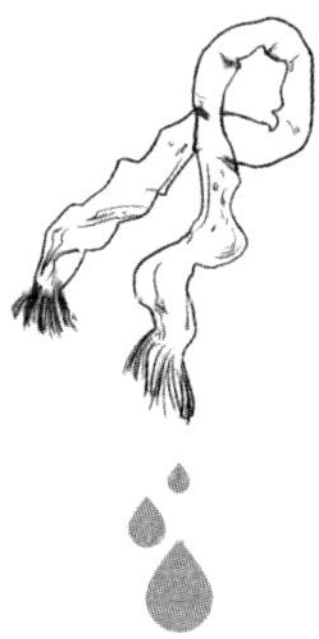

1

十字街那了不起的爆炸发生之时，所有的人，包括那个长年蹲在农业银行自助服务区的流浪汉都在第一时间感受到了自出娘胎以来最大的惊悚，除了珍珍，她一如既往地后知后觉。

其时，她正扭着身子满头大汗地在光照不足的阁楼里闷着头东翻西找，嘴巴向下撇着，随时会哭出声来——她的心头肉、她的好老公、她的黑皮，从昨晚到现在，已经消失了长达十五个小时了，这时间虽然不算特别的长，但各种迹象，尤其是那一个个心急火燎打到他手机(他没带手机!)上的电话表明：他好像真的是不见了。

珍珍开始着急了，但她急得不在重点，而是些鸡毛蒜皮，比如，黑皮有没有带牙膏牙刷、换洗衣服、大包小包呀什么的，他总不会两手空空跑出去吧，那很不方便的呀！她在家里团团转、翻箱倒柜，不为别的，只想查点一下，黑皮到底带了些什么？但结果让她既担心又暗存侥幸，什么都没少！看上去黑皮就是甩着膀子，纯粹跑出去散步，说不定，他马上就要回来嚷着肚子饿了要大吃一顿呢。

她像个没头苍蝇般地转啊转的，最终，想到了那个只有一米一高、永远直不了身的小阁楼。这里头塞的全是些舍不得扔掉，但绝对不可能派上什么用场的旧东西。她顶着灰尘，弓腰撅屁股地爬来爬去，被灰呛得一阵阵咳嗽。在最里边的角落，珍珍不咳了。她惊骇地发现，这里少了样东西，整个家里，就独独少了这一样东西——她刚刚认识黑皮时，黑皮曾经推销过水上步行器，这是他留下的一对水上步行器样品。

她记得很清楚，这对用塑料泡沫做成的大脚模样的水上步行器实在太占地方，她一直想扔掉，但黑皮坚持要留下，并嬉皮笑脸地说："留着！哪天老子走投无路了，说不定还要从零开始、重操旧业……"

珍珍嘴一咧要哭，明白了：黑皮不是散步，真是一去不返了！

老天爷啊，不就跟他开了个玩笑嘛，不就是假装肚子里怀了个孩子嘛，他怎么就这么当真、就这么生气！珍珍放声大哭，或许并没有来得及发出任何声音——惊天动地的爆炸就在这个时候发生了，并覆盖了她毫无意义的哭泣。

珍珍不管，她装模作样干号了好一阵。忽然一想，外面实在太吵，这大哭并没有任何人能够听到，不行，她得到外面哭去，得像个被遗弃的可怜女人似的，躺到十字街上打滚才对。这么一想，她把满手的灰往脸上抹了抹，连跌带爬地冲下楼，好让自己更加地披头散发、悲恸欲绝。

来到大街上，她傻眼了，怎么回事，怎么整条大街都像她家里一样被翻得乱七八糟，怎么回事，怎么已经有人满脸是土了，已经有人披头散发、悲恸欲绝了！已经有人先她一步躺在马路上打滚了。

她又惊讶又失望，随即她让自己聪明起来：看来是出大事了！跟黑皮失踪差不多大的事，不行，得回去看看老爹的房子！当然，那老房子除了些旧家什已别无长物，但珍珍头一个想到的就是那个无关紧要之处。

满大街奔跑的人中，她慌里慌张地跑过与她同样慌张的人群，一直跑到电子管厂宿舍区。这四十多年的老房子，虽已被震得千疮百孔，仍强撑着站在原地，无数扇被震碎的窗户像突然瞎了的眼睛，惊惶地盯着珍珍。珍珍想也不想地跑上楼，身边却是一个又一个往下跑的人，嘴里都在愤怒而见多识广地叫喊："他妈的都是拆迁闹的！他妈的地下管道炸了！他们就晓得行贿受贿！他妈的连图纸都不搞搞清楚！"

珍珍感到有些奇怪——她听到了"图纸"与"地下管道"几个词，真巧啊，刚才，找黑皮的那些电话里，那些不同口音、不同嗓门的但都同样心急火燎的人，好像也都提到这两个词儿的！那些人可真聪明，他们怎么会提前掐算到的！

不，算了，她避免更进一步的思考。她从小就是个笨姑娘。所有的人，一早死去的妈、前几年死去的老爹、整天闷闷不乐的哥，所有认识她的邻居、小学老师与酒店同事，他们都知道她的……所以，瞧嘛，她只能毫无用处、避重就轻地来看看老爹的旧房子。

珍珍用力打开变了形的房门，毫无头绪地在一片狼藉的老房里绕了一大圈。爸妈的相片都还在呢，只是妈妈相框上的玻璃裂了一道……可是，不对呀，总觉得少了什么？她瞪着两个老人家的照片，用力地想，却又想不出到底少了什么。她盲目地冲下楼，深一脚浅一脚地围着这幢破宿舍楼打圈，直到她的脚指头突然踢到什么。哎呀，老天爷啊，你真好你真好！家里不就是少了老爹这只陶酒杯吗？一直供在他照片前的。瞧瞧，这杯子还好好的呀，连个缝都没有，并一直滚到她脚下了呀！

珍珍嗽嗽儿地吸着气，直趴到地上，如获至宝，像捡起一块滚烫的正在融化的铁。她捧着杯子，往四面看着，小声冲着陶杯感叹：

"老爹呀，幸好你死了呀，你看看，咱们的十字街，你最喜欢的十字街，完全不成样子了呀！"

珍珍欢天喜地地捧起陶杯，这才想起来，应当去看看哥哥，看看他的玻璃屋。对哦，这么大的动静，他那玻璃房子一定遭大罪了！

她重新跌跌撞撞地往十字街最顶头走，老远地就透不过气儿了。天哪，哥哥那间空中阁楼般的玻璃屋！抬头看不到了，只有低头才能看到了！两层的玻璃屋像被抽掉中间层和底层的汉堡那样，非常的扁，如同陷到淤泥里的船那样一头高一头低，所有的玻璃都炸没了。珍珍可以想象得到，在粉碎的那一瞬间，它们一定像她在电视上看到的国庆礼花，那样亮闪闪地射向高空，再缓慢地迸射坠落，然后在附近的地面上形成了一层起伏而尖锐的地形，磨砂的、压花的、夹丝的、中空的、彩色的，应有尽有。

珍珍惊惧地紧紧地捏着陶杯，脚下打软，一步也不敢往前走了。她不敢去看，她可怜的哥哥是否就在那玻璃屋的下面……

她只有一个念头：躲起来，随便哪里！

她慌不择路地往回跑，跑到路口再往左边拐，一直跑到农业银行自助服务区。这是那个流浪汉的地盘，珍珍还经常买几个包子给他吃……太好了，这会儿那流浪汉不见了，珍珍于是在最里面的角落里蹲下来，顿时感觉好多了。这里是个死角，只有她能看到别人，别人一时半会儿看不到她。望着外面奔跑着的人、一闪一闪呼啸往来的警灯，像只冬眠的熊那样，珍珍一动不动地抱蹲着，一边对老爹的陶杯，也像是对自己解释，低声下气、非常不自信地解释："我就是开个玩笑让他高兴高兴呗！为什么他就要跑掉呢？偏偏这么巧的，连十字街也出了这么大的乱子……老天爷，为什么会这样？"

2

珍珍，怎么说呢，归功于丁伯刚那枚被酒精洗礼过了的精子，她天生只该做个平安无事的衬里与配角。相对于其他人，她多么无所欲求，最多不过就是打扮得花里胡哨，能把自己给凑合过圆乎了就不错了。

当然，她的确过得挺圆乎的：实习一结束，就挺顺利地留在了那家没甚档次却长年客满的小酒店，继续着叠床单、刷马桶之类的糙活儿。她高高兴兴地告诉老爹丁伯刚：“挺好的那地方！有吃有喝的，还发丝袜！发口红！”

顺顺当当成了个有工资的人，珍珍感到自己浑身上下哪儿都大了一圈。也算身逢其时，恰好这时两家分了手。对这件事，珍珍是有内疚的——要不是她提那劳什子的结婚证，他们怎会闹翻！她夹杂着恐惧地发现：咦，她随便说说的芝麻绿豆小主意，却产生了大西瓜般的后果……珍珍在内疚中有点膨胀了，感到潜在的能量：她得干点什么，在这个屋檐之下，作为唯一的女主人，她应当承担起什么来！

这莫名其妙的野心当然超出了珍珍的能力与体量，但她不知深浅地挑起了这副自我假设的担子，并且，嘿，还挺使劲儿的哩！

比如，丁伯刚的酗酒，她就曾出手收拾过一次，就在两家分手之后不久。

那个晚上，丁成功加班，就他们父女在。第三杯或第四杯之后，丁伯刚对他的杯子再次伸出手，却伸了个空。

珍珍冲老爹摇头：“从今天开始，每顿最多三杯。”她的声音很霸道，好像这不仅仅是冲丁伯刚一个人，还冲着她自己顶天立地的良好感觉，当然，也是为了弥补——是她害得老爹又成了一个人。

这蠢丫头抽风抽得还不够啊。这些天，丁伯刚确实有一些气珍珍，那葫芦要一直闷着多好呢。他皱着眉："我要是还想倒呢？"

珍珍把陶酒盅伸过来，似笑非笑："那你倒倒看。"

丁伯刚还从来没把珍珍当个人物呢。就倒了。

没等他把酒瓶放下来，珍珍突然一缩手，一仰脖子，咕咚，她把那盅酒给喝了。然后再伸过来："还倒吗？"

丁伯刚一愣，这丫头，带劲了还。他再倒。珍珍再喝。

如是这般，川流不息地，像录像带在按重播键，五六盅下去了。那粗陶杯啊，每杯恐怕在一两五左右。珍珍的鼻子与嘴里都开始散发酒气了，整个脑袋都热烘烘的。她的两只眼睛通了电，探照灯一般，在空中扫来扫去。

丁伯刚停下来，明白珍珍是当真了，而这个无聊的、跟以往一样毫无指望的晚上，断断不会有一个人出来拦住她的，除非死去的会活转，离开的会回来。丁伯刚忽然感到一阵悲伤，想不到，他一直没放在心上的这个死丫头倒站出来跟他作对了。世界上，现在只有她在乎他，要拉住他不让他再往下滑溜！

丁伯刚哼哼着摇摇酒瓶子："这么好的酒，白给你这么糟蹋！我还舍不得呢！"他把瓶盖给拧上，拧得很吃力。而珍珍，则笑嘻嘻地重新捧起她的饭碗，夹起两块早就凉了的肉，又喝下半碗同样凉了的菜叶汤。直到饭桌上差不多已经呈现出一种平常景象，她才猛地一转身，来不及冲到厨房的水池边，就对着脚下的板凳脚，嚣张地呕吐起来，因为呕吐而突然涌上泪水的眼睛里满是抱歉和惊讶。她含混不清地对丁伯刚摆摆手："待会儿我拖、重新拖，搞卫生我最拿手了，旅馆天天搞的。"

正是从整治丁伯刚的酗酒开始(整治其实无效，丁伯刚不久就找着道儿了：在珍珍回家之前，就预先把自己放倒)，她感到自己越来越像个女主人了，不仅管着爸爸，还能照应到哥哥呢！

对这个亲爱的哥哥，珍珍相当崇拜。当然，她是个经常崇拜别人的姑娘。她感到每个人都比她强，他们总那么深沉，超出她的理解……总之，瞧瞧，咱哥，从小就聪明，又长得那么斯文，完全就像个大学生啊。其实，老爹真是的，为什么一定要考上大学呢？只要看上去像，效果不也一样的嘛！谁还会追在后面扒着口袋嚷着要看文凭吗？

可她发现，这么个才貌双全的哥哥最近很不高兴。当然，可怜的哥哥，自从妈死了，他就一直这么软塌塌的，好不容易找个工作(比黑皮收破烂强多了)，可老爹却飙上啦，一醉酒就揍他！珍珍可真同情哥哥！

但是，哥现在的这种不高兴，跟他一向以来的那种不死不活又是不同的：他吃饭，像饭在吃他；他看电视，像电视在看他；他上班下班，像一根木头在上班下班。

这是怎么回事嘛？她希望家里的这两个男人都好好的！有什么事她来出面嘛，她会把他们从深渊里给拉出来，真的，她力气可大啦！

珍珍苦苦思索着——不过，以她目前的情商，就是想破了头，恐怕也并不能看出丁成功的心事。也算老天有眼，就这个时候，珍珍先掉进她自己的“爱情”里了，先不管这“爱情”滋味如何，总归可以触类旁通吧。

3

一个小酒店服务员的“爱情”，肯定不咋地吧……然而，怎么说呢，有心眼与没心眼，高级或低级的背景，这对人生的进步或质量而言，并没有绝对的逻辑关系。

比方说，小酒店也会碰上大客人，那些从苏州、扬州、温州或其他什么州来的老板们。他们每天需要洗烫衬衫，在房间叫吃的，多付些小钱让她们到外面去发传真之类（小酒店里可没有什么商务中心）。当然，大部分客人是等而下之的，满面尘灰，口音浓重。他们只住一两个晚上，却把房间里所有的毛巾都搞脏，所有一次性用品统统拿光，被子毛毯全都拖出来扔个遍。

这些野鸟般来来去去的客人有分析研究的必要吗？有，太有了。所有的酒店服务员，从她们接触这个行业起，就统统知道一个关于市区最高级饭店的传说。那里面，第一批 80% 以上的服务员，通过来自全世界各地的客人的关系与介绍（当然，更包括与客人本身发生的关系），她们通通都嫁给了有钱人，很多的还到了香港！到了台湾！到了新加坡！到了美国！对，这就是这个行业里的伟大神话，带着传销般的蛊惑力：如果你是一个长得不赖、有心机再加点幸运的人，绝对的，你一定可以找到通往上一层生活的路径！姑娘们需要这种胡萝卜一般的渺小希望！

所以，对珍珍的同事来说，所有那些外人不以为然的服务细节里，实际上都充满各样势利取舍的机巧。这些，就不细说了，单说与珍珍“爱情”相关的这一位。

他皮肤很黑，她们便管他叫黑皮，北方口音，带着倔强的小县城气息，没有一个姑娘对他存有丁点儿兴趣——真可笑，他推销水上步行器！所谓水上步行器，可真是个愚蠢的玩意儿，不知当初是哪一位癫狂的发明者为此申请了了不起的专利：两个塑料泡沫的巨大脚巴掌，使用的人把它捆在自己脚上，然后依靠其浮力，缓慢地笨鸭子般地步行于水面！你说说，这有什么狗屁意思呢，靠这个怎么能赚到钱呢！

而这一位黑皮，就指着这个赚钱呢。他耐心地围着中国地图上大公鸡的腹部，到那些听上去发达而糜烂的城市推销水上步行器。每到一处，他首先寻个便宜且交通方便的小饭店，然后挨个儿地跑公园，试图说服公园管理处在其屁股大的人造小湖里买下几套大脚丫水上步行器以招徕游客。

对这个临江城市，大公鸡的心肝之处，有着大片古典水面儿的城市，黑皮寄予很高的期望。他运用有限的浪漫主义大胆幻想着：络绎不绝的游人们，排着长队，穿着他的塑料泡沫大脚巴丫，随着流水自由自在地穿行在白山墙黑屋檐的画廊雕筑之中，像慢镜头那样，他们指指点点，前俯后仰，充分展现出水上步行器这现代水上漂的魅力……肯定的，这里他将捞取第一桶金，他长久以来的失败纪录会在这里改写！

充满期望的黑皮在珍珍所在的小酒店其实也就住了三天：星期五、星期六、星期日。他在这三天里跑遍了大大小小所有的公园，说遍了能想到的所有好话，耗光了全部的激情与好心情——他一无所获，从一个膨胀着的泡沫大脚丫变成了干巴巴、备受屈辱的三寸金莲。

这样的事情，在小酒店里，姑娘们见得多了。她们看着他的脸一天比一天黑下去、尖下去。嗤，穷小子嗳，长见识了吧，做生意啊、发大财啊，别做梦了，你以为那就是打个哈欠放个屁吗？

临走前的那个晚上，黑皮买了些白酒回房间，但没有买菜，可供下酒的是他那一大包原封不动的水上步行器——他这次带得可多，本来还担心不够呢，现在看看，挺够，下酒管够！

……不过半小时，黑皮就结结实实地醉了，醉得能量充沛、手舞足蹈，他在狭小的单人间里四处兜圈，所有能扯的都扯了，所有能吐的都吐了，大女散花、满地堆积憔悴损，房间成了野兽笼子，味道比兽笼子还大！最终，他又像野兽那样在他自己的呕吐物中睡去了。这一睡，直睡到凌晨四点——黑皮渴醒了，四肢像被人捆起来，扔到了深洞里！他打前台电话，要水。

接电话的是另一个姑娘，她从瞌睡中醒来，想，可能是某“州”的小老板吧，这个时辰叫水，也是机会噢……等搞清楚是黑皮，这姑娘火大了，他有什么本钱差人给他送水！她推醒打着呼的珍珍：“这个你去吧，下一个电话我去。”

就这么简单，珍珍去了。

凌晨四点，珍珍进了黑皮的房，鼻子一动，她就有数了。对宿醉而醒的人，她可有经验了，多少次多少次，她那老爹不就是她给伺候过来的！她马上就进入状态了，都没顾得上判断一下，就像那些姑娘们常说的，这是个什么类型、是否值得费劲儿的客人。

富有程序感的，珍珍刷地拉开帘子，打开窗，让凌晨的冷空气进来打黑皮的耳光。然后倒半杯凉水，让黑皮漱口，冲洗他那麻木黏稠的口舌，接下来才倒上温水，里面还丢了一撮糖，蜜水解酒。趁黑皮“咕噜咕噜”着，她这边再替他把脏床单、枕巾拢起，清掉床头柜、椅子、小沙发上还有他鞋子里已经结成块儿的呕吐物……

这整个过程，黑皮一直趴在床上，汗溻溻的头发挡住脸，眼睛半睁半闭，只用一只勉强睁开的眼睛追随珍珍的一举一动。珍珍那两条怪结实的腿，裹在半长的赭红色套裙里，有条不紊地移动着。她不时弯腰劳作，一只手捋向耳(那里有一个小痣)边滑下的一缕头发，一边露出一个不满意这一切，同时下定决心要使之变得整洁的表情——这个黑乎乎的凌晨，在焦渴与自弃中，苦醉后的县城小黑皮，眼巴巴地瞅着撅着屁股忙乎的珍珍，内心里涌上一股直接而有力的触动、情感上的驯服……他忽然就想，哪怕一辈子都变成一条狗也好哇，只要能跟在这个姑娘的脚后跟边跑。

乒乒乓乓动静挺大地拾弄完，珍珍要走的时候，黑皮说话了。“嗳你，名字，是什么?”他的舌头还是僵的、肿大的，他竭力说清每一个词。

“怎么了?”珍珍气起来，奶奶的，难不成他还要投诉!

“我……我下次，来找你，来，谢谢你。”黑皮用力坐起来，他猛然发现自己在哭，天知道为什么哪，他就想哭——黑皮记起了他以前在其他城市、大公鸡肚皮下方那些势利的地方，那许多个白天、深夜与凌晨，开场部分都差不多：四处颠跑、帽子被汗浸湿、屋檐下鸡苗一样躲雨、小丑般地在湖面上来来回回地演示那令他绝望的步行器，有时他也试着装出很屌的样子，但同样是被呵斥着挥手赶走……接着，夜场上演：回房喝酒、凌晨的干呕、像死了那样的口渴，都一样。然而，接下来的部分，这次变了——敲门进来的这个姑娘，她没有厌恶地捂着嘴鼻转身就走，没有喊来态度强硬的值班经理，然后居高临下地瞪着摊在床上的他，责令他交纳什么服务费与公物赔偿金……

看看她吧，可真是个仙女啊，世界上从来没有过的仙女，她那好心眼简直就是99.99%的纯金做的呀。他这么个扶不上墙、提不上筷子的蠢货，哪里配呀!

珍珍看到了他那散发酒精味的眼泪，她太知道了，丁伯刚也常常在酒醒之初动辄热泪横流。这种狗屁眼泪，跟淌汗、撒尿差不多!想了想，她答：“我的工号是9617。”她得意地想：哼，工号，四个数字，他保管一出门就会忘了的。

“9—6—1—7。”黑皮拖着他肥胀的大舌头，并用舌头在他脑子里写下这几个数字。他竭力睁大眼睛，在模糊的视网膜上铭刻珍珍的脸，好像他走到天涯海角都不能忘掉。珍珍愣住了，她惊慌地感觉到：有那么小半刻儿，她的心不跳了。

奶奶的，这算是怎么回事！珍珍身上的某一个实心的窍眼，这么的，好像被点通了——原来，世上有这样的事！

……她差点没笑出声来。

4

一个新的珍珍从新的角度重新思索起丁成功的苦恼——噢，这么说是害着相思病了？她拍拍手，不管对也不对，顺着这条死胡同往下推算：哥哥接触过哪些人？当中有什么年龄相当的女孩子？珍珍像个警察一样地排查起来，嘿，瞧嘛！答案简直就像扔在秃子头上的虱子，珍珍笔直地想到了晓蓝，并竭尽全力地加以回溯、倒推，寻找更充分的证据。

她侧着脑袋、嘬着牙花儿使劲地想，对了对了，记得有一次，两家还“好”着的时候，他们四个孩子曾正经八百地一起出去买过东西，空前绝后的一次，不过可真买了不少便宜货！珍珍向来热爱便宜货，所以，她记得可清楚了。

那是个暮春的星期六，晚饭后天色依然明亮，窗外涌动着臊烘烘的空气，像无数双怂恿的手在外面挥舞：出来玩啊，天气这么暖和，大家快出来玩啊。

珍珍不耐烦地举着一杯热水吹气，来来回回地走，不住地拿眼睛瞟晓蓝，她正拿本书扇着风。唉，人与人哪，为什么这么不同。瞧，人家一件普普通通的圆领线衫都显得那么好看，看那露出的长脖子！还有那头发，又重又黑，像厚墨汁。真是的真是的！珍珍由衷地服气，难怪人家不大愿意跟我讲话，她就像汤汁包、水蜜桃或甜香瓜啊！这样的好人儿，他们怎么不掉口水的？珍珍看看晓白，小胖子光顾着在那儿消化他的大肚子了，那哥哥呢？

哥哥丁成功坐在桌子边，表情不知为何有点紧张……自工作以后，哥哥比以前要随和多了，常跟大家闲聊几句，还抽上了烟——吃过晚饭，很自然地、活像抽了一百年烟的人那样，摸出一根来点上。那烟肯定不算好，可他点烟的姿势，好啊：侧头的角度，两手懒洋洋地相拢，火苗在半空抖动，光焰闪闪地映着他青青的胡楂儿……珍珍如痴如醉地瞧着，十分感动，认定哥哥抽烟是最令人肃然起敬的一件事。

哥哥站起来，把手插在裤口袋里，很有样子地在屋里转了半个圈，有些突然地邀请晓白：“咱们到十字街转转吧！我请你吃冷饮去。”

“啊！”珍珍看到晓白惊讶地抬起头，腾地站起来，差点把椅子都带翻。切，这死胖子，至于吗，一听到吃，激动成那样。

“我也要去！正好可以逛逛夜市！”珍珍可不想错过任何好处，忙不迭放下茶杯，蹦起来就进房间换衣服了——余光瞥到小胖子有点不太高兴地噘起嘴。哼，哥哥又不是你家的，还想一个人占着哪。

珍珍换上牛仔短裙，又把脸上弄了一通，直到镜子里的脸看上去有黑有红有白的，才美滋滋地出来，忽然发现哥哥正看着晓蓝呢。妈呀，那神情珍珍可从来没在哥哥脸上看过，恐怕连醉倒在一边的老爹与相框里可怜的老妈都从来没见过——他那么可怜巴巴，那么没着没落，那么软乎乎的呀，明摆着的，他在求着人家晓蓝呢：行吗，不如也一起去吧？哪怕就这么一次，我请客……

珍珍注意到晓蓝的脸颊马上红了，可她保持了镇定，转眼瞪一下晓白："妈妈不放心你乱跑的，我要看好你。我去跟她说一下！"瞧瞧，这不就是应了嘛。

哥哥似也并不因此多么得意，只谨慎地低头整理他上衣的袖口。

珍珍掏出小镜子照照，她挺满意今天这大红唇，可是她不满意的是，哥哥干吗不说实话呀，什么带晓白吃冰激凌，明明是想请晓蓝！他为什么都没想到请他的亲妹妹！算了，不计较，好好逛街去！

晚上的十字街一向是珍珍最中意的地方。多热闹啊，路牙子边上首尾相接地搭起了许多临时性的小棚子，破塑料布在风中呼啦啦直响。电线缠成一团的彩色小灯泡下，小摊主们正笑嘻嘻地往外布他们的货：袜子内衣，发卡口红，电筒电池，小孩鞋子，电子身高秤，三分钟无痛打耳洞，炸臭豆腐……兴奋而乱糟糟的，像把整个厂区搅成一团之后，再胡乱摊在这里。他们一下子淹没在这颜色与气味的大杂碎里。

一个小铺子跟前，丁成功停下来，跟里面的店主用接头似的眼色打招呼，一边打着响指，替他们几个各要了一根夹心雪糕，并努努嘴拿了包烟，流里流气地点上……昏暗的街景上，他自在地倚在那里，一只手插在兜里，双眼淡漠地盯着闹哄哄的大街——他与这条街，真般配！珍珍一边舔雪糕一边瞧着哥哥，真帅，帅得像小流氓似的，跟在家里完全不一样啊！

“你们今天，尽管看，想买什么，我请！管够。就算不够，去玩两场，翻倍地又回来了！”丁成功有些骄傲地说。珍珍知道哥哥说的是桌球，他打桌球只赢不输的，他所有的香烟钱都是打桌球赢来的。

珍珍三两口吞下雪糕，她拿眼睛催晓蓝，她却像吃药似的，眉头皱皱的，好像有点懊恼……这人！她究竟看什么不顺眼呀。

丁成功在前面领路，一边怪神气地评价着打气枪的铺子，租录像带的小门面，套圈游戏，买一赠一，以及路边站着的一群小青年儿，停着的一辆闪着灯的三轮警车等，他什么都一清二楚：“那些玩意儿，全是骗人的鬼把戏！哼，穿制服的也都清楚，才不管呢。活该有人上当受骗的！”“看到那边儿了吗？那个就是赌球，他妈的每一杆子都是钱哪！赌烟也可以！赌录像票也可以！赌夜宵也可以。不过我从来只赌钱……”

张牙舞爪地走了那么一会儿，丁成功好像不愿再玩“小杆子”

风格了，他走得慢下来，变回了原先的斯文，有些不好意思地摇摇头：“这里的录像厅，可不能带你们进去，净是些乱七八糟的！你们有人看过《北非谍影》《第三十九级台阶》吗？还有《最后一班地铁》！我夜校有个同学，他带我看过的……”

珍珍不喜欢听这些，她知道这都是说给晓蓝听的。而晓蓝呢，表情却越走越生硬，几乎可以说是难看了，好像有人在监视她，好像她暗中跟自己发过誓，决不跟这里的一切发生关系！唉，珍珍生气哪，真是的，成绩再好、人再漂亮也不能这样吧。

但珍珍还没来得及当真生气，就被前面路口的打架给吸引过去了。十字街上经常有人打架，运气好的话，每天都能看到两三出。一大堆人围着，个个张着嘴巴。

丁成功站在一边看了两分钟，从双方含混不清的叫喊中辨别敌友。突然，他哗地扒掉上衣，光着膀子冲进去，把一个给揍得东西不分的矮个子给护出来。为此，他的后背狠狠地吃了两拳。而矮个子，也恼恨地踢了丁成功一脚，强作嘴硬：“我情愿给打死！他妈的，我情愿拼命！”丁成功拍拍矮个子：“三子，不要吃眼前亏了……”

这一幕，从前到后，不过两分钟。架一结束，人群失望地散开。丁成功重新套上衬衫，珍珍惊讶地发现——他是从晓蓝手上接过衬衫的。他小声道了谢，然后一边扣扣子，一边很郑重地、像是对晓白传授某种秘诀：“打架的话，衬衫是一定要脱的，有时我连裤子也脱，因为很容易摔破或者撕裂。还是直接打在皮肉上好。”珍珍看到，晓蓝的眼睛一亮一灭，情绪一下子就好了。胖晓白则抽着冷气，胆怯地摸摸自己身上的肥肉。

他们接着往下逛。这样的夜市嘛，花俏是毫无疑问的，寒碜更是毫无疑问的，但是，便宜就是硬道理嘛，只有在这里才可以像模像样地摆阔气嘛！瞧瞧，他们真可以说是大消费了一通：雪糕、九大把羊肉串，测量体重（晓白不肯称），打了一轮气枪（晓蓝没玩），投了五轮套圈（丁成功没玩），珍珍挑了一盒四色眼影与一个金色腰带，晓白挑了一个魔方与两袋鱼皮花生，晓蓝则是一个绿色小手电筒——她满脸通红地推让着不肯要，丁成功争了好半天，最后仓促地塞在晓白手里，嘴里劝着："停电了，或是夜里起身，总好照一照的！"

夜色阑珊，他们满载而归地重新踩着自行车往回走。十字街变得人影稀疏，店铺开始收起门板，小摊主们拖着蛇皮袋沉重地走，留下满地的纸片与破塑料袋，可疑的洗头房与小旅馆仍在辛苦地亮着霓虹灯，即便那霓虹灯所拼写成的招牌已错得离谱。

丁成功一路轻浮地摇着铃铛，巡视着这片狼藉破败的领土；晓白勾着脚，满足而拘谨地坐在后座。晓蓝照旧一声不吭，那只绿色小手电筒被扎在一只红塑料袋里，扔在车篓子里在夜风中颤动……

重新回忆起那个十字街的廉价大采购之夜，珍珍感觉自己好像又穿着那条太紧的牛仔裙、扭着屁股吃力地骑在他们三个的后面，一边瞧着他们的背影，但她现在可比当时要看得清楚得多了——那些曾经忽略掉的细节与眼神起死回生，重新一一勾连，有的还打上了着重号！她拍起大腿，恍然大悟，妈呀，原来，有、那、么、回、事！

终于找到哥哥的问题所在啦。不管对也不对，珍珍激动地浑身一激灵，随即又顿足不已：倒霉的哥哥呀，怎么偏偏是晓蓝，珍珍可一直挺怵她的呢，总是冷不拉叽的样子，又考上大学了，人家那绝对是天上星星亮晶晶啊……摘星星这件事，听起来是挺风雅的，可珍珍不愿意哥哥丁成功去摘，要够不着，摔下来，该多疼啊！不行，宁可她去替他摔！

珍珍着急得很——她要出面、要处理了！至于最终是否灵光或有效，这才不是她要考虑的事！就像当初跟老爹赌气喝酒一样，她图的也就是那个威风凛凛的劲儿！

考虑着这件事的珍珍，正走过市区一个富贵逼人的购物中心。这里她很少进去，她所消费的从来都是十字街夜市或批发大市场。购物中心这样的地方，怎么能真的掏钱买一样东西呢，那简直是不要过日子了……可这会儿，珍珍果断地走进去，找到饰品柜台，豪爽地指着一条百分百手工刺绣、百分百的真丝巾让营业员开票，假装看不见那个她都不敢再看第二眼的价格——就在一秒钟前，珍珍想到一计：关于哥哥摘星星一事，不如，她去直接跟“星星”本人谈一下，要个明白的说法。能摘就摘，不能摘，让哥哥死心……看看，她很讲艺术的，她会装着是要送丝巾给她！

5

珍珍一行动，便是急行板。晓蓝是厂区屈指可数的出息孩子，她很方便地就打听到晓蓝的情况，然后兴冲冲地，连身上的绛红色制服都来不及换下，径直地就往师范大学去了。她从没去过那么高雅的地方，可为了哥哥，她一点不怯场！

那是1997年的大学，校园还保持着些许的童真与纯粹。明媚的春风里，坐在女舍附近，她眼巴巴地候着，看许许多多的女大学生从她面前走过。她们穿着裤子或裙子，她们夹着书与本子，她们长头发或短头发，她们三五成群或独自走路，总之，她们特别大学生！怎么样看都是那么的大学生！珍珍热忱地端详着，一边替哥哥盘算着——哥哥的眼光，真了不起啊。当然，这条路会很艰难！还好，哥哥会吹玻璃，他知道有关玻璃的一切！这整个大学，绝对没有人像他那么了解玻璃，这就是他的强项！还有，哥哥的桌球打得好，可以坐得上十字街头把交椅，这里随便哪一个，都会被他打得找不着北的……珍珍忍不住笑了，都没有注意到，眼前的这一群女生里，正有晓蓝呢！

呀，三年没见，晓蓝更加明媚啦。她那么舒展、荡漾般地走在她的同伴们中间，她身上都看不出一丁点儿厂区十字街的痕迹，要说她来自上海、北京，珍珍都信！

珍珍眼神发着愣，直到她们快进了女舍大门才回过神。她忙大声疾呼起晓蓝的名字，音调好似失火一般。晓蓝在众目睽睽中讶异而狼狈地站住，让同伴们先走。

紧裹着绛红色制服裙的珍珍健硕地冲了上去：“这个，给你。”顾不上女舍窗户里射出来的好奇目光，以及身边来往着的其他师生，珍珍以一个阔气的手势掏出窸窸作响的纸袋。怀着无法按捺的热切，她手忙脚乱近乎粗暴地撕开包装，显摆地、变戏法般地一抽，一条绣着五彩花纹的长围巾，哈达似的，刷地就献在了晓蓝眼前。

“我在酒店转正了，你知道的，上个月拿工资了！”珍珍咧嘴而笑。嘿，只要给了她礼物，那一切就好说了吧。

晓蓝眼里，有那么一瞬，闪过对久违往事的追念，甚至想起了她与眼前这位在最后一次晚餐时关于“文科与女生”的干巴对话……她伸出手，却在半路停住，只是牵了牵嘴角，表示问好。

珍珍缩回手，索性把丝巾往自己脖子上绕了两圈，像热情的小贩在竭力推销：“瞧，多衬皮肤，特别显白！而且全真丝、两面绣花哪！你围了比我还要好看的！喏，不信你扎扎看。”她再次往晓蓝跟前送。

晓蓝有点难堪，只得接过，一边把那在风中不停飘动的丝巾尽量地叠好收起：“让你破费了。”

“不耽搁你时间，我知道你功课要紧。我马上就走了。我只有……一件事情要说一下。”珍珍咬住下嘴唇，用手指捏着她制服的下角。

——多年之后，晓蓝在网上看美剧 *Lie to Me*，在那部剧里，有大量对面部表情、肢体动作等细节的推断与分析。晓蓝突然准确地回忆起了珍珍当时的一些小动作，她符合那些最基本的规律。咬嘴唇、做小动作：这是焦虑与没有把握的表现。

然而，当时的晓蓝，根本不知体恤人情，她生气了，她不喜欢珍珍这赤裸裸的逻辑：难道，通过这条丝巾，她以为她就获得了特别的权力？再说，多俗气的绣花丝巾。

她的语调不那么友好："什么事？"

"呃，就是丁成功、你……"珍珍被这么一问，明显地紧张了，有些口吃，她的眼神往左下方沉、嘴唇抿起。根据*Lie to Me*，这是回避与勉强。可珍珍下了狠劲儿逼自己说："那个，你肯定知道的。"

"什么？我不知道。"晓蓝更觉恼怒，凭什么她就应当知道并承认呢。没有这么说话的，她与丁成功能有什么事。

"你不知道！"一堆浅浅的抬头纹，眼珠向两边分开——这表示"难以置信"与"事情重大"。珍珍直愣愣、欣喜地盯着晓蓝，哗地像倒出一大盆水，"怪不得呢，你不知道！那我正好告诉你，统统告诉你。我哥他喜欢你啊，喜欢到骨头里去了！真可怜死了，从我们两家掰了之后，他整个人就完蛋了，没见他笑过。真的！我实在看不下去了！所以，我一定要找找你！跟你谈谈！"终于说到关键处了，珍珍唾沫花子都快涌出来了。

晓蓝四处看看，捂起耳朵："你别再说了！"

珍珍不解地停住，等晓蓝放下捂耳朵的手，她不屈不挠地补上她最后一句话："我是想……反正大家也不是外人，知根知底的，不如你就跟他好了呗！否则，我看他真没法过了。啊，咋样？对了，我哥现在调到工会了，以工代干！不再吹玻璃了，你看咋样？”珍珍把下巴往前一送，蛮爽快的样子，活像是她在批发市场买支口红，还个价拍手成交！

晓蓝给恼得无从下手，只勉强问道：“是他，让你来说的？”

“当然不是。”珍珍拍拍胸，像个女侠，“是我自己站出来的。我想不声不响替他把这事给办了。别看他在十字街上装成个小杆子，其实脸皮可薄！所以，得有个人替他出面……怎么样，你同不同意？”

“那好，我就直接答复你吧：不可能。”晓蓝突然感到没劲，她草草答了一句，转身就走。她本人一定没有注意到，答这话的时候，她正用手捋过自己的耳垂，这是说谎的最典型动作。

“为、为什么呀？你反正都考上大学了，不就没什么大事了？”珍珍亦步亦趋匆匆跟上，语气不解。

“考上大学算什么？这才是第一步！我要永远学下去，往上面考，考硕士、考博士，还有博士后。所以，我决不会谈恋爱。再说，跟你哥？”晓蓝大步往前走，她没有进宿舍，而往那条通往水房的小路快步地走，很快把被制服裙裹住双腿的珍珍甩在后面。直到走出很远，她意识到手中仍拿着珍珍刚刚赠送的丝巾，便又回过头，冲珍珍挥舞，意思是要退还，吓得珍珍一转身跑开了。

直到跑出师范大学正大门，珍珍才慢下来，腿有些麻了似的，脚下没了深浅。

与其说是沮丧，还不如说是佩服。真的，她信服晓蓝，看，她具有多么大的志向、多么硬的意志！她说不恋爱肯定就是不恋爱的，就是皇帝儿子到跟前了，她也不理会的。她说要出息就会出息的，那么笃笃定定的，好像有条均匀、笔直的台阶，一直铺到最顶头，多么了不起。

可怜的亲哥哥，我没办法了，恐怕再送一百条真丝巾也是不行的！唉，还以为自己是谁呢……珍珍长叹一口气——前面的雄心壮志心甘情愿地崩散了。认了吧，她其实谁也帮不上。

而就是在这样颓败的情形下，重新踏进小酒店那挂着发了黑的梅花吊灯的大堂，看到迎面而来的黑皮，她根本就没有认出来，更何况黑皮带着的是那种劫后余生的笑："……呃，9617 号，我来找你了。可我的包，让小偷拎跑了！"他两手空空地拍打着自己的双肋。

"你？找我干吗？"从他那一嘴因为皮黑而显得很白的牙齿，珍珍勉强认出了这个曾在凌晨对着她淌眼泪的醉鬼。这次，他大约算是收拾过一番，外套是新的，背后好儿道折痕，那是长途车上坐出来的。

"我是来谢谢你的！但我的包丢了。我……谢不起来了。"黑皮尴尬、为难地笑着，像一个终于登台亮相的人，灯光打上来，突然发现最重要的道具不翼而飞。

珍珍笑了，她猛然感到一阵舒坦：看，这才是她的同类项！瞧，他连包都丢了，现在浑身上下一个大子儿没有！好极了，没关系，面前这个人，她总可以帮到的！再说，这可怜虫的包被偷了，跟自己也有关系，人家赶大老远路不就是来谢她的嘛！

珍珍的心里一阵欢歌，她愉快、明亮地走上前去："那么，你这次不推销你的步行器了？"

五年之后，黑皮已经差不多快忘了水上步行器是个什么破玩意儿——靠着"破烂生意"，他超出自我期望地迅速脱贫，赚得有点样子了，他还能回忆起珍珍说这一句话的表情，那嬉笑而轻松的口气："那么，你这次不推销你的步行器了？"就这么一句话，让当时的黑皮心神俱颤，恨不得打自己一个耳刮子，再拎起耳朵，对着自己的耳朵大吼：他要定这个 9617 号了！

而本来，他并没这么坚决。他这一趟来，除了谢谢珍珍，他决定哪里跌倒哪里爬起，他想继续到那些他失败了的公园去"爬起"——然而，还爬什么呢，连包都没了！因此，他只能完全地吊在"来谢谢珍珍"这件事上了！

这包丢得真好啊，要不然就见不到丁伯刚、就发不了财啦——每次回忆自己的婚姻史与发达史，黑皮都要在心中侥幸地感叹，并衷心感谢那个偷走他行李包的偷儿。

6

当天晚上，像带着一个又黑又大的尾巴，珍珍拖着软塌塌的黑皮——她心一软，决定带他回家吃饭。这做法有点随意了。如果没有这个“心一软”的瞬间，如果不带黑皮回家，那一切就不会发生了。她对外部世界与未来事件的影响，其实从这个“心一软”就点燃了漫长的引信，滋滋滋蚁行着，无人知晓。

当然珍珍永远都是这样的珍珍，她不在精明姑娘之列。路上，她天真地问道：“那么，你要是包没有丢，本来打算怎么谢我的？”

黑皮替珍珍拎着食品袋。透明的袋子里，是饭店打折卖给员工的面食点心。点心们被挤得变形，可黑皮不嫌难看——自此刻起，到他发了小财，哪怕他在外找女人，一直到他离家出走，黑皮始终在珍珍面前保持着真诚的殷勤。

“我……”黑皮转动头，在十字街上四处张看，他满可以牙齿上开火车，编得无与伦比的花俏与感人，他毕竟在“大公鸡”肚皮上走了些江湖。但黑皮不愿意，他摇摇头：“我也没预先准备。因为想先问问你，看你喜欢什么再说。”

“真的？看我喜欢什么，你就买什么？”珍珍心头儿一麻。她从小没有得到过任何器重，他们家有限的那点宠爱都给了神童哥哥，所以，就这么半句话儿，让她简直飘到天上去了。

“我啊，喜欢蛋筒，我吃不够！还喜欢化妆品，你从店里随便买一样，我都要！皮带，包，长筒袜，小花伞，炸臭豆腐干，统统都要！看看，吓死你了吧，我喜欢的可多了！”珍珍东一指西一指，天上地下都指到，没有一样东西超过五十块，可她心里无比地快活。她不知道自己已结结实实地相看上了黑皮，这完全是谈恋爱的意思了。

黑皮随着珍珍的手指，东一看、西一看，并且像一个月前初见珍珍的那个凌晨一样，露出那种铭记当下的神色，庄严地说："好的，你说的一切，我以后全都、全都买给你。"这是他第二次对珍珍许诺了，珍珍无所谓地晃晃脑袋，怎么可能有那样的美事儿呢。

在未来丈人醉中向他指点出"真金白银"的破铜烂铁之路以后，在爱情与生存的双重驱动之下，黑皮的潜能得以勃发。他绝对是个天生的破烂王料子，尤其适合厂区这片混浊、世故的土壤。在工人们呼天抢地浸泡于下岗或买断的苦水中时，他粗壮而灵敏地深入到厂区的每一个角落，遇富则装穷，遇穷则摆阔，不顾一切地采取各种手段，收买并铲除那些由车间副主任、锅炉工人、库房保管员老婆、门卫的酒友组成的路障，并把这些路障变成他的快捷通道，环环相扣地搜索并占有一切的"报废资产"：车床架子、铁皮柜、堆到天花板的档案文件、水管、成捆成捆的劳保手套、备用胎、水泵、煤基、边角料……

他终日满身污糟、气味难闻，晚上回到家里，即便已经洗过头、洗过澡，换上干净衣服，可是，不知从何处，也许是他说话的声音里，他的唾沫与汗味里，他的牙齿缝、关节缝以及肉与肉的缝之间，仍然散发出一股顽强的破烂味儿。

可珍珍喜欢！她的强项不就是收拾脏乎乎的地方或人嘛！每每看到那灰堆里爬出的黑皮，她总会惊喜交加地数落，继而迫不及待地把黑皮赶入狭小的卫生间，她早备好热汤汤的水，并备好两块肥皂，一块臭的一块香的，她要求黑皮各搓一遍……等到黑皮终于干干净净地出来，她又会冲进卫生间，指责那沾满黑手印的瓷砖、肥皂、毛巾，以及水盆里漂浮着的一层污垢。那密集的抱怨里，有着要流淌出来的快活！

——到这一年年末，曾经失败的水上步行器推销员黑皮，已慢慢成了厂区各阶级人群都熟知的破烂王，黑皮当真发起来了。像踢掉破鞋子一样，他踢掉了他租住的小房子，并很快在十字街买下一处门面房，夹在硬邦邦的五金店与油乎乎的修车店之间，他夸张地挂出招牌：罗氏大地资源公司，楼上则作为他的住房——人们这才晓得他姓罗，同时也被那招牌给逗乐了：还大地，还资源，还公司，切！不就一收破烂的。

而珍珍人生最好的春天，就这么地，在破烂王的浑浊气味中来临了——我们必须虔诚地相信这一点：每个生物都有其一生的巅峰，不管是丑陋的、赤贫如洗的、终身残疾的、性格乖僻的，哪怕就是只蚂蚁，也总有一粒最肥厚的糖粒，在长达几分钟的漫长辗转中，带给它最富足的甜蜜。珍珍的糖块，大概正依附在黑皮的那些破烂上吧。

在揣着戒指去向丁伯刚求婚并获得首肯的晚上，黑皮带着珍珍出门。他们来到十字街，站在当初那个位置——珍珍头一次带身无分文的他回家时，他们曾在这里停下。珍珍指东指西，贪婪地说出那些了不得的愿望：我啊，喜欢蛋筒，我吃不够！还喜欢化妆品，你从店里随便买一样，我都要！皮带，包，长筒袜，小花伞，炸臭豆腐干，统统都要！

黑皮站在同一位置，以无比享受的语调兑现了他对珍珍的爱情："给你十个蛋筒好不好？先吃五个，另外五个让它化掉！化妆品，你只管进门，点菜一样，挑最贵的尽管点，全买。还有伞，对吧？行，防雨的防晒的单人的双人的咱统统配上。当然，长筒袜，我知道，那玩意儿容易坏，咱们买个一百双，先管你一年的穿！还有什么，哦，炸臭豆腐干，我晓得你好这一口，今晚我们包下那家摊子，一晚上，就炸给你一人吃……"

其实黑皮差不多也就是这样的出息与手笔了，这又能花几个钱呢？可是你听听呢，真让人幸福得头昏啊！

珍珍几乎喘不过气，她简直想到地上去滚一圈，顺便敲敲地面，看看自己是不是真的活着！

珍珍当晚就跟黑皮滚到了一张床上。她毫不知情，就在这个深夜，老爹丁伯刚因为她的离开而神志错乱，并诱发出酝酿已久的失忆……可是，珍珍怎么能不这样做？必须的，感激涕零的，哪怕黑皮下一秒钟就把她给甩了，她也认了！

当然，黑皮不是在一秒钟之后甩的她。事实上，黑皮要到八年之后才以一个相当婉转的"失踪"的形式甩的她。可是，平心而论啊，珍珍承认，是因为她错在先，是她把玩笑闹大了……再说，她已经知足了，八年，这里面包含了多少个一秒钟啊！

7

珍珍坐在银行自助服务区角落里，没头没脑的自我检讨中，她最终得出这样一个有些严肃的结论：必须感激黑皮，感激他到八年之后才把她给甩了。她只纳闷一个问题：从老爹的戒酒，到帮哥哥“摘星星”，她就知道自己是个死没本事的人，她只打算忠贞不贰地跟着黑皮过，可为什么最后又会这样？

唉，都是怪肚子啊。珍珍抱起自己的肚子。她肚子很大，很像八个月，八个月的空口袋。

真恨这个空口袋啊！看人家生小孩就像放个屁、生个蛋似的，可自己竟是个没屁眼的货！可黑皮偏偏眼巴巴地在等着儿子呢，他的想法很实在，也很牛：“老子在垃圾里爬来爬去图什么，舍不得吃舍不得花的，不就盼着个花钱的来吗，替我们翻身呢。我要让他吃进口奶粉，上国际幼儿园，上双语小学、双语中学，然后直接送到外国上大学，他妈的不是说贵族要养三代吗，我们这算第一代，咱儿子算第二代，我孙子算第三代，刚刚好。所以，珍珍啊，咱们得快点儿，生个儿子啊！”他也不知道从哪里听来的高级生活，直说得一串串儿的，顺溜极了。

可是，结婚都两年多了，嗳，就是一点没戏。黑皮这下子脸真有些黑了，不仅脸黑，可能心也有些黑了。晚上，他总在外面喝酒打牌，经常通宵都不回来啦——事情这就进入了恶性循环的圈子，珍珍的肚子更不可能有戏了。没戏就没戏呗，还能自己硬跳上台吗？可是，鬼使神差地，珍珍后来真的涂脂抹粉跳将上去，上演了一大出好戏呢。

这之前，发生了一个小插曲，珍珍竟与久违了的苏琴女士有了点瓜葛——后者对珍珍那空穴来风的大肚子也是有间接贡献的。

这一天，珍珍本是为着老爹的事到十字街居委会的：居委会找老爹的麻烦了呢。

大老远的，珍珍就咧开嘴了，太好了，有熟人！那不是苏琴阿姨吗？“您怎么到这儿来了，不在分厂当会计了？您这是算下岗了还是高升了？返聘过来的？多好啊，管整个十字街，权可真大！”她管自在那儿高一声低一声地嚷嚷，苏琴却只默默瞧着她，并不热心。

“嗳，我是珍珍啊！不认识我了……七八年没见上了？我前年结的婚，你看，胖了不少！”

“哦。我记得。”苏琴矜持地往四处看看，其实并没旁人。

“听说，你……居委会建议让我老爹住关怀医院？我们怎么舍得？”珍珍的表情有点套近乎的意思，“他除了记性不好、爱喝两口，没别的呀。你知道他的。”

“他那样子，新旧不分，整天在大街上哭哭啼啼、骂骂咧咧的，对新开发片区的招商引资影响很不好，有人写信反映，所以希望你们家人……”苏琴说得飞快。

“嗯，我懂。我家黑皮让我来问问：这事情……你们居委会准备出多少钱?”

“钱?”苏琴不明白了。

“嗯，我家黑皮说，如果居委会出钱，马上就可以送到最好的脑科医院去。如果不出钱，那他老人家哪怕号哭到中南海也没人管得着——这是黑皮原话，我带到就行了。你知道的，男人就喜欢放狠话，反正是说说的嘛。”替黑皮放完“狠话”，珍珍冲苏琴无辜地笑了。

苏琴看看珍珍，语气有点奇怪：“你家黑皮……对你怎么样?”

“那还用说，你看我这戒指这链子，99.99%，纯金的。”珍珍比画着。

“上个月，我们与治安联防突击检查时，在歌厅小包房，查到你家黑皮了。”

“咦，你怎么会认出我家黑皮的?”珍珍好像把话听到隔壁去了。

“我……”苏琴愣了一下，有点不情愿地解释，“我去过你家一两次，居委会了解一下情况嘛。正好看到你们结婚照了。”

“哦！怎么样，我老爹认出你了吗？你们谈什么来着呢?”珍珍兴趣盎然。

苏琴脸色滞住：“嗳，你听到我刚才说的吗，黑皮在外头找女人!”

珍珍这才静下来，褪去满脸的五颜六色。过了一会儿，她一本正经地："那些事嘛，我早就知道了。在我们十字街，也不是什么大秘密，街坊邻居什么的，大概齐也都知道。所以，正好拜托你，苏阿姨……下次若再碰到黑皮，高抬贵手，不要为难他，何苦呢。"

"你亏欠着他什么？就由他这么搞！太不讲道德了！"苏琴不知哪里来的火气，气哼哼的，"妇女同志要三自，自立自强自爱你知道吗！"

珍珍干笑了一声："嗨，什么自不自的……我的确亏欠他！我这里。"她戳戳肚皮，"一直没动静！那还不让人家干点别的吗！他快两年不碰我了，也好，这样也好，怀不上也就理直气壮了。"

"什么，两年不碰你！"苏琴一脸于心不忍的愤怒。

"总之，苏阿姨你听我的，不要难为他，由他去好了。这样我反而也轻松。"没等苏琴来得及做出任何反应，珍珍就赶着往下问起别的，"你家他们两个可好？晓白还在南边儿没回来？找女朋友没？晓蓝结婚生孩子没？她就比我小三个半月！"珍珍心里很想打听晓蓝的情况，要知道，自己家那死心眼的哥哥还一个人撑着呢！

谁知就这么普普通通一句话，却把苏琴给惹上了，她喉咙口突然呛住，哽在那里好一会儿。珍珍慌着追问，她却又直摆手："回去问你老爹吧，我全跟他说了。"

"嗨，苏阿姨，别逗了，他能记得什么呀！"珍珍抱怨，不过，突然又笑了，"老爹每次问我：你怎么还不生宝宝呢？我就一遍又一遍地告诉他：我刚结婚的呀，怎么会有宝宝呢！他总信我的，直点头！”

苏琴抹抹脸，也抹掉脸上可能流露出来的伤感，语调半公半私，还下起了逐客令：“今天就到这里吧。关于丁伯刚的事，居委会也就提个建议。到年底，我们可以考虑一下慰问金。你们家属要尽量配合街道……至于生孩子的事，别担心，看你这个身形儿，差的只是种子呗！我找机会再跟黑皮谈谈，总之，不能让他把你给欺负了，我们……总算是自己人对不对？”

珍珍看看苏琴，这次轮到她非常没臊地淌下泪来。

终于要出门了，那里苏琴都低下头办起别的事儿了，珍珍突然又转回来，有些扭捏地：“苏阿姨，一直想跟你打个招呼，我……当初不是故意提结婚证的事儿。我真希望我们两家没有分开来。”

苏琴看看她，答非所问：“我相信，快了，你会怀上孩子的。”

8

苏琴到底找的什么机会跟黑皮说了什么，珍珍始终不知道。不过她们不久又见面了，是一起料理丁伯刚的丧事——苏琴自己主动上门来的，她已经做过一次寡妇了，这么一来，像是又做了一次。但谁又有心思追究这些呢。

而就在丁伯刚丧事之后不久，黑皮就重新对珍珍好起来。

嗯，说得直接点儿吧——他几乎天天都“照顾”到珍珍啦，去掉珍珍的生理期，接连照顾了有一个多月呢。

直到最后一个晚上，在黑暗中忙活了一大阵子的黑皮喘口粗气，长叹着问：“你数过没有？”

“数什么？”珍珍紧张了，这一阵子，机会太密紧了，这反而是危险的，再怀不上可怎么说呢。

“数我睡你的次数啊！”黑皮在黑暗里竖起三根指头，“三十次，这是我给自己下的任务。唉，有人跟我说，要保证我在你这儿的质量与数量……想想他妈的也有道理。所以，下面看你的了。”

珍珍没吭声，知道这是苏琴做的工作，老天，她是在什么场合之下，又是怎么跟黑皮谈起这个的呢？竟把工作都做到这么细了，而黑皮也实实在在地执行了一个月！唉，苏阿姨她那么好，黑皮也这么好。那么，下面得看她的了。

她赤裸着下身，却感到自己像躺在断头台上，都闻着那刀锋的铁锈味儿了！

“老婆，我等你，等到下个月这一天，你有动静了，吱一声。没动静呢，也吱一声。不过，不会没动静的吧……”黑皮嘟囔着，翻身睡去了。

于是，就是在这个感动而恐慌的瞬间，珍珍怀上了。黑皮话音刚落、呼呼的鼾声还没响起来，她就抱起了肚子，真心诚意地感觉到：肚子里面正在发生，精子们奋力地游泳，而卵子在挑剔地选择，她已经逼真地感受到了。然后，精子与卵子一拍即合合二为一。紧接着，他们开始了伟大的分裂，分裂为她的宝宝。

珍珍在深夜小心翼翼地抱着自己的肚子。

从第二个月头开始，珍珍就富有规律和耐心地忙碌着。她定期到全市最专业的妇幼保健医院去挂号、诉说症状、询问早孕注意事项。与此同时，她还克服了一连串的生理不适(她很典型地、此起彼伏地患上了一切早孕反应：恶心、食欲不振、眩晕、困倦)，抓着黑皮给她的略微有点味道的大把现金四处选购起小衣服、玩具及婴儿洗浴用品，并替自己的月子列出一条冗长的清单：红糖、软底鞋、包头巾、长袖睡衣、哺乳胸罩、防污床单等等——人人都有一份天赋异禀啊，大概连珍珍自己都未曾料到。

黑皮快活得都快面瘫了，都不知道怎么笑了，千呼万唤的儿子，终于从珍珍的肚皮出发，走在花老子钱的路上了，多美呀！等不及焐热这好消息了，黑皮大手大脚地买了好一坨礼物拉着珍珍跟他一起——得去谢谢苏琴！你老爹的那个……怎么说，老相好还是旧姘头？人家老太太可是这个伟大果实的关键因素啊。

如果说，珍珍在这之前还有一定的可能收回她这通胡闹，但在见过苏琴之后，在看到苏琴失去矜持、活像被颁发了一个特级勋章的样子，珍珍失去了最后的机会。苏琴怎么会这么激动呢——“太好了太好了，我好歹算是有用了一回！黑皮，你要保证，一辈子对珍珍好！珍珍你要保证，生下个大胖宝宝来！”

一直到他们夫妻二人快要出门，苏琴还在颠三倒四地跟珍珍表达她的欣慰，语气里不知为何又夹藏着一点苦涩：“你看你看，我不是那么一无用处、总做错事吧。哎呀，我反而要好好谢谢你们两个！你们让我好歹高兴了一下！”对苏琴这通莫名其妙的感想，珍珍完全摸不着头脑，她想张口问问晓蓝、晓白的情况，但想到上次苏琴的反应，只得咽下，一边恋恋不舍、有点伤心地与苏琴道别。她想，除非真把肚子的事情搞定，她不会再来看苏琴了。她没这个脸也没这个胆。

——关于晓蓝的情况，珍珍很快自会一清二楚。而且，与晓蓝的交往，为她这一出假孕戏，又增加了更多的情趣。珍珍是越发地描眉涂腮、穿红着绿地疯到天上去了。

9

珍珍与晓蓝是在等待护士叫号的候诊室里碰上的。

在一大堆肚子像西瓜、南瓜和冬瓜的女人们中间，珍珍一下子发现了个跟她同样寒碜的小肚皮，它属于一个身形消瘦、肤色蜡黄的薄薄纸人——珍珍定睛一看，老天爷，这不是那颗“天上的星星”吗！她喉咙里惊喜地咕噜一响。隔着一大群肥圆的脸庞，穿过一双又一双浮肿的腿，如同穿过一片长势喜人的麦田，珍珍跋涉而去，一边大声叫唤着，活像是找到失散的亲人：“天哪，天哪，这么巧，你也有了吗？我也刚刚有的！呃，算一下，我是……五十八天！你多久了？看你脸色这么难看的！也吐吗，不能闻油烟味？低血糖？”

面对这空降的、一盆炭火似的珍珍，晓蓝完全没有反应过来。靠墙的候诊椅上有两个人刚刚离开，珍珍以公交车抢座般的灵敏获得了位子，并老母鸡一般地招呼晓蓝坐下。她仔细上下打量晓蓝，真诚地叹息起来："哎呀呀！看你瘦的！这样子怎么行啊？到时候生不动的呀！你得死命吃，吐了也吃！你看看我，我就是能吃！"她展示她红扑扑的脸色与胖了不知几圈的腰身。

晓蓝明显情绪不佳，心里藏着什么亏心事似的。她把头扭开，一边从珍珍手里抽出手，勉强笑笑："刚发现，来确认一下。"

晓蓝的变化实在太大了，不仅是瘦，连精神气都失掉许多，好比一面有风无风都高高飘扬的旗帜突然间垂耷下来似的。珍珍十分惊愕，连篇累牍的感叹排着长队跟着来了："你怎么成这样子了！出什么事了没？记得不，我还是到师范大学送丝巾时见的你，那时候，你神气得呀，简直像在天上！要不是为着我哥，我哪里敢上前跟你搭话哟……怎么搞的这是？你老公呢？你后来嫁了个什么人？他倒放心你这样子一个人出来啊？"

晓蓝脸色本来就差，现在给珍珍说得愈加难看起来。她耐着性子，一声不吭，只等珍珍这一阵子过去。

珍珍却是不长眼色："嗳，那你告诉苏琴阿姨没？她可以照应你的对吧！"她贴到鼻子跟前地盯着问。

晓蓝摇头，表情更加别扭了。

"我前两天刚去看她的，说我怀孕的事，怪不得她都没提到你这档子事！敢情她还不知道！你……搞什么嘛！自己的亲妈哎，我妈妈要还活着，我头一个告诉她！”见晓蓝恨不得要站起来就走似的，珍珍终于住了口，“幸好，幸好我看到你了！没事，我什么都懂的，这段时间我就专门考虑生小孩这一件事！这么着，交给我，你就交给我吧！”珍珍大咧咧地提出包办，也不知道凭什么晓蓝就可以“交给她”，而这个“交给她”又是怎么个交法儿。

“不用不用，别费心，我本来就没打算要。”晓蓝好不容易抓住个空儿，希望这句话可以让珍珍歇歇劲儿。

“什么?”珍珍难以置信地瞪着晓蓝，沉痛而又佩服地感到：除了太瘦太黄，这个晓蓝还是从前那个晓蓝——她仍是那么不可捉摸，永远在她的理解范围之外！她脑子里装的是哪个星球的道理啊！为什么连宝宝都不要了？这可是个货真价实的胎呢，说不要就不要！天打雷劈呀，她太不惜福了！不能这样的！

珍珍感到肩上陡地一沉，她那顾头不顾腚的热心肠像大火把似的，轰的一下子又点着了——除了照顾好自己肚子的这个假货，显然，还有晓蓝肚子里的这个真货。无论如何，她得拦住晓蓝！

而珍珍与晓蓝，一段很难一言以蔽之的交往就这么地，在全然不合拍的七岔八岔中开始了。

现在，关于孕期的生理细节与详细表现，珍珍有了一个最为正宗的参照版本了。就像很久以前，她曾经在星期六晚餐桌上模仿过晓蓝吃饭一样。从这天开始，在“孕态”上，她再次进行了东施效颦、亦步亦趋的跟进——哪怕回到家里，没有原型在场的情况下，她都发挥得极为出色。她像小品演员那样在肢体和表情上进行了适度戏剧化但又相当合理的夸张——唯一的观众，黑皮，这个肚肠不拐弯，并且深知珍珍肚肠也不拐弯的男人当然想不到珍珍会在这件事上拐这么大弯，又或者，对未来儿子的巨大期待降低了他的警醒度。再说，他现在加倍地努力了，为了儿子，他更加没日没夜地滚爬在厂区此起彼伏的拆迁工地上。偶尔的空闲里，他会陪着珍珍洋洋自得地到十字街散步，一边畅想着他想象中的奢侈教育计划(要生个丫头片子也成，咱招女婿回家，将来生的孩子还是跟我姓，不影响咱三代培养一个贵族的计划！黑皮大度地挥挥手)……

珍珍庄重、镇定地抱着她的肚子，总不停地吃着什么(要供应两个人的营养呀!)，令人叹为观止的脂肪有效地充实着她的乳房与肚皮。她跟晓蓝走在一起，所有的人都认为珍珍起码有四个月了，而晓蓝，则是滥竽充数！看看，多了不起的成就啊！珍珍骄傲地禁止黑皮与她同床，连床都不能碰，连房间都不准进，她权威地转述妇科专家的话：要绝对静养，她的胎脉相当娇嫩，男人的气息胎儿吃不消！而且黑皮“全是破铜烂铁的味儿”，别吓着咱儿子!

事实上，关于胎气胎脉的那些胡言乱语，就是从晓蓝那儿得来的启发……大约三周前，珍珍陪着晓蓝门诊，医生盯着后者豆芽般的身子，脸色拉长，好像晓蓝这缺乏母性的体型得罪了他：“胎气太弱！如果决定生，一定要静养保胎，最好住院卧床，还要打营养素……”

晓蓝面无表情地出了门诊室：“看看，这是天意！我就不合适要，保胎有意义吗？太勉强了！生活绝不能拗着的，我这么些年，各种事情上，就是一直太拗了……”她后半句话珍珍没听明白，可她听明白了：晓蓝还是不想要！

珍珍像听到冲锋号似的，神经一紧，立刻麻利地收拾好病历水壶鸡蛋牛奶苹果（这是她随身带好的营养补充，她决定，从下次起要准备一式两份，逼着晓蓝也吃一份）等零碎，将晓蓝引到一个相对安静的角落，非常激情地劝说起来，好像在瞬间变成了一个天才的文体家与演讲家。她无师自通地变换着各种语式，诅咒、哲思、狂想。

“什么是天意？你既怀上了，天意就是要让你生下，吃千辛万苦都要生！你不知道吧，多少人羡慕你呢，有好多女人，哼，她们可倒霉啦，哭爹喊娘的都怀不上呢！”说到此际，她轻蔑地撇一撇嘴，表现出她对那些不幸女人的瞧不起。继而，她双目圆睁，像是胁迫般的：“真的，你要竟敢不要，不要我动手，那些生不出的女人就能把你给骂死，说不定还动手要打你！”

歇一歇，她满脸的世故：“女人有什么用呢？唯一的特长不就是生孩子嘛。你想想，我们怎么来的？没有妈妈生，你在哪里我在哪里？丁成功在哪里？晓白在哪里？没有女人，就没有人啊，这就是我们分内的活儿呀。只要能生，每个女人都该生！没得商量的！”

“对了，最重要的一点！你知道——每个人都会死的对不对，可你不知道吧，只要生了孩子，其实你就不会死，你总有一部分活在什么地方，你总还会被某个人记着，你眼睛的形状，你吃东西的口味就会一直一直、子孙万代地传下去！比如，我那死去的妈妈，她最喜欢吃柿饼，你猜怎么着？我也一样，爱死了！估计我肚子里这孩子，也会遗传这个！反正，我现在每年冬天吃柿饼时，都会给我妈敬几个，我知道，她会吃到！而我将来的孩子，也会一直给我敬下去……总之，你想想，这多够本儿啊，还赚了呢，不过受十个月的罪，就永生了！”珍珍一心二用，什么都不耽误，手里把牛奶啊煮鸡蛋什么的直往晓蓝跟前推。

珍珍眯起眼睛，陶醉地：“宝宝，就是咱们身上掉下来的肉啊，那是唯一真正属于自己的东西。你想想，这个世界上，有什么东西真正是你的？男人？房子？钱？你喜欢看的书？还是我最喜欢吃的臭豆腐？都不是！都是假的、空的，跟你没关系的！嗳，就只有这块身上掉下来的肉，才嫡嫡亲亲、千真万确属于你！”她说得简直都馋起来似的，粗声地吸吸口水，可一只手却异常温柔地、千言万语地轻拍着晓蓝那可怜的小肚皮，似乎那里面有世界上最宝贵的财富。

这漫无边际的游说不知哪一条触动了晓蓝，或是被她这呼啦啦的热风给吹得晕头了，晓蓝把喝了一半的牛奶推开，从牙缝里挤出一句：“你讲得都不错。现在不是宝宝的问题，是我自己……出了问题。”

珍珍早就等着她一吐为快，坐得更为紧迫，膝盖顶膝盖：“你？怎么了？心脏病还是血液病？会不会搞错了！”她眼睛像牛眼睛那样瞪着，也像牛眼睛那样的忠心耿耿。

“不是。”晓蓝指指心口，咬着牙，“我对丈夫不忠。”

珍珍的眼睛突然又变得只有门缝那么细。她肩膀放松地一塌，狡黠地歪起嘴角笑：“噢，早说嘛！这么说，肚子里的孩子不是你家老公的？嘀，还真有你的！”

“不是不是，孩子当然是他的。我可从来没有跟别人那个过……”晓蓝懊恼得直摆手，“我指我心里，你听清楚了，我心里喜欢别人！”

“你心里哈哈，你心里！”珍珍指着晓蓝，笑得前仰后合，唉，看书有什么用，看得这么死心眼的！“要这样算起来，那还了得，我也不忠啊，我不忠得有一百个人呢。我心里喜欢刘德华、周杰伦呢！喜欢黄晓明喜欢刘烨呢，你讲什么笑话！哎哟，不能笑了，再这么笑下去我会流产的！”

晓蓝只能习惯她这么咋咋呼呼的了，等她笑过一阵，详细解释：“才一结婚我就知道结错了，我每天都在后悔……这四年，我没有一天不想着那个人。我过得很困难你明白吗。一发现怀上了，心肠反而硬起来了，我得拿个办法。现在我已经跟他分居了，这事也没告诉他……我得自己先想清楚了。否则，这么半死不活的，对黄新，我丈夫他叫黄新，不公平，将来对小孩更不公平。”

“哦，别傻了！”珍珍打断她，“嗳，我家黑皮，你没见过，就是我那臭烘烘的好老公，你看他对我怎样？那绝对没话说的，看我！”珍珍撸撸袖子，又拉领口，张开指头，还把脚腕子也抬起来，到处全是黄灿灿的货，“就这么好的一个人，都还在外面采野花呢!”珍珍挺文雅地用了“野花”这个词，可能这是看在晓蓝面子上，她两只眼睛灵活地转动，“哈哈我都无所谓的！这个时代，开放嘛！你那个算什么？什么叫不忠？屁都不是！就算跟人睡了，也是屁都不是。不忠——现代人的字典里没有这个词了，懂不懂？就为这个字典里都没有了的、屁都不算的词，就不要宝宝了？你也太搞笑了!”

晓蓝原本极其沉痛的想法被珍珍这么一解构，有点卡住了，上也不是下也不是，她都有些生气了：“你怎么就不问问，我喜欢的人究竟是谁?”

珍珍却不理会，好像这番谈话已经没意思了似的，她开始麻利地用随身带的矿泉水冲洗水果刀，然后削苹果，还掏出个一次性的纸碗，切成一片一片，连牙签都带上了！一系列动作有条不紊的，好像这里不是人来人往的医院一角，而是她的小厨房，她嘴里念叨叨的：“你知道吧，孕妇牙龈容易出血，所以，吃水果不要咬，全都要切片!”

珍珍听到晓蓝的嗓音突然变得陌生，在她的耳朵边慢吞吞地，却如惊雷：“你为什么不问问他是谁？要知道，从你送我那条真丝巾开始，一直到我跟黄新结婚以前，我跟他一直都来往的。从大三开始，一直到我毕业、工作、谈男朋友、结婚……我们瞒住所有的人，一直来往!”晓蓝的嗓音有点抖，抖动着怨恨与勇气，以及少女般的任性，“起因其实都是你！是你送给我那条难看的真丝巾的！我本来只是想去把丝巾还给你哥的……”

珍珍的动作停在那里，咽了一口唾沫，接着又咽了一口。她感到舌苔发苦。她飞快地吃起她的切片苹果，嘎巴嘎巴地，一直吃光最后一片，同时也把她的活泼与勇气给吃下去了。她突然间胆小如鼠，眼睛躲闪，连说话都含含糊糊："你……我没想到，你也当真了，你们两个都当真了。怪不得我哥他……哎呀，这个事。"

珍珍非常迷糊又非常感慨的样子，不知说什么，索性把给晓蓝准备的那一碟子切片苹果也拿去吃起来。

"我要当真倒好了！我就是一直在玩，逗你哥，也逗我自己玩——完了我还照常跟旁人结的婚。"晓蓝干笑着，"甚至，都麻木不仁地搞起孩子了。"

"嘘——不要提小孩子！跟小孩子有什么关系！我前面那些话都白说了？再说，这个……"珍珍结巴了，她怔怔地看着晓蓝，"你要当真跟我哥好了、跟我成姑嫂了，我还，真不敢当！而且，你嫁的那个叫黄新的，条件肯定很好！我家丁成功，你知道他这几年的情况吗？辞职开了个玻璃屋，那店铺中看不中用的，根本不赚钱！你要真跟了他，只能喝西北风，你划不来的……唉，该打嘴，我不该这么说的，我哥他，可一直是一个人。"

"他的情况，我都清楚。我家晓白从南边回来了，也去过玻璃屋了。你可能不知道，他可最爱通风报信、添油加醋，从小就是。"晓蓝露出一丝古怪的笑。

"那你打算？"珍珍瞪着晓蓝。她真打算放着正经日子不过，要回头找哥哥去？

“能打算什么！你就没想到，嗯？你爸跟我妈好过，然后我在外面绕了几个圈子，又去跟你哥？像不像个笑话？而且，当初我们两家分手，就是因为我妈不愿我与你哥接触。你想想，她都下那么大的狠手，我怎能再……”

“什么，不是因为我提领证的事儿!”珍珍大吸一口气，说不上是如释重负还是大失所望，“哎呀妈呀，我可背了多少年的黑锅，我爹他，真的，他总气我这事儿!”

晓蓝等她叫完，很平淡地作了补充：“再说，晓白回来了，他那儿还有一档子事，我妈吃不消我们两个这样的。总之，再回头找你哥哥，太不现实了……我现在是往回也回不去了，往前走也走不动了，如果还带个孩子!”晓蓝自嘲地、幸灾乐祸地笑了一下，“而你还一直在劝我生!”

珍珍不清楚晓白那里又有什么“一档子事”，但为了阻止晓蓝又不想生孩子了，她突然眼睛一亮，想起什么，急急忙忙，献宝一样：“呃，那我，也跟你说个大事吧，都不比你这个小!”珍珍做贼似的，眼睛往四处瞟瞟，然后紧凑到晓蓝跟前，把她的手拉到她自己的肚皮上，“我这里，没货！我其实根本没怀孕，我完全逗黑皮来着！他一直想儿子、想着三代出个贵族什么的，我这就是想让他高兴高兴!”

晓蓝惊得缩回手，脸色悚然。没等她说出个什么，珍珍挤挤眼，一张胖脸红彤彤的，怪兴奋地：“你看看，我这么大的事、这迟早要露馅的事我都一点不怕！所以你也不要急，慢慢想，我们还有很长的时间，最起码有八个月，我们可以一起动脑子，总归能找到最周全的法子，你是回头呢还是往前，我呢，怎么圆了这个肚子的谎……总之不管怎么说，这一条是铁定的：小孩子你是要生下来的，总不能咱们两个全都白搞一场吧！”

10

漫长而沉重的孕期，拖着腹中或真或假的胎儿，她们时常进行一些南辕北辙的讨论、忽左忽右的思考，用前面若干错误的经验作为筹码，试图与老天爷进行博弈与合作……

这期间，因为烷基苯厂宿舍区拆迁在即，晓蓝回了厂区一次。不知这趟厂区之行是否发生了什么，总之，珍珍可以明显地感到，晓蓝态度有了变化，她的凌厉与决断中，常常闪过丝绸般的柔情。珍珍不敢多问，只满意地注意到，晓蓝再不提打孩子的事了。

无论如何，形势有点逼到鼻子尖了。所有跟她们一起做“产检”、建“大卡”的孕妇们，也包括晓蓝，再有不到两个月，每个人都该真刀实枪地生下个宝宝了。从技术上讲，珍珍的肚子很难再装下去了，难道就这么死翘翘地交白卷吗？珍珍有点火烧眉毛更火烧屁股了。

晓蓝却像终于等到这一时刻似的，最后的讨论中，她长叹一声，几乎是轻松地提议：“……其实，这些天我一直在想，最简单的就是最好的，咱们就实诚点儿吧，不要耍任何的花招，就听凭老天爷的处置吧。”她盯着珍珍，带着饥饿感地怂恿，“去，你去跟黑皮坦白，我呢，也去玻璃屋找你哥说出我的意思。真的，我什么都不怕了，也不管我妈了，咱们全都实话实说！你敢不敢？”她的眼睛突然那么的明亮，简直把珍珍都看得吓一跳了。

“好呀好呀，奶奶的，我早就想这么干了！也想让你那么干了！”珍珍欢喜得直拍手，晓蓝这么爽快，正合她意！管他呢，又没有别的办法！

珍珍记得她与晓蓝是在妇幼保健医院门诊部，像平常一样分的手。晓蓝心情大好，脸色呈粉色，她微笑着低声默念：“你相信吗？明天去玻璃屋的时候，我准备系上你给我的那条丝巾。那丝巾可真丑，可我还是得找出来。还记得我第一次去找他，就是打算还这条丝巾的……”

珍珍站在那里目送晓蓝，毕竟快八个月了，她的后背也有些厚了，衣服宽宽松松，像只朴素的鸭子，摇摇摆摆地走着。一个真正的孕妇，走路的背影多好看多动人呀。珍珍惊讶地发现自己淌下一串滚烫的泪——真可惜，自己不能够这样，像只鸭子一样走路了。

不过，她把难过压下去，想着好事情：想想看，到明天，晓蓝将会给哥哥带去多大的快活啊！

就是在这个时候，珍珍忽然涌上一个怎么也拦不住的、像喜鹊一样蹦蹦跳跳的念头：赶在晓蓝前头，她要先去跟丁成功报告喜讯！

这念头不大好吧，可是，这是好消息，早知道早高兴嘛。可怜的哥哥，他一直那么孤单单的！提前一秒钟知道都是好的不是吗？再说，万一哥哥竟不知好歹呢？人家晓蓝可是实心实意的！可不能让晓蓝说得太费劲儿！对的——就像当年踅摸到师范大学一样，她要再次为哥哥的事出面斡旋！

再说，这次的胜算比上回肯定要强得多！她只是去把哥哥的情绪给铺垫好，然后，爱情有了，宝宝也有了！两全其美啊哥哥！

这么地，珍珍就心急火燎地先往玻璃屋去了，像一根被点着了的箭一样把自己给射出去，脑门上的头发都汗湿了，一路上快活地想着：河水倒过来流了，竟然又要跟苏琴、晓白什么的成为一家人了，嘿嘿，死去的老爹绝对不会想到这一出的！

她记得她一路小跑着、上气不接下气地闯进玻璃屋，急得都不肯坐下来，满肚子话都堵在牙齿后面打架，打得牙根都在吱吱响了。打了半天，从丁成功手里抢过他不停擦拭着玻璃的一块雪白抹布，才终于说出来了："你要做爸爸了，现成儿的！晓蓝要替你生个宝宝了！你就要一家三口子了！最迟明天，说好了的，她就会来找你了！真要幸福死了吧哥！"

她记得丁成功那个死样子，听凭她如何地解释、撺掇，从晓蓝的后悔、怀孕、分居一一说起，他均不理会，像没听到似的只低头不语。隔了一会儿，还用一只手把整个脸都捂起来。

珍珍不明所以地张大嘴巴……突然，她急了，使劲打一下丁成功："你什么意思？你不会是在意她肚子里那个宝宝吧！你难道还封建吗？我跟你说，那是个宝宝呀，那粉嘟嘟的娃娃一蹦出来就会喊你爸爸的，你占多大的便宜!”提起小孩子来，珍珍总是最来劲的，她甚至把曾经劝说过晓蓝的那一段关于婴儿的话又改头换面地拿出来说了一大通。

丁成功使劲摇摇头，终于，他把手从脸上拿开，接着擦起玻璃。玻璃的光从各个方向折射到他脸上，他的表情却一点不透明，反而厚极了：“我不会接受的。我不会让这一切发生的。”

丁成功替她倒了水，又挪了凳子到凉快处，然后顾自忙他的了。

珍珍突然焦渴了，感到自己似乎又做错了什么！她慌张地拉过杯子，猛地又仰头灌水。不知为什么，她想起了老爹，怪不得他老人家喜欢喝两口。有的时候，人就是要喝两口啊！她现在多可怜啊晓蓝！她还在做大头梦呢，她还以为丁成功这里肯定张开双臂欢迎她呢，她还以为她回过头就是大好的春天呢。

珍珍记得自己就是这个时候发起火的，她突然把手里的杯子摔出去，使最大的劲向丁成功摔过去，这不是替自己，也不是替晓蓝，而是替老天爷摔的！哥哥他到底哪根筋坏掉了呀，这送上门的好事他都不能伸出手来接一下呢！他就永远要这样冷冷清清的吗，要是老爹在就好了，就让老爹再继续揍他！

丁成功让了让，那纸杯子软绵绵地在地上滚了两下。他好脾气地重新倒了半杯热水，又调了半杯冷水，使之成为一杯不冷不热、温度刚刚好的水。他把水递给珍珍，用一种憧憬的，可听上去又有些凄凉的口气请珍珍不要生气，保重好身体吧，好好生下一个孩子，聪明健康，最好像个神童似的，一岁会数数，两岁会背圆周率，三岁会背唐诗，四岁会读报纸……三年级，拿起四年级的书就会读，初一，拿起初二的试卷就会考……就跟舅舅小时候一样。

丁成功这么一说，珍珍绷不住了，挂着泪珠笑起来，看来哥哥也想起老爹啦！

丁成功慢条斯理地，说他前不久还专门回了老房子一趟呢。据说房子这次真的就快拆了，所以他去给老爹的陶杯子里倒上一点酒。刚才那番关于神童的话呀，也不是他说的，而是老爹捎来的。

给丁成功这么一说，珍珍羞愧地抿紧嘴巴，以免冲动之下对哥哥说出实情——刚才在奔跑中，她也迷迷糊糊地想过，是否要跟哥哥顺便也说一下自己的“假肚子”呢。现在看来，这不是个好时候。同时，她给丁成功说得焦急起来，又开始出上汗了。泥菩萨过河啊，她自己的麻烦还没有“搞定”呢。唉，算了算了，这摊子事还是让晓蓝她明天自己来吧，她得回家见黑皮了，天都这么暗了。在今天，一定得把底牌摊开来！

珍珍记得她离开玻璃屋时扭头看了一下——丁成功冲她挥挥手。一层一层的透明体后面，可以看到影像重叠着的好几个哥哥。那好几个哥哥，都侧着身子，动作整齐划一，一丝不苟，擦擦停停。那个动作、那种神态，就好像他会永远地、一辈子擦拭下去似的。

珍珍心中莫名地一阵难过，她转回头，急急忙忙地又跑起来。热心热肺的好姑娘啊，她不知道，她的跑动将要点燃一个埋伏着的引信。

道德经

1

母性的本能，是潜伏的狮子，总会在危险到来之际号叫着一跃而出。这是个陈旧的比喻，但的确也有它的道理——在那个注定要在所有人身上拉出血口子的2006年4月13日，苏琴即提前感知到反常的不安。

这天，苏琴本来是到大市场替晓白批发几包半成品的韩版仿水晶头花……弄这些做什么？简单插一句——晓白从南方回来的这一年，正是个人网店如野蘑菇般疯长的一年。他于无聊中也跟风搞了一个，正好藏起他可疑的肉身，只在网上吐丝自缚、编织茧巢。他的货品并无个性，春天，代售打折护肤品与化妆品；热起来的时候，卖水枕头和情趣内衣；冷了，则加上情侣围巾、暖宝宝什么的。生意倒也不错。对晓白的“新事业”，苏琴自是完全的支持，并想出一个“促销”的点子，对买家们赠送一枚花俏实用的水晶头花——她负责到市场批发、回家二次加工，成本非常之低。

那个别无二致的下午，挤在厂区一家以廉价、混乱出名的批发市场，她忽然间就感到十分胸闷。本以为是市场里人太多，胡乱买了两大包就出来了，可那糟糕的感觉却更加强烈，都走不动路了，心头突突乱跳，脚下倾斜，所有的货品都要压到身上来似的。像以前所有不安的时刻一样，她头一个想到的就是女儿晓蓝，尽管她出嫁那么久，尽管她很久都不回家了。

这么一担心，苏琴决定改变路线……她费力地提着两大包韩版头花，凭着直觉就往十字街上去。她有个没由来的预感：晓蓝今天回十字街了，并且此刻正走在十字街上。她蛮可以在哪个街角等上一等，她要扯住晓蓝，平心静气地好好谈谈！从上次大雨中母女两个不欢而散之后，她们再没有说过话。

当然，她并没有能走上多久，好像是为了减轻她的负重，一股热情的、席卷一切的气流夹杂着火球，突然从地下管道里喷涌出来，从她手中把那两大袋头花体贴地拿走，高高抛撒到半空，晶晶亮的韩版头花与彩色印花的包装纸如天女散花般落英缤纷、美不胜收！只可惜这样的美景无人消受，包括苏琴本人。她脸色惨白，立刻明白了：那长达数小时的心悸所在，准是晓蓝那孩子出事了呀！

苏琴准确地往南走了一条巷子，在小丁字路口那里向右一拐，一步都没有浪费，像有指南针在带着她，她一下子就找到晓蓝了。晓蓝正倒在路牙子边上，两眼紧闭、头发散乱，左腮上血肉模糊，两只手却紧紧地护着腹部，下身一片血水。

苏琴几乎都没有特别意外，她挨着路牙子瘫坐下去，轻轻抱着晓蓝，像小时候那样，把女儿横过来抱，把她的头放在臂弯里，把她的腰搁到自己腿上……身边有人在替她打急救电话，她便只管一心一意地坐在路上，等。她甚至都有些珍惜这几分钟的等待时间，因为她已经很久没有这么亲近过女儿了，也因为她可以抓紧时间来好好忏悔——这一切，都是她的错。

作为一个母亲，她从一开始就带错了孩子们。但她不恨自己，而恨这一具疯魔般的肉皮囊，更恨自己在情感上的执念。两者捉对厮杀，最终使她成了个该遭天火的背德者。

2

魔鬼是从丈夫死后开始附身的，这一年，苏琴三十九岁，可是魔鬼才刚刚出世，正是最新鲜最起劲的时候，它喜欢大闹天宫：白天还好，白天苏琴要打算盘，做会计就有这点好，可以没完没了、反反复复地核账，核了九十八次的准确无误，都还可以再核第九十九遍。但晚上就难一些了。苏琴真太惊讶了：一个人会这样地为身体所奴，她不能看到床、被子、枕头、内衣这些与睡觉有关的东西，甚至，连天黑、月亮、灯光这些与夜晚有关的东西也让她极不舒服——那每夜必来拜访的焦渴，会像沼泽地一样地把她往下拖，拖下去却又把她像咸鱼那样给干晾着！她摊手摊脚，她抱成一团，她双手合十，她把腰弓起，都完全地没有用啊。

尽管如此，苏琴起初并没有对其予以足够的尊重与重视。她有些轻蔑地想起那个有名的老笑话：一个没了男人的孀妇，整夜地没法睡，只得起身撒一把豆子在地上，东一粒西一粒地摸着捡，有人奇怪，你开个灯不好吗？妇人答，开了灯太好找了……哼，莫非自己也要撒豆子吗？

哈当然不必了。都90年代了，再婚什么的，算不得什么了。“开始新感情，开始新生活吧。”人们总这样世故而泛泛地劝说，这是通俗易懂、极具人性的世风。对一个逝者的眷恋与忠贞，嗯，说说而已，基本不成立的，其可信度与难度已大大超过其相反方向。可是，苏琴发现，她的情感却停滞在较难的这一边——

对死去丈夫的敬爱在他死后仍然具有悲伤的生命力。他留下的书柜、大字典，厚厚五六本的照片、集邮簿，他说过的俏皮话，他替她挑选的手表，那样沉重而眷眷地压在她的心上。尽管在形式上，她从未表现为过分的悼念或一触即发的涕泪，她灰心地掩饰着，即使在清明或他的忌日都不爆发——没有人会相信的，两个孩子不会信，包括她自己也不太敢相信。

况且，生活本身又这么地难为她。作为屋檐下的一小户人家，吊扇要拆洗，水龙头坏了，换旧油烟机，以及一些和和暖暖的节日、刮风下雨的坏天气……尤其看到晓蓝、晓白，她的恐慌感更甚。这两个孩子，支支棱棱的，从爸爸一死，似乎就对她产生了天然的敌意。他们不信赖她，也不看好她。这真让她感到加倍的孤单。

……苏琴照照镜子，里面的人瞧上去还挺端庄的，眉眼不动，嘴巴紧抿。看来必须如此了。生活像条无情的河拦在面前，没有桥没有船，她将两脚湿透地蹚过去：再找个男人，应付一下作祟的疯魔，应付一下这歪倒的缺少热气的生活。

这么的，有个熟人替她悄悄张罗上了。开始不是丁伯刚，最先那些个都比丁伯刚要强，甚至，他们都有某一个方面与死去的丈夫类似。也可能是苏琴下意识地在他们身上寻找丈夫的某些方面，格子围巾，风衣，谈论摄影，哼哼俄罗斯民歌，喜欢买邮票，爱讲笑话什么的……不，绝不能是他们，那太让她难受了，好像他们都已经给做上了记号，那些记号总会像小箭一样带着哀伤的阻力射到她心里，使她直接或间接地想到丈夫。他依然栩栩如生，在暗处陪伴、凝望着她。

最终，在一次又一次的拒绝之后，她向那个灰心了的介绍人费力地解释，表达了这样一个莫名其妙，但事后看来还真行之有效的诉求：她所要重新找的这个男人，最好跟原来的丈夫全然不同，哪怕他一无是处。

啧啧，这女人怕是脑子坏了。那熟人半是赌气半是敷衍，给她领来了破抹布般的丁伯刚：秃顶加红鼻头，书本对他而言乃狗屁，永远只穿蓝灰工装，除了脏话外他不善言语，并且大部分时间抱着酒杯醉成一只麻袋——嗯，好，就应该是这样的，她立刻就让自己接受了！这样的人，她才可以跟他滚到一块儿，像动物那样无耻地交媾，并确保绝不会对其产生哪怕是针尖大的好感。

这些原委，苏琴没有跟人详解过，跟谁谈？又何从谈起？这听上去太离奇了，一定没有人能接受。再说，每个人都有自己的隐私权，又有什么必要去取得他们的理解……内心深处，苏琴非常骄傲，甚至认为自己仍然是忠贞的，她在以她的方式追怀死去的丈夫。她走到哪儿都昂着头，有点不屑的意思。她打定主意，永远不对外承认与丁伯刚的关系，也永远不会对他施以友爱与真心。她宁可这样终身孤僻。

看看，多么无知的女人哪，苏琴这样一来可就犯忌了。她这可笑的所谓隐私权，她的某些作为与某些不作为，实在冒犯了厂区敢作敢当、开诚布公的道德传统，大大得罪了公众的关切之心呢！这是什么地方，这是厂区啊，厂区人难道还会在乎这种男男女女并且还是孤男寡女的事情吗？越是潦倒、粗鄙的地方，人们越是鼓励大胆、混乱乃至邪恶的作为。只有一条，他们对当事人有一个顽强的诉求：贴心人般、毫无保留的坦诚与信任，他们最不能容忍遮遮掩掩的假清高。所以，唉，她害得人们不得不花费更多的精力与口舌来关注她、跟踪她、揭露她，她活在浑浊的语言洪流里，活在一个背德者的孤立里……

不过苏琴不在乎，绝望到顶就是强悍，哪怕所有的人都指点着她可疑的星期三与星期六，她也无所谓的。隐私就是隐私，忠贞就是忠贞，就没打算跟任何人分享或解释。再说，事已至此，她也没指望再做个像样的女人，过上像样的生活。

但是！她不久就意识到，由此所形成的阴影，还笼罩上了晓蓝与晓白，随着时间的发酵，她同样得罪、伤害了他们，更可以说是毁坏了他们。

苏琴冲自己凶狠地一笑：不要脸的老母狗，妄说什么对爱的忠贞呢，睁眼看看清楚吧，这就是代价。

……该从哪里说起呢。苏琴坐在十字街头，抱着软绵绵的晓蓝，尽管此时的晓蓝腹大如鼓、腰身肥壮，可在苏琴的眼里，她还是个露水一般鲜嫩惹人疼的小姑娘！到底，是什么时候开始的，她们的关系像是别扭地拧麻花？

也许，星期三，这便算是她最大的污点——以晓蓝那样的年纪，清教徒般的严厉，对生活就像对新床单那样容不得有一丝皱褶，怎么可能指望她明白？

实际上，唉，那真是一串疲劳而动荡的记忆。

几乎从中午就开始羞愧，总想着，不去吧不要去吧，身体却像水里的浮球，怎么也按不下去……好不容易干耗到晚上九点左右，敷衍过两个小的，怀着一种愤怒，她做贼一样拖起自行车，赶往那张床……次日凌晨的五点半，哪怕骨头全都散了架，有时外面寒风呼呼，她就得赶到家里，轻手轻脚，她不想惊动任何邻居，这样，她便可永远不承认她在偷，偷窃一种黑暗的生活……这样的苦涩晓蓝她不明白！那几个孩子都不明白，他们还那么齐心协力地、轮番在星期三出场捣乱——那种被唾到脸上的感觉真让她一秒钟都活不下去！她感到自己狼狈得像一头雨中的母狗，在不断扔来的石子中东跑西躲。没有任何人尊敬她，包括她自己。一个偏执于隐私的人就等于是个浑身泥水、极端下作的人吧。

这一切她都可以忍受，她这是活该，受不了的只是——晓蓝与丁成功搞到一块儿！老天在上，她不该这么说，可那孩子除了长相还算斯文，其他有个啥呢，白天光膀子吹玻璃，晚上打桌球赢钱买烟，浑身上下每一个口袋都是街头小杆子那种破罐子破摔的味道！敢打一千一万个赌，晓蓝绝对不可能真看上那孩子，她纯粹是为了唱对台戏！

再退一步，如果晓蓝也只为玩闹一番、气气她也算了，可是，他们好像有点当真！

苏琴至今记得那个令她惊骇的夜晚——

是晓蓝高三的上学期，那段时间晓蓝在外补课，要到八点半才能回家，可那天晚上，直到九点半，直到十点，十八岁的晓蓝仍然不见踪影……

厂区一带总有诸多的流氓传说、极端残酷的情境，苏琴脸色煞白，忽而想到命运对堕落者的惩罚：她不该厚颜无耻地找个丁伯刚，更不该虚伪地装着没有发生……深夜，没了什么人的十字街头，她软绵绵地蹬着自行车，一路上泪水纷披，向着老天爷或菩萨胡乱许诺：只要晓蓝没事，怎么样都好！随便叫她做什么！在十字街中心拿个大喇叭向厂区道歉、承认自己的所作所为，并且，立刻离开丁伯刚，从此青灯孤火！随便什么都行，真的，她统统都能做到……乖女儿好女儿，只要你好好的。

可是，等一等，前方出现在她的视野里的——路灯一盏盏相隔，半明半暗地照着，丁成功像在玩杂技，一手带着辆空自行车，一手骑着辆自行车，而她的好女儿晓蓝，正跷着脚坐在丁成功自行车后面，两个人像一对小鸟在那里飞着，其情状相当之优美……

大起大落之下，苏琴一下子就给点着了，眼珠都要冒出血来了！怒火中，她甚至希望晓蓝是出了别的事才好！只要不是跟这个小杆子在一起！没准儿他在诱骗她，这么晚了，两人都干了些什么？

苏琴一言不发地直冲他们骑上去，两方越来越近，她的脸色也就愈加吓人。

越骑越近，苏琴注意到丁成功脸上似乎带有血疤与瘀青。看看，这种街头烂仔，永远打架、鬼混、浑身是伤，将来肯定跟丁伯刚一样，泡在酒精里浑浑噩噩……等到两边迎面碰上，丁成功用脚撑住，晓蓝跳下来，脸上带着不知哪里来的邪乎气，惊讶而挑衅地直盯着妈妈，一边亲热地向丁成功身上贴去，挽住他一只左胳膊，顾不上后者的僵硬。

苏琴扔下自行车就冲上去，挥起手："你这不要脸的死丫头！"啪啪，多动听的两个耳光！从来没有打过的耳光啊！可一出手，苏琴就醒悟到：错了，不能打，这只会把晓蓝越推越远！

晓蓝果真甘之如饴，眼里含着血丝微微点头，看看，因为丁成功，她被妈妈打了——这里面，有一种预言般的债务关系！晓蓝沉浸在叛逆的血腥气里，她紧握起丁成功的手，都没有注意到身边的丁成功，正变得越来越灼热，像一轮激情的太阳在挣扎中颤抖着诞生。

——多年以后，在替丁伯刚守灵的那个晚上，丁成功向苏琴坦诚：此前，他对晓蓝，就算有那么点好感，但绝对没有成形，恰恰就是从苏琴的这两记耳光开始，他的赤诚之心，获得了乖张、野莽的生命力。

那晚，从十字街接回晓蓝，已近十一点，趁着晓白早已入睡，苏琴决定做一些补救工作。

“丁成功，他不可能是你的理想，对不对？”

“那个丁伯刚，就是你的理想？”晓蓝迅速反问。

“那我下个星期就去跟他分手。”苏琴脱口而出，语气轻松极了，好像只是在说，她下个星期要去剪个头一般。

晓蓝没有立即答话，过了一会儿：“我不是那个意思。”

“我不是因为你才要分手的。”苏琴十分平静。她感到自己说的是实话，这正是个机会！她可以就此摆脱身体的奴役，重新站到透明的公共道德这一边。这孤军之境，她也真的受够了！她想起她刚才出门找寻晓蓝时对老天爷所发的誓，这说不定也正是上天的意思。

“我跟丁成功，真不是为跟你赌气……”晓蓝这话，到底是对妈妈的体恤还是假惺惺的解释，也真说不清了。多年以后，晓蓝曾向丁成功回忆她与妈妈之间这场短促而冲动的对话，她十分难过：用丁成功来做要挟，太过分了；两家本来还会在一起的。丁成功的反应却十分平静：分开是迟早的事。你们一家三口第一天来时，我就知道，我们不会成为一家人……

苏琴显然不信晓蓝的话，她不吭声地洗洗弄弄。晓蓝立在一侧，继续替自己论证：“你以为我不知道丁成功是什么样？但我不能因为两家的关系而排斥他，也不能因为他没什么出息就瞧不起他。他与我，是平等的、自由的……”她竟说得真诚起来，好像一份陈旧的人权宣言。

“别说那么多了……说到做到，我下星期分手。不过，我也要你保证，你不再跟丁成功，永远不要。”苏琴露出马脚，像个不成熟的谈判代表。

“嗨，妈妈呀，别傻了，我又没说要跟丁成功怎么样！再说厂区这种地方，是我待的地方吗？瞎操心。”晓蓝把她沉重的书包拎到桌子上面，准备开夜车了，一边转过身，像是轻蔑地扫视着整个小小的屋子，“我的心大得很！你不是也总说，我像爸爸一样有出息的？”

晓蓝突然像个五岁小姑娘似的，伸过手来要拉钩，表明这是一个严肃而童真的约定。

苏琴猛然间感动、放松了，她知道晓蓝这些话是真心的，这也是她一直特别倚重晓蓝的原因，这个女儿一直是有志气的……刚才那个决定是对的，立刻断绝与丁家的一切吧，她应该跟女儿一样，如同向日葵，向着光明的高尚的生活去努力。

3

开口谈分手之前，苏琴盯着丁伯刚看了好一会儿。夜晚的灯光下，一些红黄色的光线不均匀地投射到丁伯刚脸上，这突出了他腮上的横肉、开始稀疏了的眉毛以及干燥嘴角处的一团皮屑。当然，还有他红鼻头顶端的黑头，像芝麻那样，随意而紧凑地分布着——越是仔细端详，就越是有一种令她失语的生疏感。

难道，这两年七个月，她一直在跟一个陌生人睡觉？看看，这身体多么卑鄙啊。

丁伯刚一如既往地喝多了，他的眼眶有些红烂，像是迎着狂风，睁不开地对着她。他没什么表情，或许有，但酒精使那失去了可辨性：“你干什么啊？这样看我？”

“今天我们是最后一觉了。”苏琴记得自己脱口而出，真是厚脸皮，可是也算很实在的表达吧，她甚至可以算得出来，两年七个月，一百三十二个星期，去掉那些被“星期三恶作剧”搅和掉的三两个月，去掉节日与身体不适，她跟丁伯刚，前后约莫睡了八十次左右。

这就是与这个男人的全部吗？对，这就是全部。就这样无情无义像个婊子似的最好，难道还想含情脉脉？不要再作践自己了——到此为止。

相当长一段时间，苏琴都感到，即便前面错了那么一大截，但从“分手”这一步开始，算是又走回正道儿上啦。尤其不久之后，晓蓝考上师范大学。唉，真是出了一口长气啊。苏琴深感悬崖勒马般的侥幸与感恩：如果不是及时与丁伯刚掰了，如果晓蓝竟与丁成功厮混到一块儿，不是把她一辈子都毁了嘛！

最记得录取通知书送到的那天，好消息随着宿舍区浑浊的热风飘送，苏琴兴冲冲地往家里赶——这条路，真令她感慨！多少个黑咕隆咚的星期三之夜，她曾那样没头没脸、屈辱地骑，终于，她这样风风光光、扬眉吐气地骑在大太阳下。正午的毒日晒得皮都疼，可心里真美啊。从丈夫死去之后，头一回的美！一路上都有人主动跟她打招呼，她也停下来跟每一个人短暂地交谈、点头，她不知疲倦地重复着上车、下车的动作，重复着谦虚与感谢的客套话。

她每一次踏上车重新骑起来，厂区的人们都会长久地凝视她的背影，凝视着苏琴蹬自行车时微微扭动的臀部，曾经因“隐私未公开”而惹下的不满一下子获得了宽宥：“啧啧，一拖二，也不容易！这不，快熬出头了！她家那个丫头，会出息的，看看吧，将来是要给她享福的！”

唉，多么甜蜜如意的转折点啊，事情从哪里开始又出了岔子？作为母亲，她并没有新的污点，到后来，她甚至都当上了社会公德的“卫士”呢。当然，她承认，在那份新工作里，她夹带处理了一些私人的事。

4

所谓的“新工作”——2001 年，被“买断工龄”的苏琴赋闲数年之后，突然得到了重用。这位曾因男女问题备受困扰的女士重新进入了公共生活的前沿地带，承担起一个符号般的社会角色：

居委会老太太。

想想也蛮有趣，也可能，她与丁伯刚的断然分手为她获得了“加分”，民间的道德评价体系相当科学，会横向纵向地结合过往与现今。最终，人们得出结论：苏琴是个有性格的女人，她要相好便相好，要独身也便独身，她是拎得起也放得下的人。这样响亮的做派，在厂区最容易获得欢呼。何况，瞧她女儿，大学！瞧她儿子，在南方工作！这是一个含辛茹苦的女人，一个远离了性与低级趣味的女人，一个跟大家一样悲惨下岗的女人。如此种种，人们反倒待见起她了，见她无事，又整整齐齐，可就不是顶合适的一个！

而这种舆论肯定也是具有积极暗示性的，苏琴感到自己终于把跟丁伯刚的那一页哗地撕去、团成一团、扔到垃圾桶了。她那曾经跌为负数的尊严也找补回来了一点，最起码可以外强中干地与另外一个大妈一起，从事着全世界最壮丽的居委会事业：婆媳吵架调解、清明文明祭扫、无业妇女年度体检、宠物防疫、病贫残慰问、计划生育、治安联防与巡逻、流动人口调查、两会黑板报、节日彩旗与标语横幅、社区医务站、低保户登记、街办企业、违章摊点清理、侨务与统战工作、区人大代表投票选举……可以说，她的每一桩工作都是从中南海一步一台阶走到居委会的，非常之国计民生！苏琴的桌上，摞着高高的本子，她每个月要登记十二本台账、报二十三张表格、盖六十多个公章。

然而，忙与伟大，这都不是这份事业的特点，其独一无二的奥妙在于：居委会具有一种泛道德的超越性，拥有对他人隐私无限贴近、无限深入的特权。比如，为管理流动人口，她要带着民工妻子们去体检、去上环，或是发放避孕用品（要什么号？中号还是小号）。为了调解家庭矛盾，她得登门入室，坐在人家那吱吱作响的床上，细细询问争吵的缘由：性生活不谐？一夜情或多夜情？配合治安联防打击“黄赌毒”时，她们会深入到墙上涂满广告的廉租屋或是一股怪味儿的按摩房，并眼睁睁地打断那些一对对一丝不挂奋勇作战的人儿……

可以推测一下吗？这种种情境，对五十二岁苏琴的触动？

会是这样吧：作为一个遭受过隐私歧视的过来人，她会对这龌龊的世风表现出严厉的报复般的敌意吧，像戴黄袖章站在斑马线边维持道德秩序，拉起一根纸做的长绳，充满斗志地要把一切见不得人的玩意儿统统拦住……

然而，不是。苏琴不是那个方向，或者说，她只在表面上应付着上述这稻草人般的、螳臂当车的差事，借以掩饰她的惊讶与迟来的觉悟。看哪，这么多此起彼伏的身体欲望，那么的诚恳和坦然，得到了无限的尊重与纵容，开房、小三、私奔、通奸、同性、多角、老少恋、姐弟、乱伦……如此一比，她当初真算个初级阶段的零蛋啊，这样的比较多少带给她一点宽慰，但内心更深处却又感到十分的沉重：这么多年过去了，其实还是万变不离其宗啊，所有的这些私密，仍然会遭遇到公共道德的围剿与捉弄，被赤条条地挑到半空、撕裂在强光之下——这让她感到深深的不忍与同情，还有警惕！所以啊，自己的孩子们，她希望他们能保持清醒与规矩，不要被这欲望自由的假象所迷惑，她太清楚了：

道德这玩意儿是不好对付的，是根橡皮筋，看起来宽泛，实际上一直紧绷着，随时会收紧、勒住脖子，让你透不过气，让你生不如死、死亦不得其所！

除了对道德感与隐私权的微妙体验，这份新职业，还带来了别的意外，比如，久违的丁伯刚。

苏琴是在处理上面转下来的各种“市政信箱”“人民来信”之类东西时突然看到丁伯刚名字的。她摘下眼镜，凑上去看了几看，都差点以为自己眼睛里长妖虫子了——这个瞬间，她竟然不害臊地记起了与丁伯刚的最后一晚，那场不要命的告别式，并记起了丁伯刚在昏睡前送给她的道别词：“……老子记性不好，老子说不定明天一早就忘记了。”

看看，这信里写的真是他！这“老子”的记性还真的坏掉了！苏琴读了三遍人民来信，写信的老干部义愤填膺，用相当详细的笔触描绘了丁伯刚每天早上在厂区上演的那今古交叉、具有蒙太奇效果的 3D 大戏，他浑身酒气地乱发牢骚，眼泪鼻涕一把抓，哀悼他死去了的旧厂区、旧工友、旧有的一切属于工人阶级的辉煌……“简直是给改革成就抹黑！在新厂区这样亮丽的风景线上，绝不能容忍这样难看的牛皮癣！”老干部来信是“报告体”加“晚报体”。上级把信批转到居委会，并有批示：做好贫病残工作，促进社会和谐。

苏琴想了想，一点没耽搁，买上一瓶洋河就上门了。此时，距分手，六年了。

重新踏入同一个楼道，看到涂了一圈儿的“拆”字，看到水泥台阶上熟悉的豁口，转弯口那黑乎乎短了一截子的电灯拉绳儿，那些共同岁月（星期三与星期六）是否再次栩栩如生？重新见面是否会有些尴尬与感慨？苏琴的脚步如何保持一个居委会老太的稳重——算了，这些产生于头脑且仅止于头脑的细节，其实并没有那么重要。一个老妇人的心思，就像枯萎了的花，有谁在乎！苏琴只管往前走，代表街道意志去敲门就对了。

映入眼帘的丁伯刚那么温和、那么松弛，像只飞不动了的老鸟，他冲苏琴客气地点点头，非常抱歉地解释：“对不起，家里没人。”好像他本人不是人。他掉头往家里面看看，皱着眉补充：“我家神童儿子考试去了……还有个女儿，她跟她老公捡破烂去了。”他把黑皮那挺派头的“大地资源公司”仍然叫作捡破烂。他再次抱歉地笑：“家里没有人。”

苏琴在门口站了一会儿，仔细审看丁伯刚的反应，她确认了：丁伯刚真的一点没认出她。就像一种单方向的透明玻璃，她看得清他，他看不见她。这样见一见，也挺好。

丁伯刚让苏琴坐在沙发上，还是以前那只，弹簧更松、颜色更为污糟。然后就再不理她，只顾忙着他被打断的事情：桌子上放满照片，他正一张一张、喜悦而耐心地翻阅着，每张都像是头一次看。

“喏！”他抬头冲苏琴羞涩地介绍，“这是我老婆，从老家来厂里不久，土了吧唧。”照片是黑白的，一个穿着肥肿棉衣的女人，脸被吹乱的头发遮掉一半，灰色的长江大桥在背景中显得混浊雄伟。

另一张，他本人，大约二十多岁，与一群工友，皱巴巴的工作服，他们挤挤挨挨地站在一个寒碜的窗户前，迎着光，僵硬地微笑，手里分别握着工作手套、螺丝起子、钢锯，构成一个莫名其妙的造型。他们斜着身子、侧过脑袋共同看着一张报纸。“我们在学习《新华日报》，农业学大寨、工业学大庆。我们正在学习。”丁伯刚回忆着，神情里某种东西甜丝丝的，让苏琴感到惊讶。那时，要算是他本人的高峰期，也是厂区最好的时光吧。

接着是一张满是爆竹屑与红绸带的喜洋洋的照片，珍珍身旁一个面色黝黑的小伙子，他们双双张大着嘴巴，那是合不拢嘴的笑。他们的头顶上，可以看到一半的招牌：“罗氏大地资。”丁伯刚拈着这张照片，欲言又止，神情忽然变得有些僵硬。他试图快速翻过，苏琴却伸手拿来仔细端详着。这喜洋洋的照片使她产生了一种类似攀比与惊慌的东西，她仔细瞅瞅黑皮，彩色照片加倍地彰显着他的黑，可这还是让苏琴感到心焦，她一下子想到晓蓝——继考研失利之后，工作也是坏消息，被分配在一个差生扎堆的三流中学，可她仍旧继续着那种积极的姿态，住在教工宿舍，义务补课，并勤劳地家访，在那些讪笑着的家长们面前侃侃而谈……苏琴最关心男朋友的事，晓蓝总既玩笑又严肃地说：“少安毋躁！你不是也想让我钓个最大最肥的鱼的？还没上钩呢！”

可这个珍珍倒是轻而易举就钓到了。万一，晓蓝最终竟不如她……苏琴死死地盯着黑皮看——她并不知道，她这一看，就等于是把黑皮在她大脑里挂上了号，黑皮就要“撞”到她枪口上了。丁伯刚可等得不耐烦了，他伸过手，非常有力地从苏琴手里夺过照片，按顺序放到看完的那一沓照片里，然后带着恢复了秩序之后的安心，接着往下翻看他的照片。

苏琴心情不好，也失去了耐心，是故意失去耐心的：总得完成这份差事呀。

“丁伯刚。”这名字喊出口，她感到心中一悠，既生疏又悲凉，生活真像打羽毛球啊，一会儿在这头，一会儿又到了那头。

丁伯刚惊讶地抬起头，好像奇怪这个敲门进来的女人怎么竟晓得他的名字：“对，我叫丁伯刚。你喊我，要、要我做什么?”有些口吃地，像孩子那样一眼不眨地盯着苏琴。

“以后不要一个人上街了。不要坐在街上哭了。多难为情!”苏琴口气软了，想想看，那几年，她从没有对他表现出一丁点情意，而是尽可能轻蔑地应付他……唉，他要是好好的，她今天可以作些弥补与修正，陪他好好聊聊天……丁伯刚，怎么就成了个呆子似的!

“我代表居委会正式通知你，上午不要再出去乱转了，万一走丢了……其实，我们建议你家人最好把你送到关怀医院。”苏琴代表“我们”政府放出口风。

“那我……那我早上起来，一整个上午干什么呢?”丁伯刚询问，表情十分困惑。

“看看这些照片就是了。”苏琴替他出主意。

“可这是下午看的。就是现在。现在是下午。”丁伯刚自有他的安排，“晚上我喝几口。而上午，我就是起来到厂区去转一圈。”

“那么早上，改成……”苏琴也难住了，这样一个丁伯刚干什么才好呢？

“你想，你想好了我就照你说的办。”丁伯刚高高兴兴、信赖地冲苏琴笑笑，又接着低下头翻弄旧照片。

现在，他手上是张丁成功的单人照：某个偏僻处，一片锈迹斑斑的旧钢架前，脖子里挂着出入证、穿着机关西服的丁成功正对着镜头笑。那种笑，怎么说呢，有着风吹即散却又无限沉醉的幸福感。老天，苏琴多么熟悉这种笑啊。丈夫以前替她拍了许多张照片，有一次，她也替他照了几张。照片里，他就是这样笑的，不是看着镜头，而是看着拿相机的人，用那种眼神……苏琴感动而妒忌，看哪，这个吹玻璃的小杆子丁成功，也都恋爱上了，看看，他瞧上去还挺像样子的！

苏琴多看了几眼，忽然……她眯起眼，把照片拿远一点，恐惧地加以确认。没错，在照片后方的铁架一角，她看到了半只包，褐色与绿色相间的格子帆布包。她认识这包，再熟悉不过了。这是晓蓝的包，工作后买的，一直用，每个周末回来都拎着。

“这是什么时候拍的？”苏琴全身的毛都竖起来了！怎么回事，晓蓝所谓“最大最肥”的鱼原来就是这个吗！怪不得晓蓝对恋爱一事总敷衍疲沓，原来根子在这里！不可能的，她们娘儿俩拉过手指、发过狠的，苏琴正是这样才跟丁伯刚分的手呀！老天爷，开开眼吧！

丁伯刚得意地，答非所问：“喏，这就是我那神童儿子！他一岁会数数，两岁会背圆周率，三岁会背唐诗，四岁会读报纸……三年级，他拿起四年级的书就会读，初一，他拿起初二的试卷就会考……”这个老顺口溜，他倒是跟从前一样背得滚瓜烂熟，“看到了吗？他穿的可是机关制服，没找任何人，是他们主动把他调工会的。他再也不用吹玻璃了！看看，只要是个人才，就会有好前程的！”

无意中，丁伯刚的目光扫到苏琴脸上，苏琴感到丁伯刚像是一怔：神童、托人、找工作、吹玻璃。他盯着苏琴，短暂地滞住。苏琴一动不动，任他盯看，他要是真能认出她来，她正好需要问问这张照片、谈谈丁成功。

良久，他非常客气地小声问：“你下次来时，还带酒吧？”

5

大约半年之后，苏琴果真又去了一次，但带的不是酒，而是一个人：黑皮。她从一个小歌厅的后门口把黑皮揪到丁伯刚这里。

第一眼，苏琴根本没认出来黑皮，也不可能认出——他光着身子，而苏琴正心思不宁呢。

从上次看到丁成功与晓蓝格子帆布包的“合影”照片，苏琴嘴里就冒出许多水疱，心里翻江倒海如地火奔流，她总在盘算却总也盘算不出个头绪：两家都分手七八年了，怎么竟然又搞到一起了！前面的心思全白花了。这一次该怎么弄？情势变了，她没了与丁伯刚分手的筹码，而晓蓝的野心也跌入庸常——没准儿这就是否定之否定，她真是心灰意冷要跟丁成功好了。再说，真的能跟她谈吗？可只要一谈到照片的出处，晓蓝也就会知道，她去找过丁伯刚了，这又会需要一长串解释，她说不出口……

苏琴长叹，只要碰到晓蓝的事，就算她再怎么努力，总还会处于下风。

碰到黑皮的这天，又一个临时加班。为着“扫黄打非”，街道最近成立了治安联防队，各级的宾馆酒店、发廊按摩房什么的，都被划分到巡逻队成员手上，冷不丁搞些突袭。说是消防检查，但真正的目的只有一个：抓嫖。这里头的罚款，各级都有提成，居委会及居委会的上级可重视着呢。

联防队员“咚”一脚死命踹开歌厅走道顶头加设的小包房时，室内一对男女分身开来，各人动作却不同：女的遮下身，男的遮脸。联防队员兴高采烈地呵斥着，把两个“猎物”赶到不同的地方，分别查问对方的名字与单位、年纪什么的。这些细节，如同切口，有本事对上了，算是奸，OK，你们继续忙；反之，则是嫖，Sorry，跟我们走。

黑皮先遮起的脸，又想起来遮下面，他抓的是自己的裤子，所能遮盖的面积极为有限，他拉扯着，脸和下身都没遮得住。苏琴心里“咦”了一声，她发现自己“认识”这个人的脸！苏琴咳了一声，几乎是天真地向黑皮贴近了一些，她端详着眼前这个顾头不顾腚的男人，一边在头脑里拼命回忆……这当儿，黑皮倒麻利地把他自己收拾好了，他冲联防队员咧咧嘴，通情达理：“行了不用折腾，我认罚，就在这儿给结了。”

啪。苏琴在自己脑袋上一拍手，衣衫上身后的黑皮，她认出来了：这是珍珍嫁的那个破烂王。

黑皮跟联防队员们在谈价格，挺没羞的。苏琴在头脑里矛盾：该不该去告诉珍珍？或者告诉丁伯刚，还是告诉丁成功？这个黑皮，真要有人收拾下！看他这么老练的。看来，珍珍这婚姻，并不怎么样……脑子里还糊涂着，脚下却先做主了，她上前半步，跟两个联防队员耳语，对方微微惊讶，但也不想多作深究，这种举手之劳的方便之门当然要开：“我们先把经济问题处理好，然后人交给你。”

黑皮正在数钱呢。他还真是可以，几个口袋掏掏凑凑，竟然轻松应付了这晚的风流债。一边数钱，他用眼角扫了一眼苏琴，有些懒洋洋地想：这老女人……也想诈我一笔？不怕，只要世界上有破烂儿，老子就永远能挣到钱。

苏琴扣住黑皮的身份证。这身份证，像绳子，一直拉着黑皮，一直走到大路上，她实际上并没有想好，接下来该怎么做？并且越想越是觉得不妥——不是早就想通的吗？这也是黑皮的隐私啊，她凭哪条来对黑皮指手画脚？不不，对不相干的外人尽可以无所谓，甚至祝福他(她)玩得开心，可如果跟珍珍有关，就不行了！黑皮这样地在外面胡来，她不就是在守枯井！唉，那种苦处，苏琴可最清楚不过，她要帮珍珍。

路越走越熟悉，黑皮意识到了，像狗一样，他在一根电线杆边停下来，不肯再往前。苏琴摇着他的身份证，他还是不动："你要干什么？"

"我带你去见一个人。"

"她早不住这里了。我们一结婚她就搬到我公司楼上了。门面房上面，我都不要她上班了。"黑皮说的是珍珍，他猜，这女人可能是珍珍以前的街坊邻居。

"不是见她。"苏琴理都不理，继续往前走。

黑皮无奈起身，看来这是去见那酒鬼丈人。真不知这个变态的老女人想干什么，可这一招的确让他陡地泄了气，步子重了。不是怕丁伯刚，而是丁伯刚这个人以及丁伯刚的酒，让他想起了自己跟珍珍的头一次见面，那间满是呕吐物与"水上步行器"的黑色房间，珍珍替他有条不紊地收拾着。黑皮忽然间差点涌出泪水——他已经很久没有淌眼泪了。

"阿……姨，"黑皮犹豫地叫了一声，四年前那诚恳的县城气息又回到了他身上，"我是做得不对。可是，哪个男人不想多搞几个女人，这样才不亏嘛！我那些兄弟们都这样子的！"

听听他说的，这真是最为流行的道德！苏琴心里既理解又感到一阵不快，她没有停步，直到站在丁伯刚家门口，才简单地说："你放心，我不跟他说。我只要你看他一眼。"

苏琴敲门。过了许久，丁伯刚出来，他看看苏琴，又眯着眼看看黑皮，头上瞬间冒起汗珠，脸色变了。他很短地闭了会儿眼，重新睁开眼，他只盯着苏琴一个人，狐疑地虚心求教："嗳，我知道你认识我，也认识我儿子丁成功，那你认识我可怜的珍珍吗？我突然想不起她长什么样了！我急死了呀，我想要她回家呢，外面坏人太多了，我舍不得她，我不放心她。而且我不记得我把照片放哪儿了，我怎么都找不到……”

苏琴对丁伯刚摆摆手：“别急，她会回来看你的。我明天再来，帮你找照片。”

“找照片？什么照片？”丁伯刚茫然。

黑皮一直沉默着，听凭苏琴拉着他转身下楼。他们转身时，听到丁伯刚在后面有些讨好地喊叫：“嗳，那个谁，下次别带外人来，我只要你带酒来！”这个老东西，酒，他怎么就不忘掉呢。

“这不是……一回事。”苏琴把身份证还他时，黑皮说了这么一句，他的嗓子有些干巴，“我对珍珍还是蛮好的。”

“我不管那么多。现在你可以走了。”

“你……你到底是谁啊？”

“我？你不是看到了，我居委会的呀。”

6

苏琴说话不算数，她第二天没有去帮丁伯刚找照片，相当长一段时间，她都没有再去找过丁伯刚了。眼下什么才是最要紧的事？当然是晓蓝。幸之，那张“丁成功与格子帆布包”的照片并没有折磨她太久，她构想的各种谈话方案都没用得上，就在晓蓝二十六岁生日前不久，事情完全走上另一个方向——晓蓝当真领回来个女婿哪。

这个冷不丁、天上掉下来的准女婿，名叫黄新，长相端正，说是做建筑设计的，自己开公司，各方面条件都能让人满意得要打嗝，很像一条理想中的“大鱼”。晓蓝端正地笑着，宣布：她将与他结婚，他们不办酒席，直接到新马泰度蜜月。

这真像是突降豪雨，虽然灭了地火，却也把苏琴给浇得透心凉。晓蓝为什么要这样几乎是藐视地对待她！平地高楼，事先一点底儿都不透！

可是，算了，苏琴让自己咽下这个、受下这个！毕竟，她领回来的这一个是踏踏实实、周周正正的，万幸啊，她没有跟那个丁成功来真的。

这么一想，苏琴就一点都不光火了，她装得愚昧、开明，好像早就认识了似的迎接这个从未谋面的女婿。她找着机会避开黄新试图跟晓蓝谈谈——但晓蓝表现得心浮气躁，只管抢着话头描述着他们在市中心的新房子，语气中带着快活的自讽，像在说：不是一直要我找个好的嘛，瞧，找来一个了！一切都如当年的理想，你满意了吧，漂漂亮亮的日子……她手里忙乎着收拾家里最后一些属于她的零碎，那种匆忙的姿态，好像连她本人都担心自己会在下一秒钟推翻这可疑的婚约。她举起一本牛津英汉大字典，嘴角泛着一丝笑，这是丁伯刚当年为着“星期三事件”给她的贿赂品：“这本字典，太重了，我就不要了。你不会怪我的吧？”

苏琴闭上眼，知之不如不知，不要再追究了，最起码这孩子的生活看上去很不错了。一直以来，为晓蓝的担忧与紧张，但愿就到此为止吧。

几个月后，在地税局的一张对税报表上，苏琴发现十字街上新增了一家纳税户，是家玻璃屋。她例行公事地瞟了一眼店主的资料，惊讶地看到丁成功的名字，他从厂子辞职下来了？不是说他到工会了？啧，他有什么资本辞职啊！看了看开张的日子，跟晓蓝的蜜月，几乎重叠。

两件大事，就这么巧的！说不清为什么，苏琴忽然感到很不踏实。

她一天出了几次门，有意无意地从那间造型奇特、惹人注意的玻璃屋远远绕过去，心里很不情愿地发现，那里少人光顾、永远没有生意一般，只那个孩子一动不动地坐在最里面。有时候，瞧见他拿块大白抹布走走停停地在四处擦拭。他好像不是在照看店铺，而是在照看光阴。隔着一层层的玻璃看过去，让她不祥地联想到小和尚……苏琴心中似有所动，却也不敢深想，更不敢告知晓蓝——其中的疑惑与歉疚，直到丁伯刚死去，在他的守灵夜，她才有机会与丁成功正面谈及。

7

晓蓝结婚之后，苏琴也算是过了一小段孤单但平静的日子。尽管晓蓝回来得越来越少，但居委会细碎的工作也可聊作寄托……不过，这安生日子并不算太长。三年之后，她到车站去接南方归来的晓白，看到这个整整十年倔强不回的儿子，苏琴感到她心里头的那面破旗子又被狂风给吹起来了：没有完，又来了！老天爷就从没想让她真正消停过。

晓白身形消瘦，衣着得体，讲话偶尔夹杂南方的鸟语，只有他的神情，还酷似当年的无辜、不安，让苏琴真想上前搂住他。啊算了，他会不习惯的，她也会不习惯的。苏琴知道她在晓白眼里，是个差劲、不可捉摸的妈妈；并且她也同意晓白的看法。

苏琴至今记得晓白的初三班主任向她瞟过来的眼光——班主任曾经喊苏琴到学校去过，向她指出晓白志愿填报书所存在的大问题。班主任知道晓白爸爸早已离世，她感到她有必要替这个“不幸的”学生把一下关。她眨着眼睛，表情苛责，似在审判苏琴是否是个称职的母亲：“你问过他吗？为什么不报考高中？男孩子，上中专，出路就不大了……就算上中专，为什么净是那些听都没听说过的犄角旮旯学校，什么畜牧学校，什么森林公安专科学校，什么测绘学校，有这么糟践自个儿的吗！”

“是啊，我也劝过他。我回家再说说看……”苏琴微笑，并一直保持微笑，假装她早就知道晓白这些奇怪的志愿。

告别了班主任，她疲惫地往回走，一边同样疲惫地思考：究竟有几分可能性可以说服晓白改变志愿？不，得想想，是否有必要跟晓白谈这件事。

这其实是晓白所发出的一个挑衅信号不是吗？好啊，长大了，这小子也开始造反了。前面这几年，她一直把力气和心机都放在晓蓝身上了，总以为晓白还小，那么胖墩墩的不会有什么心眼子，管他吃喝就拉倒，真的没有力气再去关照他。看来，从来就没有省事的，还记得他讲故事般地说着什么“窗户里的手”吗？还有，假装发烧生病……记起来了，有一次打了他，他发脾气，竟然把家里卫生间和厨房所有的锅碗家伙全部装上水、倒进颜料！那时候就该留意他的！唉，可他又何苦来这样一出，他性格内向，动不动还泪水汪汪，人人嫌他胖，他怎么能一个人离家到外地呢。

苏琴越走越慢，对生活的斗志降到了最低点。

这时候，距与丁伯刚的分手过去半年。这半年，她经常像念经一样小声地劝自己：分手是对的，分手是对的，为了晓蓝好，也为了自己好，当然也为了晓白好……可她不能自欺欺人，她眼睁睁瞧得很清楚，晓白有点不对。从那顿分手晚餐之后，他就明显沉默了，包括晓蓝考上大学，他也有点冷眼旁观的样子。

还记得晓蓝去师大报到的前夜，她满屋子转悠，眼睛闪闪发亮，整个人像要升天了：“我以后不回来住了。我要抓紧所有的时间，包括周末和假期也要在图书馆看书。我一定要拿一等奖学金，还要考六级，说不定还考托福……正好，我的床，给晓白睡吧，他都念初三了。”

苏琴有点发愣，她惊讶于晓蓝像要断绝关系似的“奋斗”模式，一阵被抛弃般的别扭。不，别婆婆妈妈的不是滋味了，女儿是有大出息的！苏琴控制住情绪，摸摸晓蓝码在床上的衣物，敬畏地表示赞同：“嗯，我懂的……但是，如果有时间，你要回来看看，要把晓白也往你那条路上带带。”

苏琴记得晓白当时的表情很是古怪，他看着那张终于“赏”给他的床，又看看晓蓝，一番话有点阴阳怪气：“终于一甩手摆脱这里啦！你们一个个都这么厉害，想怎么样就怎么样，说分就分，说走就走！其实我也一样，我也不在乎的啦！谢谢你了，我的路可不敢劳驾你带！”

看来，这孩子从那时候就想好了吧。那好，由他去，她真是管不动了。只是这么一来，她就将真的成为一个“孤寡婆子”了！唉，老实承认，在这个时候，她是有点想丁伯刚的，包括在其他一些时候，也会想起。可能是因为孤独吧。孤独的时候，人总会想得多些。

……当天晚上，苏琴像是挺高兴地复述着晓白的那些志愿，做出欣慰的样子：“想不到你心很大，好男儿志在四方。我支持你，考上哪一个都成。”

晓白摇头晃脑地，像是松了一口气。然而，苏琴看得清楚，小家伙的眼里几乎立刻涌上一股凄凉，只是强忍住才没让眼泪掉下来。也许，他设想着，自己会歉疚地恳求他改变主意，承诺更好地待他……

苏琴偷偷看着晓白的泪光，感受着自己那不可思议的冷漠——晓白走后，她常常回忆这一幕。作为一个母亲，这真是一个全面退败的阶段，她因为晓蓝而离弃了丁伯刚，随之又被晓蓝排除在她的新生活之外，而现在，她又等于是顺手放弃了晓白。在他发出强烈信号的时候，她没有敞开怀抱，而是把绳子扔得更远……

她清楚的，在晓白这里，她欠一份。

但苏琴这次仍然没有拥抱晓白，第一眼的复杂情绪随即被第二眼的震惊所代替了，惊讶得视线都弯曲了。

晓白好像有哪里不太对呀。

他拖着个紫色箱子，小心翼翼地走在亮闪闪的十字街，像是走在一架又高又滑的悬索桥上，随时会掉下去似的。他几次三番地闭上眼睛，又几次三番地重新张开，惊恐地四处打量，显然是被厂区的面目全非给吓住了。他上学路上的红铁皮仓库，巨人一般灰蒙蒙的变电站，排着队的超长货车，被鞋帮子与塑料袋塞住的排水口——为何这么无情无义地统统消失了啊。

苏琴假装轻松：“那些，就跟你的肥膘一样没啦……嗳，你现在为什么这么瘦!”她听到自己的声音有点尖利，好像宁可他仍是从前那个死胖子。

不仅是瘦，从后面看，她认为晓白走路很不好看。原先因为肥胖而叉开的双腿，现在却是夹着了。还有晓白的手，没事又什么胯呀。还有笑，他爱捂嘴，偶尔还伸舌头。他扭着细巧的脖子四处张望，眼睛直眨巴着。

苏琴的太阳穴开始疼了，先是左边，接着右边，继而整个头顶都像扣了个紧箍，几根筋此起彼伏地抽动……几年来与联防队员们一起出动，那些零碎的、电筒灯光下的经验，晓白让她想到了那么一类人，被逮住时，像是受惊但无辜的兔子，近乎温顺地以受难的姿态等候处置，等候难堪的时间过去。她多希望自己是神经过敏。

苏琴腿脚软软的，第一个念头竟然只是，她要离开居委会了，她不愿意再代表公共道德了，不愿意再去狐假虎威地干涉任何陌生人的秘密生活了。

晓白走得很慢，发现苏琴还是落在后面很远。他回头看。就这个一回头的半秒钟里，他注意到，他的妈妈，记忆中那喜怒无常的苏琴女士，已经变成了个虚弱的、令人想要扶上一把的老女人。她步履蹒跚、眼神涣散，似乎有着无限的沉重……奇怪的是，正是从她那下垂的乳房、松塌的腰身里，晓白头一次感受到他整个少年时期都在渴望着的什么东西。

不知道为什么，晓白突然想吃棒棒糖了。他伸出指头放到嘴里吮吸，一边遗憾地发现自己的手指早已不似当年那样肥短、足以解馋。

苏琴跟上来，她勉强够着搭上晓白的肩膀，一边把他的手从嘴里拿开。苏琴这时已经平静下来，并打定主意：不是一直欠着这孩子吗？别的恐怕都来不及了，也是多余的，最起码，可以好好守护儿子的隐私。这方面，她好歹也算是有经验的不是吗？她一定要帮衬着他的！

她殷勤去帮晓白拉行李，一个大得离谱、与那体积相比也轻得离谱的编织袋——苏琴随口问起里面是什么，晓白想了一会儿，像是为了找到合理的措辞："嗯，全是小男孩穿过的旧衣服。但不是我的，而是属于我。"

苏琴立即紧紧闭上嘴巴，生怕自己说得滑边了。她当下决定：从现在开始，坚决不跟他谈那个事！包括有可能相关的事，给他的隐私以最大的自由，不是吗？

看看突然沉默下来、表情别扭的妈妈，晓白非常了解地笑了。这样的误解，碰得多了。这时候，他们已经快到宿舍楼大门了，他问妈妈，"呃，你看我是不是像……"每当碰到这种误解，他总喜欢去进一步核实对方的直觉与印象，是不是呢？像不像呢？

苏琴扭过头，看身边走来走去的人，有大人有孩子，全都像在眼前跌跌撞撞。该怎么回答才好？他非要现在谈？她很紧张，对公共道德的恐慌像个嘀嗒作响的闹钟似的在后脑勺戏弄她，可是，别管它，要记住，欠这孩子一份！她把头扭回来，语气开放得不得了："哦，你是说那个！没什么的，我工作中经常有接触！很不错，很有个性啊。"

晓白哑然失笑，难掩失望。妈妈跟所有人的回答差不多，他们都以为他是。

实际情况却是：他不知道自己是不是。

好笑吗？其实很悲惨。这就像排队，全世界的人都在排，男人或自以为是男人的排一队，女人或自以为是女人的排一队，他们都笃笃定定地排在他们的那个队伍里，并像一个团结的大集体一样在慢慢地移动。可他不知道自己该排在哪一边，他在两边交叉跑动，花费了许多许多的时间，却仍然无法确定他的落脚地点。在南方的这么些年，真过得很仓皇啊。

“这袋子里，还有我小时候的练习簿儿呢。你要不要看看？”拆行李时，晓白试着跟苏琴谈谈，他愿意从那个叫老山的南方男人开始详细谈起，或者从行李里小男孩的衣服谈起。或者，再早一些，从他对丁成功与晓蓝关系的狂想曲谈起。

苏琴却顽固地依旧摆出一副开明的姿态：“哦，日记吧？这可不能看的！没事，儿子，你什么都不用说的，随便过去、现在、将来，我无条件地支持你，明白吗？你是我儿子，我永远在你这一边。”苏琴像个外交人士在发表公报，然后就急急忙忙地去弄饭菜，好像那才是头等大事。

他明白妈妈其实还是怕的，她像从前一样惧怕不合规矩、不符合常情的东西，她怕过她自己，怕过晓蓝，现在又怕上他这个儿子了——唉，算了，还是不要让她参与他的搏击与挣扎吧。晓白小心地收拾好练习簿，并把它们和旧衣服一起，又塞到床下。在南方，他就是塞在床下的。塞这些旧东西时，他有点沮丧，他的心事和困难，可能只是换了地方待而已。重回厂区，真能解决他的问题吗？

晚饭时，晓白转换话题，妈妈一定更愿意谈谈这个：“姐姐哪天回来？我都还没见过姐夫呢！我们也可以一大家子吃吃饭了！”他发现自己还跟小时候一样，觉得吃饭人越多越高兴。

妈妈的表情却变得晦涩，她转着碗，吭哧了一会儿：“她好一阵子没回来了。回来也不好好跟我说话。你不知道吧，可能……她在结婚前，一直跟丁成功有来往。”

晓白惊讶极了，呼吸都有些不连贯了。他种下的坏种子，真的开上花了？

妈妈却打住这个话题，不自然地打起精神补充：“你姐夫嘛，很不错……斯斯文文的样子，头脑又灵活，一看就是有作为的好孩子！他可忙得不得了呀，公司做得蛮大的。”

8

辞去居委会的工作之后，苏琴才又去看了一次丁伯刚，完全跟工作无关了，这次只是出于她自己的需要。需要什么？她也不知道。

她买了酒，也买了菜，一直记得丁伯刚从前那大烧大办的架势呢。她在老地方找到了丁伯刚那条油腻腻的紫红围裙。当丁伯刚没完没了地翻看照片时，她扎进厨房又煮又炸地弄出半桌子菜。

她替丁伯刚倒上了酒，后者畏缩地冲她看着，诧异眼前这个女人何以这般热情主动。更诧异的是，这女人也替她自己倒上了一满杯，并且，赶在他前头就喝上了。

苏琴喝了半盅，唉，可真难喝，丁伯刚喝了几十年还在喝！她不停地给他夹菜，反正他是什么都不知道的，她也就好意思对他好点儿了；并且，她还好意思跟他说点什么呢。

“你总该记得晓蓝的，千拖万拖，总算嫁了个还算出息的，可她那婚结得一点不热乎！并且越来越像个木头人、假人，对我更是没一句实在话。知道为什么会这样？唉你个醉鬼，你屁都不知道，她跟你家儿子有过意思你知道吗？是我下的招给斩断的，你想想看，我为什么冷不丁要跟你分手……”

丁伯刚突然手一抖，酒洒了一胸口，他低下头，嬉皮笑脸：“哎哟，我这衣服，珍珍回来要骂了。不过，每次骂完，她就给我买酒的。”

“行了别打岔，我等会帮你洗！你就让我好好地说吧……”苏琴挥舞着手只管倾倒，完全地放开了。真的，她有多少苦闷需要告诉个人！刚回来的晓白。还有珍珍与黑皮。还有神童的玻璃屋。直把一桌子菜都说得没了热气。陈旧的老屋子里，她的声音像蝙蝠在洞穴里盘旋。“唉还是你最好，什么都不知道，你真太快活了。”她羡慕地感叹。

丁伯刚边听边吃喝着，偶尔煞有其事地点头，并且还一心二用地在桌边上摊开来一副扑克牌，丢三落四地在打着通关，从前到后连个屁都没放。

屁不放才最好，苏琴终于倒空了。她愣愣地盯着桌子，有两个菜都压根儿还没动呢。丁伯刚晃悠悠地踱到窗口，背朝着苏琴，嘴里不知哼着什么老掉牙的工人阶级歌曲。哼了一会儿，他回过头来，有些神秘地冲苏琴招手。

他把苏琴召唤到窗口，扬扬下巴，示意苏琴往窗外看——窗外，正对着一片新盖起来的高层公寓，线条僵硬、灯火稀落，几乎挡住了所有的视线，什么都看不到哇。丁伯刚却一再地扬起下巴，一再地让苏琴看："看看，多气派，你好好看看！这边是我们的变电站和铁皮仓库，那是你们烷基苯厂的大礼堂、卫生所和职工食堂，再那边，水泥制品厂的烟囱、红砖的大水塔！再往远点，是石化厂那个大火把！"

苏琴耐心地站着，也尽量认真地，往啥也不是的外面看。突然，她发觉丁伯刚拉起自己的手了，并且，在悄悄摩挲着她，那样地充满着体谅和安慰，似乎什么都一清二楚……她呆住了，侧头找丁伯刚的眼睛，他却依旧傻乎乎的，冲一无所见的窗外示意："看啊，你看外边啊，我天天晚上看，越看越喜欢，就跟从前一个样……"

滚烫的泪水迸流，苏琴回握住那只粗糙的、陌生的手，同时她知道：以后自己不会再来找他了，再也不会跟他说一句话了。一条她仍然无法超越的个人道德如伤痕暗中作痛，抽打着她酸楚的内心：她要求自己要在情感上永远忠于她死去的丈夫，哪怕这旧枷锁把她磨出了斑斑血迹，并永远失去幸福的可能。

9

她说话真算数。直到半年之后，丁伯刚骤然去世，苏琴这才当众踏进这摇摇欲坠的老房子。她的出现非常必要——唯一的儿子丁成功不知何故迟迟未从玻璃屋赶来；女婿黑皮虽在现场，却总忙着对着手机里谈破烂买卖；珍珍试图出头，又根本不知从何下手，还不如号啕大哭来得方便。好在，这种不成样子的死，跟一个大脑空白的酒鬼，倒也是相称的。

苏琴来了之后，好多了。她安排大家分头采买、烧煮，招待稀稀拉拉的吊唁者，结算医药费、放大照片、处理旧衣物，给从前的工友捎信……直到商量处理丁伯刚骨灰时，丁成功才带着一脸的抓痕，神情恍惚地赶来——苏琴本想改变对丁成功的成见，可看看吧，这里老爹都死了，他还在胡闹什么！

黑皮提议买墓地，他来掏这笔钱。他有些结巴地表白，一直想找机会报答老岳丈当初的指点，正好，就由他替老人家安个阴宅吧。一直梦游般直挺挺跪着的丁成功却态度强硬地反对，在没有找到一个确保"永远不会拆迁"的去处之前，谁都不许动老爹的骨灰。他答应过老爹，决不能让他像可怜的妈妈那样，到最后连骨殖都不知所终……

丁成功的情绪起伏不定，他回忆起老爹当年"智斗迁坟"的那一出，竟嘿嘿笑了起来，惊骇得连黑皮都噤住了口。珍珍却抽搭搭地哭起来，老爹走了，以后的清明，谁带他们去看妈妈呢？原先的垃圾场，现今成了一排排大同小异围着脚手架的浩大工程，而浑噩的丁伯刚却总能知道妈妈在哪里，他会约莫着转悠几圈，用目光四处估测，往某个方向紧走几步，突然停下，自信地用脚一点：就这里，悄悄撒点纸钱吧，饭是供不起来了……

苏琴听得心中难受，真想不到丁伯刚还有这么细的心思。她拍拍珍珍肩膀，意识到：两边的家里，现在只剩下她一个大人了。

夜晚来临，满屋的纸屑与摇晃的烛火中，连伤心都没了力气。珍珍不停地打着哈欠，和衣歪到一边，很快打起了男人般的呼噜。黑皮顶她，守上半夜，丁成功则抓紧睡会儿，守下半夜。

苏琴一直待在小客厅，身姿稍有点僵硬。她就坐在丁伯刚平常喝酒的位置，盯着空荡荡的餐桌以及餐桌上嵌着油渍的裂缝，耳边叮叮当当响起锅铲与碗筷碰撞声，好像从前出现在这张餐桌上的汤汤水水又被轮番端上、重新演绎了一番。吃完了，撤下，再满上，再吃光……差不多坐了一顿饭的工夫，她起身站到丁伯刚最喜欢站的窗口。上一次，在这同一个地方，假装失忆的丁伯刚带她看过的那些景象，又在眼前鸳梦重温：炸掉的烟囱又竖起来了，撬掉的铁皮仓库、搬走的厂房又出现了，消失了的大礼堂、卫生所、职工食堂又回来了，日夜燃烧的大火炬还跟当初一样炽烈……茫茫黑夜笼罩无边厂区，一切都跟丁伯刚“所看到的”分毫不差。

黑皮一直瞧着苏琴，现在他明白了，这居委会老太是那么回事儿，跟老丈人也算……黑皮试图轻狎，让心情放松，可实际上，他有点顾忌这老太太，他可是在她面前光过身子！想了想，他犹犹豫豫地招呼着苏琴坐下来歇会儿。

苏琴转过身，脸上的黑暗慢慢褪去，表情居高临下。这个守灵之夜，她对黑皮谈起了珍珍的肚子问题。

都没有任何过渡语，上来就是教训、警戒般的语气，好像她天经地义就是个了不起的长辈，她权威地代表着早已死去的珍珍妈、新死去的珍珍老爹以及不知作为什么的她本人——关于黑皮的私生活，她无意指责，但前提是，要照顾好珍珍的肚皮，要为那肚皮作出他应有的贡献。一个人的种子与精力都是有限的，如果，他在外面花费得多，必然留给家里的便少，质量还差。这样，珍珍的肚皮问题，就会从一个普通的小问题转变为一个非常大的难题。明白吗，一切取决于你贡献的大小。一旦出了问题，你是不可推卸的第一责任人。

这个前居委会老太采用了一套半官方的、妇女权益组织般的语言对黑皮训话——说实话，黑皮很气愤，他凭什么要再次听这个老太教训！可更令黑皮气愤的是，他发现自己非常窝囊地在连连点头，像对着他以前的丈人那样，事情的邪乎劲儿正在这里，眼前这老太太好像雌雄同体一般，她绝不仅仅是她本人……

黑皮对着苏琴直点头："您老放心，我会做到的，我会对珍珍的肚皮好好做贡献！其实我比哪个都想要儿子。如果有动静了，我头一个就要登门去谢谢你！"

凌晨一点一刻，丁成功与黑皮交接。丁成功一来便接着跪，也不理会苏琴。苏琴打量他一圈，转身到厨房，不过几分钟，端出来一碗蛋炒饭，焦黄喷香。丁成功接过来，注意到饭尖上一团新撒上的碎葱花儿。他一愣，尝了一口，喉咙里一动——那滋味，简直像是老爹活转过来，躲在厨房里炒出来的一样！

苏琴在他旁边坐下，一张一张地往火盆里添着纸，一边看着丁伯刚遗像，那不知是哪年的一张照片。照片上的他蛮年轻，既没红鼻头也没秃脑袋，相貌竟不算太差。苏琴塌着背坐在那儿，她搓搓手，掌心的声音像沙沙的微风："想想你老爹，唉，想想你老爹这辈子啊……有件事，我一直对不起你爹，也对不起你，当年，你工作的事，的确怪我，真要下决心找，我是可以找到人的……你可能不理解，可当时，我就死活不想公开跟你爹的事。"

苏琴很奇怪自己的声音，怎么就道上歉了？尤其是对这样一个丁成功。看来丁成功也有点不习惯，他包着满口的炒饭，含糊地打断："别说了，要没那份吹玻璃工，我都还不知道我喜欢玻璃呢。"又吃了几口，丁成功抹抹嘴唇："那些星期二的事儿……我们也不懂事。"

苏琴直摇头："唉咱们都不提那些了吧。我只想问一句，你辞职下来、开玻璃屋，跟晓蓝结婚有没有关系？别多心，我是希望大家都能好好地过……"

丁成功好像听不下去似的打断她："哪里哪里，这事你是对的。"他突然嘻地一笑，指着腮上的抓痕，"我其实呢，也算是有个女朋友，昨天夜里，都差点儿搞成了……你看我给她抓的！”

苏琴别过脸，没想到丁成功会说出这么个事。这么说，当丁伯刚咽气的时候，他在忙着那个？怪不得他早上迟迟赶不来，怪不得来了就死戳着一直跪在丁伯刚跟前。她真不知该气这孩子还是可怜这孩子！

丁成功还在接着说，似笑非笑：“知道为什么‘差一点儿’吗？因为……我做不到。从那个晚上，从你打了晓蓝两个耳光之后，我就中了邪，就没法喜欢别的人了。你怕不会相信的吧？”

“不，我相信。”苏琴躲开丁伯刚的相片。

“可你不知道，我跟晓蓝，在她结婚前，一直在来往……”

“不，我也知道。”

“晓蓝告诉你了？”

“我跟你老爹也有来往。我就是在他手上，看到晓蓝替你拍的照片。”

丁成功吃惊地抬起头，好像第一次认识苏琴。他舌头在牙齿里转了几圈，紧巴巴地咳了一声，终于还是问了：“那，能不能打听一下，晓蓝这几年，过得怎么样……没别的意思，我就想知道一下。”

苏琴目光复杂，几番斟酌，算了，她还是不想说出晓蓝现在的情形，可不能再生事儿……苏琴扔下几张纸钱，又看了看那张不像丁伯刚的照片，答非所问：“丁伯刚说得不错，你是个好孩子。”

苏琴惊讶地看到，丁成功却像明白了什么似的，无声地淌下泪，一边还使劲往嘴里塞着蛋炒饭。

10

烷基苯厂家属区的最后一个夏天结束了，过完这个依然燠热的秋老虎天，家属区就要从厂区消失了。拆迁，是厂区的传染病，绝对没人能躲得过去，现在，传染到了苏琴所在的烷基苯厂这一片了。

临窗的那条巷子已乒乒乓乓敲打起来了。晓白站在窗前，长吁口气："回来得真巧，好歹算是住了最后一阵。"苏琴在老房子里东摸西摸，像是盲人摸象，终于理解了丁伯刚对死无安葬之地的恐慌："唉，那个酒鬼，这件事他倒真的说得准啊。真真没有一个地方是稳妥的。"

"别说那些没用的了。你们这一代，人恋旧，搬个家像扒层皮一样，连肉带骨的。其实，人到哪儿不都是寄居！"晓白摆弄电脑，打开他粉蓝色的店面，演示给苏琴看，"看看我的网店，看到了吗？不论我在厂区，还是在南方，无论在地球上哪个角落，都一样，这个地址永远不变，一点，就'刷'一下出来了，你看，永远都在，热热闹闹的。"

晓白现在的生活像数学上那个躺倒的"8"字，代表无穷大或是无穷小。他奋不顾身地扑在网店上，像个农民把他所有的汗水都滴在黑乎乎的泥土里。他的小店财源广进、生意兴隆，一茬茬的网友收割都来不及——还不到一年，他的电脑更新升级过四次，他有六个邮箱，博客有九十五个链接，他同时登录四个QQ，加入了三十多个群，他有七个网银账号，为此他不得不为他的各种密码建立了一个专门的加密文档来做备忘。

苏琴凑到电脑前看了看，无条件地点头赞同。自上次对着丁伯刚那样发泄了一通，以及不久之后丁伯刚的离去，她反生出一种绝境逢生之感，反正也差不到哪里去了，对生活尽心尽意也就算好吧。晓白的网店正好成了她的新寄托，她包揽下所有“韩版头花”的批发与加工。只是偶尔，她会悲哀地想到：直到她死了，死了很多年，晓白大概都还是像现在一样，孤零零一个人待在他的电脑前。他的一辈子，都将这样……

晓蓝回来的那个中午，天气有点反常，前半小时还热烘烘的皮肤发黏，后半小时就大雨滂沱。就是这天，晓蓝回到了她少女时期的老房子。

她没有进家门，而是像一个歇脚的路人那样，来到了小巷子边的“后窗”。倾斜的雨伞遮住她的上半身，她脸朝着窗户、朝着那淌着锈铁水的铁丝网，静默地凝视，像是看着一个微型的黑洞洞的舞台。雨水如同幕布垂挂，正上演着她一去不返、无可附丽的青春幻象。

晓白发现了她，可他正被一个买家纠缠住介绍披肩的尺寸，只好隔着铁丝网喊了一嗓子。苏琴忙放下手里的活，撑着把塌了一道骨的旧伞从单元门跑出来。她跑得慌里慌张，根本不敢相信的样子。唉，人人都骂拆迁，可拆迁也有好啊，比如她儿子回来了，甚至连女儿也回来了！瞧瞧，她真的又回来了！

晓蓝没有动，继续看风景般地站着。苏琴于是站到她边上，母女两个一起看着。好一阵子，就只听得雨声打在周围的房顶与水泥地上，再哗哗地流进下水道。

苏琴满脸堆笑，语调不大自然："还记得吧这条巷子，咱们可骑过多少趟啊。我最高兴的一趟，是你收到大学的录取通知书那天，我一路上都要下车跟人打招呼啊，真是我们家的大日子。"

晓蓝受不了苏琴的装模作样，突然打断："你不会没看出来吧？我怀孕了，快六个月了。"

苏琴卡住了，她怕卡的时间太长，又急忙啰里啰唆地解释："呃，我是有点注意到的。我以为你不想跟我说这事，我心里想着，你肯定就是因为这个事才一直不愿回来的，所以，我呢就决定不提，那既然你愿意提了……这个事，太好了，我想黄新一定高兴坏了，你们都结婚四年了。"

"没告诉他。我们……上个月分居了。我在外租着房子住呢。"

"哦。哦。"苏琴咽了口唾沫，差点呛住。不，冷静，不要生晓蓝的气。她一贯这样，突然宣布结婚，突然宣布怀孕，再突然宣布分居，这也都是她的隐私吧……再说，往好处想想，她今天这不就是来告诉我的吗？毕竟是说了！可是，她真想用力摇一摇晓蓝，大声地请求般地问她，你到底过得怎么样啊？我是你妈妈呀，好好说两句吧，不要这样子！有哪里不对吗？非要搞什么分居！事已至此啊孩子，别以为分居、离婚是多么好玩的事！晓蓝，请你，求你，跟妈妈说说吧，也许还来得及补救的……

但苏琴装得平静极了：“哦，可惜了，那这头一胎宝宝……”她是在试探，她不知道晓蓝这样挺着个肚子到底又作何打算。

晓蓝没有回答，只是笑笑。不知为什么，她突然把手上的伞给收起来，让自己光秃秃地站在大雨中央。苏琴吓了一跳，试图把自己的那把破伞侧向晓蓝，娘儿俩这下还真就挨得挺近的。

晓蓝伸手推开，还仰起脖子把眼睛闭上，挺惬意似的，好像披洒在她脸上的不是粗暴的雨水，而是明媚的好太阳：“别挡了，我只是想试一试，这雨够大的，不打伞会怎么样，嗯？顶多湿透了，顶多落个感冒伤风，顶多躺上几天，还会怎么样呢？”

苏琴担忧而顺从地笑着，为了把这难得的谈话继续下去，她把自己那把缺角的旧伞放下来，挺认真地也淋了一会儿雨，谨慎地发表感想：“我反正从来都是一下雨就撑伞的。嗯，这样站一会儿，也还好，只是头发湿了，不太舒服……”她伸出手去，好像要碰碰晓蓝的肚子。她心里忽然舍不得起来这个生死未卜的宝宝了：家里，如果添上一个宝宝的话，会变得喜气洋洋吧，她都很多年没有抱过小小孩了。

晓蓝哧哧笑着打断他：“你还当真哪。我的意思是，一个人，有爸爸或者没爸爸，就跟下雨天有伞或没伞一样，差不多吧，最多衣服湿了最多生个小病，还能怎样？你看，爸爸死了，可我跟晓白不都过来了！我相信这肚子里的宝宝也不会怕的，我现在就想让他淋一小会儿！做好准备！”

“什么意思？宝宝没有爸爸？这么说你是确定要了？”苏琴不知悲喜，却又不敢发表意见。

“是啊，我到最近才想妥这件事，还是生下这个小东西吧。我要一个人带宝宝！怎么样，还挺牛的吧！”晓蓝抹一把脸上的雨水，手腕处雨珠飞溅，动作里带着不可思议的轻松与诗意，“具体的我们就不讨论了吧……反正就已经这么决定了！”

苏琴怕冷般地搓搓手，晓蓝她这是疯了吗！但她在脑子里按下暂停键，强迫自己什么都不想，随便怎样，她不干预，只做个应声虫：“当然当然，你决定得很好，嗯，再说我正好可以替你带宝宝的对吧。”

晓蓝瞧瞧她，似是蛮满意地叹息一声，仰头看天：“这雨，真舒服！让我再这么待几分钟吧，反正前面、后面都在下雨，反正走在哪里都走在雨里头。”

在家中久等她们母女不至的晓白终于也踢踢踏踏跑出来，远远看着大雨中两张亲人的脸，她们模糊的表情像在命运的河流中浮动，不过她们看上去好像还挺和美、挺快活的！晓白惊讶地张大嘴巴，有点感动，这似乎是他曾经梦想过的关于家的动人场景之一。

像个小孩子那样，晓白快活地跑上去，加入了她们。

呜哇哇的救护车近了，围上来的人群嗟叹着又散去一批……苏琴却陶醉地半闭着眼睛，她似乎还记得晓白当时那欣喜跑过来的姿势与表情，晓蓝高兴地冲晓白直挥手。大雨中，她忘乎所以地拉着晓白踩着脚下的水珠，好像以此来与老房子道别、与往事和痛苦道别，从此再也没有什么事情会横在面前，难为他们了……

苏琴闭着的眼睛抽搐起来，如果那个雨天就到那一幕为止多好，可是她还是没能忍住啊！她最终与晓蓝大吵一架——她知道，正是那个吵架，直接导致晓蓝拖着她的大肚子又一次回到十字街，并成了现在的这个样子。

两个急救人员从她手里抬起晓蓝，有人急促地叫："哎呀，这是早产了，有妇产科医生吗……"

苏琴在晓蓝的血泊中软塌下来，捶打自己失去了弹性的肉皮囊，那里曾经蓬勃过作孽的雌激素。她想念且羡慕死去的丈夫、死去的丁伯刚，包括那个从未谋面的"爱妻黄明秀"。一切地下的人都是无辜的，一切活着的都是罪过的。

……在那个本来可以用来收尾的雨中温情一幕里，可能是晓白的出现诱发了苏琴一直压抑着的负面情绪。她看着自己的两个孩子，他们在雨里，他们没有伞，想想晓蓝的比喻！有爸爸没爸爸真的一样吗？他们难道还不够糟的吗？唉，却还在那样令人心碎地手舞足蹈、忘乎所以！

她可以清楚地看到他们的明天，像被红笔打上叉一样：一个是单亲妈妈与离婚女人；另一个是注定孑然一身的少数派。他们将是同类项，注定因为这糟糕的隐私被指指戳戳，永远跟公共道德做斗争……为什么两个都要这样？真难以忍受，这是她最不愿看到的景象，道德这根粗绳子，勒过她不算，又要继续勒上他们……苏琴听到自己大叫了一声，声音很难听，老女人的喑哑，像只被刺伤的母兽那样冲晓蓝大发其火。

“你知不知道，你真自私透了！你想过别人没有？想过黄新吗？想过我吗？想过肚里这孩子吗？噢，你现在也算是要做母亲了，可你知道‘母亲’是什么吗？母亲就是那个只希望孩子过得好的人，你有什么权利剥夺掉他的父亲？剥夺掉他一个好好的家？去折腾一个四不像的生活！要我说，你都不配生孩子，因为你根本不晓得体味当母亲的心！你拿我当过母亲吗？又拿晓白当过弟弟吗？你管过他的事儿吗？看看你！看看你们两个啊！你们让我怎么办啊。”

晓蓝从容地抹一抹脸上的雨水，她冲晓白使个眼色，倒也没有发急：“是啊，你骂得一点不错。我就猜到你会劝我为了孩子去继续跟黄新好好往前过……你以为这就算是为我好？我最恨你总说什么‘为我好’，这让我每一步都要顾忌着你！我真不愿意我总这么顾忌，一步步顾忌到了现在。你想不到的，我有多讨厌现在这样的生活。”

“嗬，开始讨厌好日子了？哼，我猜，你是打算再回头去找丁成功对不对？了不起啊，别人都是没有感情没有心肠的吧，你尽可以随便来来去去！”

“哎哟谢谢，真是帮我拿了个好主意！干干脆脆，索性就一条道走到黑了！正好我日思夜想地要见他呢！”晓蓝知道，什么话可以让苏琴跳起来。

晓蓝没有再进家门，转身直接就走了，对老屋的告别就这样草草收场。晓白在后面紧跑了几步，捡起地上的伞送给她。晓蓝停下来，回头挥挥手，不知是跟房子挥还是跟人挥。

苏琴真的跳了，跟在后面追着骂："哦，你真有本事！你最好肚子再大一点，送去让丁成功好好看看。你听好了，真等宝宝生下来，你一定会后悔的，我说过，你不懂什么叫'母亲'！"晓蓝更快地头也不回地走了。

苏琴还要继续，晓白拉住："晓蓝这个人，你是知道的，一向用力太猛，你越是拦着，她反倒劲儿越大。"苏琴两只手直舞，语气绝望，逻辑却像小孩子："你不知道，她答应我的，跟我拉过钩的！我说到做到，她为什么不？"

……雨不知何时停了。晓白劝呆滞着的苏琴回家："唉，她跟丁成功，纯粹都是误会，误会加误会，却当真了。"他的表情似乎比苏琴还要沉重。

苏琴没有理会晓白，她不知想到什么，打了个寒战，无限凄凉地冲晓白摇摇头："反正怎么着都是错，从一开始就错。今天这个错，老天爷不知要怎么收拾我呢。"

玻璃屋

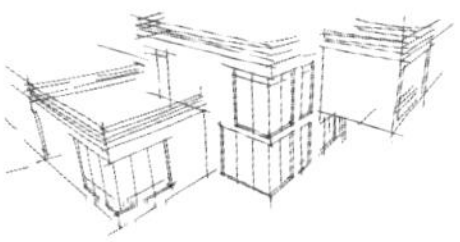

1

丁成功始终都不能够说得清楚，玻璃与晓蓝，他对哪一样爱得更多一些。当然，这两者是不矛盾的。它与她，合在一块儿，构成了他一生的质地、色彩与意义。不过没事的时候，他喜欢琢磨这个选择题，点上一根烟，在烟雾中不忙不急、从前至后地想。

2

从相遇的时间看，是先看到的晓蓝。但并没有一见钟情，没有人会对未来继母的女儿一见钟情吧。而且晓蓝不爱笑，总沉着脸，从初次登门跟他打招呼时开始，到每一次的晚餐上，都一直摆着脸。她不正眼看他，他也不正眼看她。可他感觉得到她偶尔掠过的眼神——是一个正面角色看一个差劲角色的，大概的含义是：哎呀，怎么眼前会有这么个倒霉蛋，还那么麻木地若无其事……随她啦，再说她看得也大致不差，自己就打算这样了。

其实日子也没那么糟。

丁成功蛮喜欢厂区的。尤其是待业的这两年，他感到自己跟这旮旯十分地相衬，无所谓宏大志向、出人头地还是怎么的，人非得那样吗？可能也怪老爹当初这名字取错了，成功、成功、成功。天天顶在脑门子上被别人高一声低一声地喊着，搞得他都反胃啦。总得有人不成功的，他就算一个好了。

再说，十字街多好呀，它得天独厚地处于烷基苯厂、热电厂、塑料厂、电子管厂的中间地带，恰如心脏与咽喉，连接起各处的仓库与货场。这条街之于厂区，就约莫相当于曼哈顿之于纽约或是香榭丽舍之于巴黎。整个厂区的人们，都会满面自得地前往这里来进行他们最重要的娱乐与消费。所以，可以想象吧，这条十字街是怎样的活泼与繁华。且看看那些店名儿——外墙漆成粉红色的三层楼旅馆，名为“大哥大”；拉着灯泡与纸花的卡拉OK厅，则是“上海滩”；卖汤包与盖浇饭的门面铺子，乃“狮子楼”；兼带替人画像的照相馆，招牌是“环球摄影”；铝塑门窗经营部，名曰“创世纪”……丁成功常常游荡在十字街上，点数那些十五吨以上的重型卡车，它们占据着主要的路面，在其嚣张的浓烈尾气里，摩托车、三轮车、自行车与小汽车互不相让地激烈搏杀，而街道两侧的店铺们则对此笑逐颜开，觉得车轮越多，买卖便会越好。他们比赛般地往街面上泼洒泔水，显示生意的兴旺。污水横流的地面上，除了厂区人，就是外地口音、行色匆匆的异乡人。男人边走边骂女人，女人边走边骂孩子，孩子边走边踢一只空塑料瓶子，然后准确地射向一只瘦骨嶙峋的野狗……这随意却生机勃勃的街景，丁成功能倚在街角看上几个钟点。

看着那么多淌着汗、皱着眉的路人，丁成功却总会想起晓蓝，想起她的一个笑——清明的坟场，那场热烈的关于死者们的谈话中，她突然笑了一下。真没想到，晓蓝的笑会是那样的！为这个笑，他沉醉了整个晚上，直到后半夜，才回过神来，却又在沮丧中异想天开：要是自己能让她经常这样地笑，那简直就是人世间最了不起的事情了。

这异想看来是有点毒性，使得他对曾经感觉不错的待业状态感到了不耐烦，更对老爹通过苏琴去开后门找工作的妄想感到不耐烦！不如自己动一动吧，他早留意到那份寒碜的、都被人撕去一角的招工启事了……固然学徒工资可怜了点儿，但足以让丁成功与十字街发生亲密的瓜葛，他很快成了桌球高手。作为一个十字街的新进小杆子，必须的，得有个强项。你可以吐上一口唾沫表示瞧不起，但你得承认，这的确算得上个东西：桌球。

咳咳，十字街的桌球摊，多么邪乎的风景线！歪歪斜斜拉过头顶的电灯泡，洒下昏黄如地下赌场的光线，桌面上起了球的绿绒布，球杆顶端布满了牙印、口水印以及别的说不清楚的痕迹。还有那个嘴里整天含着一枚牙签的老板，“三块五一局，三块五一局！赢一局送一局！”他用像是凶巴巴的语气，对三三两两走过的男人低声而富有煽动性地吆喝，制造出类似黑社会般的诱惑。很多像丁成功这个年纪的小伙子们便会停下来，为了证明自己具有暴力与好运的资质，他们从紧紧包裹着的牛仔裤后口袋抠出一团纸币，歪歪斜斜地捏着球杆，以斗气耍狠的架势玩起来。

丁成功倒也不斗气、不耍狠，可偏就是百发百中，杆子像是他加长的手指，彩球如同被集体贿赂过一般，以准确的折线应声散开、入洞！每次他结账离开，两只裤口袋都塞满了脏兮兮卷曲着的零钞——拍拍后屁股，丁成功无声地笑了，轻而易举地收获到一撮货真价实的成就感！

……不出半个月，通过十字街的洗礼与浸泡，丁成功像是翻了个方向的青砖似的，拥有了某种无所顾忌的劲儿——他会对漂亮姑娘吹口哨，高兴和不高兴的时候，都会扭动手指打出一个响亮的榧子，还会莫名其妙就跟人打上一架。

3

啊对了，对玻璃的感情，正是那个阶段起的头儿。

星期六的晚餐后，丁成功不再急着回他那闷不通气的小窝了，他说起玻璃来——他现在终于有样东西可以说说了。

“玻璃是什么?”对着客厅里的几个小的，他眯起他那双酷似亡母的细长眼睛，报出一串化学名词：“CaO，Na_2O，SiO_2，也就是氧化钙、氧化钠和二氧化硅。”晓白与珍珍茫然瞪着眼。这些分子结构，也许只有晓蓝才能听懂。不过，人家还是老样子，一直埋头在她带来的书里。

接着，他换个角度，加入主观印象，直接描述起玻璃本身的神奇，带点亲昵：“玻璃这个东西，跟水不一样，跟油不一样，真蛮滑稽的，根本就没有个确定的沸点和凝固点，而只有一个漫长的熔化过程。从600度起，就开始软了，可以拉成丝了，然后，就算到1300度，它还是那个样子，绵绵的，嫩嫩的，随便把它弄成什么样儿，方的圆的扇形的，它听话得很！我总觉得它像麦芽糖……”珍珍在一边发出“哧哧”的傻笑，带着某种遗憾，因为没法真的吃到它们。

“哎呀，37度，我们都知道的。100度，也知道的，被开水烫一下嘛！”晓白摸摸自己的胳膊，热情洋溢，他是丁成功最好的听众，“可是，600度的玻璃！1300度的玻璃！”晓白的嗓子“咝咝”的，好像谁要把1300度、麦芽糖一样的玻璃硬倒到他喉咙里。

接下来，丁成功会更加深入地谈到玻璃的重要性。在他看来，玻璃对这个世界的贡献，仅次于空气、水、阳光。“喏，你们随便想一想嘛，比方说厨房里的酱油瓶、麻油瓶，客厅里的花瓶，座钟和收音机上的面子，还有你们手上戴的手表。你们把头抬一抬，天天用的电灯泡。到大街上看看，所有房子的窗户，所有汽车的窗户，红绿灯。再假如你生病了，那些药瓶，挂水的瓶子，温度计……真的，这个世界，要是没了玻璃，那还能转得起来吗？”是的，没有人能够否认：玻璃是这个世界上最重要的东西。

珍珍听得兴奋了，翻着眼睛，忙着补充这个世界上存在着的其他玻璃："还有墨水瓶、眼镜、相框、弹子球、洋河酒瓶子、指甲油瓶儿……"

"可是，"丁成功打断珍珍，"你们有没有想过，为什么，玻璃会这么重要？"他又提出一个问题，一边环视在座各位。

在座各位——丁伯刚像件脏大衣，乱糟糟地醉死在一边；苏琴待在厨房那个安全容器里没完没了地洗刷；晓白懂个屁；珍珍更是懂个屁。所以，事实上，这个问题，倒像是抛给晓蓝的。可晓蓝呢，晓蓝活像铁聋子。有谁可以像她那样一动不动地看书！

"哼！要说就说，不说拉倒。"珍珍乐呵呵地催促，为这个哥哥骄傲极了。

"这个问题，我经常在想，想啊想的终于想出了个答案，当然，也不一定对啊。"丁成功搓着手，像知识分子那样矜持地闭闭眼皮，"玻璃为什么这么重要，是因为，它透明。"他说了，同时身体往后靠到椅背上，可那听众们却感到不同程度的失望：透明？这就是那个深刻的原因？

但丁成功非常平静，好像这一切皆在他预料之中："我知道，一时半会儿，你们不会明白这个道理。你们以后，得空了便想一想。透明，它到底有着什么样的奥妙——被隔开了，永远碰不到，可一切能看得清清楚楚！真的，你们想想看，这多了不起！世界上有哪样东西能比得上？"

反问语在空中扇着翅膀，沉寂良久，丁成功加了最后一句："所以，我觉得，人与人之间关系的最高境界，就是像玻璃一样。"

四年后，晓蓝与丁成功的地下来往中，有一次，晓蓝像是偶然想起似的，突然一字不差地回忆起当年丁成功在客厅里有关玻璃的这些高论……丁成功真希望她这是嘲讽，可是不，她那语气显得有点沉重。一边复述着，她盯着丁成功，好像在表示一个迟到的赞同：她与他的关系，的确像是玻璃一样，看得见，却永远达不到……

早已不是吹玻璃工，但对玻璃依然忠诚的丁成功，只是装出平庸而健忘的样子，摇着头发笑。发笑的同时，他知道：他从来没有为这种“玻璃般”的关系感到丝毫遗憾。而且他高兴这个：当时当地，晓蓝的确是在听他吹牛，他那些胡说八道本来就是献给她的。他强装得那么健谈、博学、饶舌，全是想引她一笑啊，如果有可能的话！

但关于吹玻璃的具体过程，丁成功不喜欢谈及，好像他其实并不是个吹玻璃工，而是个潜入吹玻璃车间的便衣，他只研究和思考一些跟玻璃相关的抽象问题——其实这也是厂区男人的一种风气，他们很少谈论工作本身，那些鼓风机、高温炉、搅拌器、转轴、牵引架、冷却槽，浑身的橡胶味铁器味，通红的如同野蛮人一般的油面孔，有什么好说的呢。

可晓白以为丁成功谈兴正浓，大概正需要一个提问者，于是热心地追问丁成功吹玻璃的详情。丁成功瞟瞟晓蓝，见她仍旧皱着眉在看书，便低声地简单作答：“一人一个炉子一根长管子，把玻璃引到模子里，然后一边转动模子一边吹……”

“可是，玻璃水600度、1300度的，你们可怎么过呢？”晓白仍是不解。

丁成功再次飞快地觑了一眼晓蓝：“隔着炉子的嘛。再说，嗯，反正都是男的，我们就白花花地打着赤膊。反正，你把我们想成一种人肉做的机器吧，差不多就是那样。”丁成功做个不知何意的手势，以结束这一段谈话。

可石头人般的晓蓝这时却猛然从书里抬起头，瞥了他一眼。丁成功噤住了。

他知道晓蓝看透他了……就算玻璃真的是伟大与独一无二的，但玻璃就是玻璃，跟他那滚着油汗、半裸着的身子没有丁点儿的关系；他找的这份工作，要多悲惨就有多悲惨！所谓对玻璃的热爱，不过是为了掩饰这令人难堪的境况。

丁成功一时有些恼羞，可却又感到一阵快慰——她能明白他，不比什么都强嘛！

“哈哈，晓蓝，你终于抬头看我哥啦！我都盯了你一个晚上了！”珍珍猛然间大笑，豪放地拍着腿，一边冲丁成功挤挤眼，能让这么个泥菩萨动一动，多了不起！晓蓝咬起嘴唇，无地自容。这以后好长一段时间，晓蓝又不再正眼看丁成功了。唉。

而不久之后，连这种鸡兔同笼、七讲八岔的机会都没有了——说是要备战高考，那位苏琴阿姨索性都不再带晓蓝过来晚餐了。丁成功隐约感到，这可能也跟他带他们几个去逛夜市有关。但也不想解释，有什么好说的，并没有什么，以后更不可能有什么。

没想到——

还有个晓白。

4

丁成功与晓白之间，如果有交情，当是从“星期三恶作剧联盟”开始，然后是一起逛夜市。谈不上太亲，不过丁成功早就注意到，小胖子总像只胆怯的小狗似的，围着他转悠，欲言又止，眼神那么热切。他到底想干什么？这样异父异母、一拍两散的关系，他究竟想怎样？

那段时间的星期六晚餐，连珍珍也不在，她开始实习了，星期六总热忱地主动要求值班。晚餐后，丁成功与晓白干坐着，真是要多无聊就多无聊。

丁成功点上饭后烟，吐个圈：“嗳，别光忙着消食啊，你说点什么吧！”

晓白一愣，表情有点奇怪，浑身的脂肪与肥肉们好像一紧似的。他伸手去推推丁伯刚，又往厨房瞅瞅，但没有开口。

丁成功有点好奇了——毕竟，他是晓蓝的弟弟不是吗：“咱们到我房间去吧。”

“你让我进你的房间？”小家伙十分意外，胖脸变得通红，直点头，嗓子都发哑了。

丁成功的房间就是阳台，很窄的床很小的书桌，连椅子都没有，并且，在整个床的上方，骑楼一般，还搭了个隔层。临街的一排窗被仔细地糊上了报纸(是厂报)，把阳台上本该有的充足光线挡得死死的。人一进去，便觉得天地都陡地一缩，沉沉地压了下来。

丁成功喜欢自己这个小洞穴，他自在地站着，头顶离阁楼的底部，仅有半个巴掌的高度，阁楼活像是搁在他脑袋上。他欣赏着晓白的惊诧与拘谨："坐吧，你，是我妈去世后，第一个进来的人！你刚才是想说什么来着？"

晓白四处张望了一番，慢慢平静下来，镇定地咳了一声："是的，我一直想告诉你，但不知该不该说。你知道吗？我姐姐……她很喜欢你上次带她去十字街，你给她的小电筒，她当宝贝似的，一直放在枕头边，夜里面睡不着还会摸呢。"晓白的语气多真诚啊，并且，这话也不算太离奇对吧，晓蓝夜里面起来上厕所，看不见时不就摸那电筒吗？

"什么？"丁成功一愣，不大信，"她喜欢？可你看她那天都不太高兴！实际上，你知道的，我有钱，都可以买下半条街！"丁成功忍不住又吹了半句。

"嗯，她一直那样……外面和里面是反的。不骗你，她喜欢你！"晓白不假思索地解释，最起码前半句，是百分百正确的事实。

"她一直是反的？"带着恍惚的收获感，丁成功默念，以为这是破解晓蓝的密码，此后——他们的地下交往、他们的不再来往，总之，此后这么些年，每当晓蓝的表现于他不利，丁成功便会搬出这一句，引渡自己脱离苦恼。“可是，她是个好学生，就我这样儿的……”他还是觉得不对头。

“嗬！你真不知道吗，那些女生，才呆呢，尤其是成绩好的，最会喜欢坏男生！因为她们自己不敢坏。想想你们班以前的女生呢？你想想？”十三岁半的晓白语气老练、谆谆开导，他讲的还真有几分道理。

“那么，她还说过我……别的什么吗？”丁成功这时其实还是半信半疑，他理智地索要更多的证据，但是，他的心情突然好极了，从来没这么好过。

“她……觉得你个子很高，走路非常有派头。烟味好闻！谈到玻璃时那么深刻，简直像学者、像哲学家。”关于丁成功的优点，晓白真可以源源不断地一直说下去。

丁成功一动不动，像被人披上了一件特别高级的外套，整个人都升了一级！吹玻璃工怎么啦，那个根本不算是真正的他！他其实……听听吧，很像哲学家！

晓白还在添柴火，当然这也是他本人的切肤之感：“还有，你让她特别有安全感。记得那次上坟的吧，你在前面带着、照顾我们两个。”

“哦，真的？她还记得！天，一年半前的事了！”丁成功真不知说什么才好，再不能不相信了！可这一信，那快活的、浮云般的感觉却一下子没了，一种深沉的忧虑像绳索一样，绞上了他的脖子。他有自知之明的：“行了，你不要说了。我很谢谢她……

唉，要是我还是神童的话，要是我还是的话!”丁成功又点上一根烟，动作却一点不洒脱了。

晓白知道，这就行了，得收：“哎呀，看我净乱说些什么呀，晓蓝她要知道的话，还不气死!”

“你放心，你看看我这个死样子！我有数的，才不会当真呢！我可以对天发誓!”

晓白不吭声，失重的心跳中，他劝慰自己：没关系，这一切并不出格，而说不定，晓蓝真碰巧就是这么想的呢。

晓白的视线停在糊在窗户上的厂报上，尽管报纸已经黄巴巴的，但上面的大小标题仍可看得十分清楚：

一笔“特殊”党费

加班加点迎国庆　热火朝天创高产

工会张定培主席五一节看望老劳模

梅花香自苦寒来——青工技能比武大赛侧记

晓白忍不住默默地念着，似乎这样可以驱赶走那些像蝴蝶一样翩飞的小谎言。

丁成功突然在他上方说话了，声音嗡嗡的：“呃，以后……她要是还提到我什么，随便什么，你告诉我，就当玩呗。对了，她不是快要上大学了，你也把她的事跟我说说，我也就是无聊，没别的!”

“那是当然的！我还会在她那儿替你说许多好话!”晓白庄严

地宣誓，这正是他可以轻松做到的。事情与他设想的并无二致——他抓到了对方的缺口，并已与面前这个男子汉紧密地联系在一起了！

“对了，”丁成功慷慨地补充，“你想要什么，尽管开口！我有工资的，打球也赢钱！”

“我只要你做我大哥……永远、永远保护我，对我好。”这才是他一直要说的话哪！晓白声音湿漉漉的，像黄梅天的一口水汽那样吹在丁成功脸上。

丁成功愣住了，他仓促地另外点上一支烟，直通通地塞给晓白：“抽根烟吧，你！别弄得跟大胖丫头似的！咱们这不就是兄弟嘛。”

晓白羞愧而喜悦地接过烟，当然，他给呛得不成样子，眼泪都出来了。

坐了一会儿，丁成功想到什么，重新笑眯眯地：“不如这样，给你看一些我的东西。”

他一抬手，灵活地从头顶的搁板上卸下一块板子——他把手伸到搁板里摸索着，像在数自己的牙齿。他拖下一个布包裹，再伸手上去，又拖出一个。这样，他接连拖出五六包，统统摊在床上。那些包裹，已严重褪色，连花纹都模糊了，但十分洁净。盯着这半床的包裹，享受了一分钟的等待，丁成功这才含笑动手拆开。

衣服。婴儿衣服。

晓白差点没捂着嘴巴叫起来。他突然很想小便。

丁成功的手势变得非常柔和，他打开一件印有圆福字的斜襟套头衫，在身上不成比例地比画着：“喏，这是我的第一件衣服，看多喜兴!”接着，是黄白色的连手连脚裤、蓝条纹的汗衫与开裆裤、两条口水围兜。

他打开第二包，这大约是两岁左右的衣服，背带裤、毛线帽，还有胸前绣着“祖国花朵”的棉袄罩衫。

再一包。再一包。除了搁板，丁成功还钻到床底下，取出更多的包裹。

这逼仄的洞穴里，现已漫山遍野铺满了一个男童各个时期的衣服，像眼睁睁看着一个婴孩，一天天会爬、会坐、会走、会跑……那鲜嫩的却也是死去了的气息，万劫不复地包围上来，令晓白禁不住一阵阵颤抖，连小鸡鸡都站起来了。他感到恐惧与甜美，更感到一阵暖洋洋的幸福。他想象着，这些衣服，正穿在他身上。通过丁成功的衣服，他又缩回去了，从十来岁到七八岁到四五岁，被丁成功所细心收藏着、照料着……啊，但愿，他才是这些衣服的主人。

丁成功一直在说着什么，可晓白听不见了，直到丁成功突然摇起他的肩：“嗳!”

“嗯?”晓白回过神。

床头灯的光只照着丁成功的半张脸，看不清他的表情：“听见我说的了吗？这是以前我妈替我保存下的，她认定我会成为有出息的大人物……任何时候，只要我想，就拆开来看看！一拆开，我就感到我自己又回来了。你相信吗，我曾经是……神童。

一岁会数数，两岁背圆周率，三岁背唐诗，四岁读报纸……三年级，我拿起四年级的书就会读，初一，我拿起初二的作业就会做！你不相信？这每件衣服都是证明！真的，我本来挺了不起的，甚至都不比你姐姐差，本该考上大学的，本该特别有出息的。”

晓白噤声，心中难受，大气不敢出。他知道丁成功的落榜正在他妈妈去世的那一年。

一会儿之后，丁成功开始收起他的神童衣服，正如刚才不厌其烦一件件打开一样，他又一件件熟练地按照原有的折痕次递叠起，并依顺序挨个儿放好，冗长的过程有条不紊——刚才“打开”与现在的“收起”，活像录像带的倒退键。最终，所有的小包袱都重新扎成了十字结，各自归位到它们此前所在的搁板上或床架下。

房间恢复了原样。

或许可以提前交代下这些小衣服的下落——

差不多八年之后，而立之年的丁成功，在辞职开张玻璃屋之前，他连续花费数天时间，对这些神童衣服重新整理并归顺了一遍，像要与旧生活告别。本想统统扔掉，可怎么也下不了手，怎么办？头一个条件反射就想到晓白，这唯一的知情人！趁自己还没有后悔，他拨打了快递公司的揽收号码。十来分钟后，嚼着口香糖的揽收员赶来，毛手毛脚地把这些旧花包裹逐个塞入纸箱，一边随心所欲地开着俗气的玩笑。丁成功却大发其火，逼着对方道歉，差点动手干上一架。憋着火的揽收员直到出门后才愤怒地找补上一句："妈的，厂区就是厂区！什么变态的烂狗屎都有！"

而远在南方的收件人晓白，在没有预告的情况下突然收到这么一嘟噜包裹。他在茫然中签字，然后茫然地打开，只打开了一个，他即刻跑出去，喊住准备离开的快递员："谢谢！小哥儿们！你不知道你替我送来了什么！给我你们公司头头儿的电话，我要狠狠表扬你！让他们给你嘉奖！"

还没有完……两年之后，晓白把所有这些衣服与他本人的那一摞练习簿重新带回了厂区；不久之后，晓白让这些衣服派上了用场：送给了一个初生的女婴——性别上有点不合适，小孩子有什么关系嘛，再说晓白眼里从来没有性别。这个获赠衣服的幸运女婴，其出生时间准确无误地刊登在次日的所有报纸上：2006 年 4 月 13 日下午的两点四十二分。

5

这段时间，老爹丁伯刚的酒劲儿更大了，不停地打破他的醉酒纪录。常常的，丁成功都还没伸筷子夹菜呢，丁伯刚那里就像做颈部运动操似的不停地仰脖子，仰那么几个来回，然后就干净利落"咚"一声倒到桌子上了。

丁成功替老爹挪开碗筷，把酒杯酒瓶子放好，继续吃，听着自己一个人的牙齿舌头在空气里吧唧吧唧，一边盯着老爹正对着他的头顶，那儿一根头发没有。他理解老爹这么地死喝酒，为着那位苏琴女士喝，为着自己这份“吹玻璃工”喝，再为着厂区改制的风吹草动喝……这样也好，只有迅速醉过去的这场昏睡才是他的好时光吧。并且，每每看到老爹正对着他的头顶，丁成功便不再那么气恼，反而产生出一点类似于父子同命的心甘情愿。看看吧，有这么个一无所有、烂泥巴般的老爹，他还能好得了吗……他倒是没有想到，有一天，这老爹竟会撒起酒疯、揍起他来。

关于那场殴打的具体情形，由于此后反复上演，丁成功已记不太清了，再说难道还去计较这样的老爹吗？体谅体谅吧，否则他打谁去呢？再说，他不就是那点饱浸酒精、垂垂老矣的劲儿。

丁成功所记住的，是这第一场殴打所带来的他与晓蓝在深夜的相遇——这惊险的偶然性，闪电一样，噼啪作响，点燃了他燃烧终身的爱恋火炬。

所以，丁成功一直是感激老爹打他的，打得好，他愿意他一直这么打下去。

摔门而去的丁成功，脸没洗、衣服没换，像个仓促的逃犯，蹬上自行车径直就往十字街去了。他知道，刚刚开始的夜市，将像沼泽一样冒着臭泡泡淹没掉他刚刚经历的殴打。

他直奔熟悉的桌球而去，戳在黄灯泡的阴影下，用手托起隐隐作痛的牙床以及整个腮部，木然地凝视桌上的彩球。他将要主宰它们的命运，它们将被抽打、撞击，继而抽搐着滚动，并落入注定的黑洞……他不知道自己是否真的喜欢这些，但他知道，哪怕他双目青肿、鼻血污糟，十字街也毫不在意，甚至都不会有人多问他一句“小哥儿你怎么回事”——正是这点好啊，十字街从来不讲究柔情蜜意，幸亏如此，多谢如此。

……他把整条街上的桌球都玩了一大通，玩得夹克、牛仔裤的四只口袋里都塞满了零钱。但最终，十字街的人稀下去了，萧条与荒凉猛然地来了。十字街毕竟不是大都会，这里还残存着体力劳动者所习惯的节奏，他们喜欢尽快爬上床，贪享一天最终的安逸。

但丁成功还是不想回去。他喜欢这会儿的街甚于一天中其他的时候，他想尽可能地磨磨蹭蹭、无休止地待在这个被人们抛弃掉的街面上。

他于是在马路牙子边蹲下来。马路牙子，真是个好地方，在它的周边，总会分布着诸如破自行车、垃圾筒、电线杆、呕吐物、狗屎、旧报纸等各种玩意儿。在这里蹲下，哪怕就是蹲个一整夜，也是不会引人注目的。丁成功于是就静静地蹲在那里，简直像是消失在路牙子上了。

唯一的缺点是，浊气更为浓重了。所有从白天沉淀下来，从人们呼吸中过滤出来的，从汽车、动物以及人的尾部排泄出来的味道，全都集中、汇齐了，紧挨着路牙子，匍匐着流淌。不过丁成功无所谓，他正需要坠入这样的浊气，以好好想点什么——

在刚刚过去的两个星期，晓白向他提供了不少有关晓蓝的情报：

晓蓝盘问晓白他的房间到底是什么样子，晓蓝打听他高中时擅长什么运动，晓蓝曾在一张纸片上写他的名字，晓蓝在梦话里说到玻璃的化学分子式……啊对了，对不起，晓白还打了个招呼：你千万不要骂我，因为姐姐她一直问一直问，我实在没啥可说的了，我就跟姐姐说了你的那些小衣服包裹。你猜怎么着，她突然眼里就全是泪水。我问她为什么，她不理我。

这一切，太典型了、太有条理了，好得他都不敢相信了，但是，又怎么忍心怀疑这一切都是假的呢！那太没劲了，太对不起人了——丁成功甚至还分析过晓白，但那胖小子有什么必要在这个事情上弄虚作假呢。况且，看他那么活灵活现、那么顺溜地脱口而出！这不可能是假的，再退一万步说，他又没想真跟晓蓝怎么样！这个事情，只是……唉算了，别胡思乱想，为什么就不往好处想想，这肯定就是老天专门为他准备的！他只管毫不犹豫地好好体味吧……所以，怎么说呢，丁成功的心，最近是有些轻浮的，是太过甜腻的，被老爹这么揍上一顿，也算是一种平衡——他不配事事都好的。

就这么胡思乱想着，丁成功吸着他的烟。烟头一闪一闪，像是黑色海洋里的信号灯。

而正是这个烟头，把他暴露到晓蓝的视线中去了，才导致了此后爱的发生与流变——晓白使尽花招的撺掇、苏琴女士所以为的赌气、丁伯刚无意创造的暴力背景、珍珍自以为是的影响力，其实，怎么说呢，虽是缺一不可，但也并非那么关键。爱这样的事，自我催眠肯定是第一要素。

这天晚上，高三最后一学期的晓蓝本是补课来着，补习只两个小时，按理她早该到家了，可这天，老天爷懒洋洋地伸了下腿使了个绊子——骑到十字街附近，晓蓝自行车链条断了！怎么办呢，她只得懊恼地推着，有一搭没一搭地往两边的马路牙子瞅，在渐渐冷清的街上寻觅着一个不大可能还开张着的修车摊……但这懊恼中也有几分放松，不管怎样，从疲劳的奋战中暂时放松下吧：夜晚、街头、某些诗句、某些流行歌曲涌上来，伴着夜风鼓动起她的裙子——丁成功那孤独的香烟头正于此时进入了她的视线，萤火虫般的一明一暗里，丁成功瘦削的侧脸如同夜晚中的一幅肖像画。

……丁成功一心一意盯着地面，忽然，他发现眼前的地上多了一双秀气的小皮鞋，还有半只自行车轮子。他停止了吸烟，但没有抬头——他认得这双鞋，两边的搭襻上各有一朵小花，其中一朵花掉了一个花瓣，星期六，在家里的鞋柜边上，曾看到过许多次。他不相信会在这里看到这双鞋，他也不愿意自己在这样的情况下给这双鞋的主人看到。于是他接着吸他的半根烟，同时闭起了眼，他想这一定只是该死的幻觉。

然而竟不是。他再次试探地睁开眼，却一下子看见鞋子主人的眼睛！跟他一样，在路牙子的恶臭之中，她蹲下来了。

有半年没有在星期六的晚餐上见到她了。

丁成功知道，自己脸上那些红色与青色的瘀、高低不平的肿，全都暴露了。他该怎么解释？被醉老爹揍了，并且，他对这顿打还挺自愿的？那还不如让她以为自己又在街上跟人打架了……看看，这真是个不怀好意的夜晚！她不用再绕着弯子跟晓白打听自己了，她这就亲眼看到了：丁成功这么地不成样子，像个窝囊废、狗屎蛋子。

可鞋主人正看着他呢，她的眼睛，离得这么近！那里头，真有不少东西啊。惊讶、生气、不解，还有……像是要把他从臭水沟里给打捞上来的决心。丁成功艰难地挪开脸去。这样的眼睛，他不配看的。

——后来，回顾到这次意外的碰面，晓蓝也承认，看到丁成功那种糟践样子，一种不容置疑、纯粹的拯救感迎头打来，她感到迫切和不安，只有一点，时间不对，还有一个半月就高考，现在出手，说不定反而会让自己跟他一样翻到水沟里去……也许，等以后吧，晓蓝模模糊糊暗中许了一个遥远的诺。

所以很快，晓蓝让自己脸上恢复得平平整整像条大马路。她抿着嘴唇，蹲在那里，一言不发地陪伴着丁成功的一言不发……他们就那样沉默着，似乎一切都是不言而喻、自然和宁静的。

已经到烟屁股了，丁成功垂着眼皮，还在努力地抽，好像想永远待在他的香烟里。晓蓝冷不丁伸手去一拔，把烟屁股扔到地上，站起身用她带着小花朵的鞋踏上去一踩。她晃晃自己的自行车，坏掉的链条“咔咔”作响。

丁成功于是顺从地，从他赖以栖身的马路牙子上站起，仍是注意地不去碰晓蓝的眼睛。这个夜晚，很好。自己的不堪与破落，让她碰到、由她见证，他是满意的。

丁成功转过身，推出自己的车，他让晓蓝坐在后座，并腾出另一只手，拖握着晓蓝那辆空车的龙头。被打之后的浑身酸痛忽而转化为蛮劲儿了，他控制着手腕与腿脚上的配合，感受着肌肉那种紧绷的紧张。两辆自行车、两个人，一路歪歪扭扭地往晓蓝的家里去了。

就包括两个人在同一辆车上，大概是精力太集中，或者说太涣散了，丁成功从头到尾都没有跟晓蓝说一句话……直到苏琴出来，直到那个耳光，直到晓蓝凑近来紧紧缠住丁成功的胳膊，这整个晚上，他与她，竟是一句话都不曾说的。

他们稍后的再一次见面，就是两家的告别晚餐了，丁成功除了对他新买的蜡嘴雀吹口哨，听晓蓝跟珍珍说些关于女生与文科的无聊话，他与她，仍是再也没有说过一句话——丁成功尽心尽意地吹口哨逗小鸟儿，内心既不伤心也不绝望，而是，怎么说，平静了，有寄托了。

6

此后不久，丁成功又被迫离开了他的玻璃。当然，他这算是交了好运，竟离开了人肉蒸笼的“吹玻璃车间”！他被借调到了工会，尽管毫无名分，纯粹就是打杂，就是发“提前退养申请表”与“买断工龄协议书”，但不管怎么说也算是进机关啊。为什么竟会“借调”起他哪，又没文凭、又没后门，他算个什么球啊！真让大家想不通呢。

直到2002年，丁伯刚顾自沉入他失忆症的水草深处，厂区改制亦已尘埃落定，被借调了五年、身份依然为“以工代干”的丁成功递出辞呈时，当年的工会干事，而今已熬成了婆的工会副主席，突然大笑起来，抬了抬他僵硬的“五十肩”，颈脖间咔咔作响：“你可知道，当初，怎么想起借调你上来的？”

丁成功摇头。他从进厂第一天就这样，能不开口就不开口。

“喏，你不说话对吧！告诉你，就是因为你这个八棍子打不出一个闷屁的屌样子嘛！你知道，发那种表下去，是断人后路哩，那些老家伙，个个五大三粗，全是好身板，七手八脚围上来，我们这些老机关，哪里吃得消嘛！所以嘛，就要找个扛得住的，嘴又紧的小杆子打前站喽！全厂上下一排，就是你！根据可靠情报，我们可了解到一个有趣的情况，你家老子喝醉了经常敲你对不对！三天一小敲、五天一大敲，据说敲得很厉害呢，左右邻居都有很大意见。我们一听，高兴坏了，想想你这个人多能扛！真是再合适不过的人选了。瞧瞧！你呀，真该谢谢你老子，要不然，你怎么可能坐得到这个舒舒服服的工会办公室！”副主席快活地挤挤眼。

丁成功感到脖子与喉咙管那里胀得厉害。原来是这样。他想起老爹当时对这个“借调”的得意劲儿，一心以为是他的神童经历起了关键的作用。唉，幸好，幸好而今老爹算是“失忆”了。

丁成功彬彬有礼地倾听着，鞭挞般的疼痛像木耳一样在水里膨胀，脸上仍然像是平原地带的沉默河水。毕竟，在这个岗位上，他已经拥有了非常丰富的屈辱经验。

“哈哈，这话本不该说的，可当初知道这情况的，也没几个。他们几个都退了，就剩我一个，一直憋在心里，每次看到你心里就总想笑！今天好啊，你既是要辞职走嘛，说出来也无妨!”副主席再次挤眉弄眼，畅快得不得了。他也不容易，怕真是给憋坏了。

只是，丁成功在工会的差事，可真有点要命——尤其是刚到工会的前面那半年，在“动员期”最吃紧的风口浪尖上，那哪里能算是上班，还不如说是上前线。他是厂部与工会推到最前面的“人肉盾”，得承接人们对厂区的爱，对权贵的恨，对变故的痛心与无奈，糅在一块儿排山倒海地来了：首先是骂，从祖宗八代到他死去的妈妈到他将来的子子孙孙；还有哭，妇女们的鼻涕眼泪口水，抹糨糊一样地往他身上涂；男人们，上了年纪的男人们，突然间喉头一动，脸皮难看地皱起，眼眶变得肿大；还有打，半真半假塞几拳，往他身上撞的，拖住他往地上滚的……每天的“工作”都像是一场又一场散发着腥气与伤痛、毫无章法的街头群架。

他们选人的确选对了。

下班回家，则是另一个噩梦——首先看到的，是丁伯刚那个破麻袋；珍珍以女主人的姿态忙忙碌碌地张罗着，不时与坐在一边的黑皮甜蜜地对对眼。

丁成功勉强坐下，浑身酸胀，还犯恶心。黑皮殷勤地给丁成功敬烟、让菜，他关切地询问丁成功今天的行踪，到哪个分厂发表格，是哪些个车间，哪些个岗位……丁成功累得根本不想讲话，可是算了，想想珍珍吧，无论如何，她得有个家伙来垫个底，哪怕这黑皮像个煤球。再说，她显然真迷上这煤球啦。

丁成功叹一口气，忍住瞌睡与无聊，尽量耐心地逐一回答黑皮的问题，而后者，则像个间谍一样地，贪婪而小心地抓住丁成功只言片语中的细微——没错，这就是他明天将要去“捡漏”的地方，根据丁成功散发“退养”与“买断”的分布，他曲折地推测着这家电子管厂将要被兼并或撤销掉的车间与项目。

……丁成功并不是嫌弃黑皮，只是这里面有一种令他悲伤的倾向。珍珍的生活、他的生活，永远失去了上升的可能性，只能这样被拖泥带水地往更低下处拖拽。而曾经，他的生活也出现过文雅与美好，她的花朵小皮鞋、苹果绿上衣，永远低头捧本书。唉，那都是什么时候的事情了呀，一去不返的小美梦，现在这过的还能算日子吗。没有晓蓝，也没有玻璃，别的还剩下什么呢。

那段时间，丁成功消瘦不堪，总苦苦思索一个问题：作为人，他存活的标志是什么？是吃、喝、睡这样的本能动作，还是大脑里的喜欢与厌恶？如果是前者，那人为什么要有感情有想法？如果是后者，那么他这行尸走肉的生活倒真可以一笔抹杀、就此打住！

当然，也只是这么想想而已。

——他不知道，他的好妹妹珍珍，已经在背地里踅摸到晓蓝并替他示爱啦，人家还别具匠心地赠送了一条真丝巾呢。当然，她很快就被自己的莽撞与晓蓝的决绝给吓跑了。

可惜珍珍没敢回头，她没有看到晓蓝在树荫下站了很久……在回绝珍珍的同时，晓蓝想起了一个过去很久的晚上，十字街的路牙子上，面对着鼻青脸肿、没有人样儿的丁成功，她暗中有过一个许诺……这个热乎乎的也挺感人的许诺，在晓蓝的头脑里伸手伸脚、死命怂恿着她：不如，真的去见一下丁成功！也不算当真要帮他还是怎么的，就是让他高兴一下呗，哪怕是去把珍珍的丝巾还给他也好！

看看，珍珍的丝巾，多么亲切的道具，珍珍还是有影响力的呀。

7

晓蓝去还丝巾的这天有些细雨。晓蓝走在十字街上，带着校园里那种文乎乎的劲儿，一把折叠伞半遮着上半身。这与她八年后那个大爆炸的中午所走的路线是完全一致的——她走过挤挤挨挨的修车铺、五金铺、烧饼铺、开水房，走过刚刚挂牌的“罗氏大地资源公司”，在这个小二层楼的上面，黑皮正在嗅闻着手上的大戒指，笑嘻嘻地为晚上的求婚作一些谈不上准备的准备。

十字街两边，不少人无所事事地站在商店招牌的檐下，躲着其实并不算大的雨，一边呆呆地望着没什么可看的雨，如同望着他们没什么可看的将来。这样的情景从小时候就看起，不知看了多少回，下雨他们这样，落雪他们这样，风太大、太阳太毒他们也是这样，永远站在街边，瞪着一无所有的前面……再次看到这样的画面，晓蓝沉重地庆幸着：好在，她考上了大学，差不多算是离开了，不会再滚落到这片泥泞的贫寒里了。

晓蓝往第四个巷口的桌球摊子走。想象中，丁成功就应当神气活现地在那样的地方荒度时日，肩膀半高半低，浪拓在人群中……

但在第三个巷口，她给堵住了，一撮人正挤成一团嚷嚷着什么。唉，无非又是打架骂街！她试图快速地绕过去。然而，那闹哄哄的人群却也移动着，各种半老的脸闪动，他们的手中舞动着一份份黄色表格，虚张声势地半握着拳头，冲着中间挥舞。而中间那人，晓蓝猛地把伞往下一压，以挡住自己：中间那人，不正是那张久违了但并未模糊的面孔嘛。

与她想象中的大不一样——此刻的丁成功，像个没精打采的小囚犯，僵硬地半哈着他的腰，一只手在胸前抱着公文夹子，另一只手无力地挡着他的脑袋，毫无血气、非常消极地站在那里。若有拳头不轻不重地落下，他也只是被动地咧咧嘴，表情里似有一种“此身非我有，人间且暂寄”的意思。

他这是什么样子啊，凭什么听人欺负——晓蓝听那断断续续的谩骂，慢慢明白，珍珍所说的丁成功之“荣升”工会，原来是这么回事！他成了个坏消息的报信人，代表魔鬼在人们额头盖上黑印章……这样的攻击与反抗，像是一个愤怒但无效的仪式，集体的喧哗与骚动。稠密的雨丝倾斜着洒在这一群人的脸上与衣服上，他们的头发粘贴在各自的额角，衣服的肩膀处分布着尿印般的雨迹，缺乏重点的话语在雨声与街市中纷乱地坠落，哑剧一般。世纪末的街头，这被污辱被损害的厂区……

晓蓝感到一阵魂魄涌动的战栗，心疼中迸发出一股甜美的浆汁。这样的丁成功，她必须亲爱他、把他当作至亲的人，维护他的一切。

她重新举起她的伞，遮起自己，也遮起那个画面。

她慢慢地挪到另一个巷口，那是丁成功回去时的必经之路。

此后的许多年，在晓蓝再次离去之后、她结婚之后、听说她怀孕之后，丁成功不知下了多少力气，都没办法忘掉他与晓蓝在这个街角的见面，以及随后的雨中谈话。他没料到这个见面会那么难忘，但时间的推移却总在证明这一点。

这同一天的晚上，黑皮向老爹求亲并鲁莽地带走了珍珍，而老爹的失忆症有了第一次的发作。可这些事情，他却像个无情的聋哑人一般，根本无所谓，不往心里去。他有些不耐烦地拍上他的门，把老爹关在外面，待在那无法转身的小洞穴，脑袋里的放映机一会儿快一会儿慢，黑白、彩色，推上去特写，全景俯拍。

在俯拍中，当愤怒的人群终于散去，他看见自己像只瘦鸟一样抖了抖肩，把几张完全湿透的“内退申请表”“买断协议书”团成一团扔了，然后才慢吞吞往家走。

特写镜头在这个时候推到了转弯口的晓蓝身上。他冷不丁地看到，连忙转开眼，可特写镜头再次强迫进入视线，他看到她在盯着自己，表情明白无误：她在等他。

他的所见瞬间变成了黑白，他感到自己失去了视力。他从来没有想过会再见到她。他的左胳膊突然令人忧虑地灼伤起来，跟最开始同样的灼痛——那个晚上，他头一次被老爹暴打，而晓蓝也因为他而被苏琴打了。接着，晓蓝紧紧挽起他这条左胳膊。这让他成了一个燃烧的太阳。

他现在当然还是太阳，却是个从未升至中天便已暮色沉沉的太阳了。这一段时日来，他面对的都是那些皱巴得像树干的老工人，他们用一辈子的苦涩打击他唾弃他，弄得他十分狼狈。可是，他又有些受用这种狼狈，并在这样的狼狈中一天天老熟、冷静了。所有这些糟老头子的人生，都在告诉他一个真理：欣悦与如意是永不可能到达的彼岸，对他人、对情感、对幻梦，要保持妥协与认输的姿态，永远都要做好一无所有的准备。

这跟他所痴迷的玻璃世界，差不多算是一个原理。

……在他们的交往进入最为醇厚、赤诚的阶段，丁成功终于说出了他一直不大敢问的疑惑："你究竟，喜欢我的什么？"

晓蓝想了半天，苦笑："可能就是你浑身上下那种总是往回缩、总不能如意的失败感吧。也不知道怎么会这样。你知道的，我一直崇拜成功、追求那种向上的生活，可我只要看到你，却总是既难过又安心，反而觉得别的东西都是假的、不可靠的。"

丁成功默默地听着，心中温热，却又发灰——他让晓蓝惦挂了这么些年、受了许多无谓的折磨，却是因为他的弱点与不甘。

唉，这算什么。

当然这是后话的后话了，暂不说。

在当时、在这个街角，尽管心里有一百二十个的冲动，丁成功还是稳住了自己。他知道，他必须以他对生活的认识来处理与晓蓝的关系。他比晓蓝大，他一定要明白事理。

实际上，倒是晓蓝主动打了一个含糊的招呼。而他在走向她的过程中，也已经处理完了心里的动荡。他微笑着、胸有成竹地问起她的大学生活，很好奇，从各个角度问了许多小问题，尽可能地让她详细地说，好像他被那所从来都没有进去过的大学给迷住了——他竭力给她以这样的印象。这样，她就没有机会再来询问他的生活了。

晓蓝不得不接过这些扑面而来的问题，情绪被带到一个热烈寒暄的高度……直到介绍到文学院的银杏树时，她猛然煞住，表情突然间那么别扭，她领悟到这是个多么违心的寒暄，还当真介绍什么狗屁大学！她自责地停在那里，悲伤地、直通通地对着丁成功。

丁成功看看她手里的那把伞，很眼熟，刚才在人群中见到过，见到好一阵儿了。

没有关系，就像那次被老爹揍成那个死相时给她看到一样，他注定要在她面前不成样子。只可惜，刚刚还那么热乎的谈话就这么飞走了——但此后，玻璃屋的漫长独处时光里，拿着白抹布反复擦拭那些看不见的灰尘时，在对往事的反复咀嚼中，丁成功却更加喜欢后面的这近乎沉默的一小段，尤其是晓蓝那一直没有移走的眼神。她的眼睛再一次这么地靠近，像是在他的心里安了家。

“你让我真着急死了。”晓蓝突然这么说，委屈的眼泪都差点迸出来。

“不用为我急，你好就行，你负责代表我去过好。”丁成功垂下眼皮，老天啊，离得这么近，要是能摸摸她湿漉漉的头发多好！

“我代表你？”

“是的，我委托你，全权代表。代表我上大学，代表我离开厂区，代表我找份最好的工作，代表我去过最好的日子。”丁成功又变得笑嘻嘻的，说得可轻松了。实际上，一闪念间，他想起傻珍珍，想起醉老爹，想起那一个人跑到南方去的胖晓白，还有那位表情假假的苏琴阿姨。他差点儿就饶舌起来，他真想也把他们全都委托给晓蓝去代表算了。他们这一堆人里，总得有个人出息了、光明了才好。

晓蓝的眼泪现在真的出来了。她的野心一直是最为沉重的翅膀，她感激丁成功这么笃定地看好她：“我真能代表得了？”

丁成功没说话。他看着晓蓝，那种失而复得但注定终将失去的激情如黑暗中涌动的风暴。

雨丝这个时候完全地停了，好像掀走了蒙在他们身上的薄纱，他们似乎没有理由继续站在街角这样磨蹭了。暮色中，他们各自掉头走了，像是刚刚达成一桩不错的协议，带着难以名状的满足与平静，一个往烷基苯厂的宿舍区，一个往电子管厂的宿舍区。那条注定派不上用场的真丝围巾还好好地躺在晓蓝的包里。

他们没有约定下次见面的时间。这个习惯后来一直保持着。他们之间，任何的约定似乎都是不必要也是不自然的。

8

晓蓝与丁成功的私下交往，从那个落有斜雨的街头开始，像株花期漫长的植物，一直开放到她结婚前夕，为期四年。他们谨慎、刻意地远离人群，这是一段单调、浸染着辛酸的交往。

也曾经，晓蓝让丁成功到师范大学去过一次。实习阶段里，让他去帮着拿些东西。那情形确实有点糟。

是丁成功的问题。几乎从离开厂区开始，他就有点不对，越往市中心就越甚，到进入师大的大门，更达到了令他自己(估计晓蓝也是)难以忍受的地步。他穿着跟别人差不多的 T 恤仔裤，可他总觉得自己像是个车间模子，永远都套着一身藏青工装，包括他的鞋底，也还沾着厂区的铁屑与十字街上的浓痰。他感到自己的手势、脚步、眼神、衣褶，哪怕就是咽下的那口唾沫都充满破绽，并使所有的人一望而知：他是个来自厂区的小工人，是个除了打桌球、打架之外啥也不会的蹩脚货色，根本不配跟晓蓝一块出现在这里！

……整个小半天紧张而令人疲倦。好不容易从食堂吃完饭出来，丁成功小松一口气，没料到脚下踩空一级台阶——晓蓝忙伸手拽住，差点儿都想把他给抱住。丁成功感到，晓蓝伸出来的手里，有股突如其来、结结实实的愤怒与难过，那么强烈，让他们两个人都吓了一跳。为了掩饰，晓蓝仓促地指指旁边的运动场，有几个男生正在那里快快活活、相互吆喝着打球。丁成功侧头瞧着，勉强挤出一丝笑。

同宿舍的女生对晓蓝评价“你那个哥哥”——晓蓝是这样介绍他的。大学里，女生们总时不时会有不知哪里冒出来的表哥、堂兄、干哥哥或是哥哥的同学之类的，她们的小掩护多得很，各人都清楚，任何名义的哥哥肯定都不是“哥哥”。那女生才说了半句：“你那个哥哥，帅倒是蛮帅的，但是……”她没敢再往下说，因为晓蓝的脸色挂得很明显了。对丁成功，她自己如何的气、急都没关系，但听不得任何人说他，她甚至感到一种悲怆：厂区那片浑浊的天空、临时家庭的生硬与羞耻、似是而非的兄妹关系，她一个外人怎么可能明白，还在这里指手画脚，说什么“帅倒是蛮帅的……”

终于出了校园。在公交站，等着开回厂区的区间车，丁成功如松大绑般地在路牙子边上蹲下来，掏出一根烟，点上，终于有点活泛劲儿了，他挺开心地向晓蓝展示他随身带的一把烟。

要知道，丁成功现在不再那么惨了，不用再挥动“买断”与“退养”砍向老弱病妇了，他现在的服务对象变作“中层以上”了，还是发表格——购买股权的表格。这是在暗中进行、高度保密的，但显而易见，这简直就是送钱的事啊。拿到表格的人，虽谈不上感谢丁成功——跟这小干事有毛关系！但他们会做人呢：

“来，小哥儿，抽根烟!”他们边说边扔过来。丁成功的嘴巴上叼着烟，左右耳朵上都夹着烟，上衣口袋里塞着烟，手上还拈着两根烟。他像个巨大的烟灰缸，那些瞬间多了笔横财的中层还在不断地、非常慷慨地往他身上四处塞烟。烟灰缸始终保持着乖顺、客气的笑容，那么多拳脚都吃过了，现在都能够吃到烟了，真是苦尽甘来啊。连着好几个星期了，他都没买烟了。并且，这些可全是好烟哪，中华、云烟、玉溪、金南京、芙蓉王……

丁成功只顾蹲在那里说着，根本没有注意到晓蓝的眼神。他们等的车子来了，晓蓝一言不发顾自就上去了，丁成功惊讶地掐灭香烟，并把剩下的那半截小心收好，然后拖拽着晓蓝的大包也上车了。晓蓝迅速挤到车尾巴。而丁成功在车头因为大包不便动弹，几个人还对他骂骂咧咧。晓蓝站在车尾，脸色又硬又脆弱。她决定，以后再也不带丁成功一起到城里了。这次小小的市区同行，令她感到深深的难过与苦涩。她不是怨怪丁成功的不成器，而是痛恨自己对他的不满与严厉——明明自己跟他是一个出身嘛。

当然，也联想到她自己。在过去这几年，以及后面的若干年，她甩掉厂区、迈向高级的努力，这整个漫长的过程中，她的姿势与心境，并不会比丁成功强多少的。

从那次大学之行之后，他们就只在厂区见面了。

穿过人声嘈杂的十字街，走过生意不好不坏的那些店铺，丁成功带着晓蓝一直往厂区的深处走。走过关闭的职工电影院，走过堆着旧设备的废弃游泳池，走到仓库后门，走到锅炉房与澡堂交界处的煤渣山下，在旧铁器的生涩气味中，在时不时冒出来的蒸气中，他们待在一块儿——这是让人放心、永远不会对他们产生干扰或导致疏离的地方。

当这段交往终告落幕之后，丁成功曾经小气地检点他们每一次的见面与交谈，他很满意自己的记忆力，也许那点神童基因在这样的时候才算发挥了点作用吧。他可以总结出来，他们的谈话，回忆的较多，谈论当下的也较多，但对于将来的展望少之又少。他们就像是长途旅行中的友好邻座，很清楚一到站就会分别拎起行李各奔东西。

晓蓝很关切丁成功被老爹殴打的情况，这成了每次见面都要涉及的内容。她让丁成功解开上衣，即使是冷天，她也要他解开外套、拉开毛衣拉链，以便亲眼看到他脖子上的瘀青或是肩胛上的擦伤。然后，她心疼却似乎也是满意地倒抽着气，特别认真地加以安抚，提醒他需要采取的措施……丁成功总默默照她的吩咐，脱下衣裳再扣好衣裳，仔细听她其实也是大同小异的抚慰。他没有告诉她，其实老爹现在的力气大不如前；有时候，他还得主动逗引地找打。

也有时候，丁成功会跟晓蓝谈谈他的那只蜡嘴雀。小鸟长得很慢，看着它，会觉得时间根本就没在动。这只鸟很有人情味，白天它睡觉，晚上倒在笼子里跳，像在陪夜——因丁成功晚上常会睡不着，见鸟在跳，就翻身起来对鸟吹口哨，很低地吹。

晓蓝听到这里，常会突然问："你吹的口哨，有没有调子或是有没有意思的?”

丁成功一愣，他不愿意说，他所吹的其实就是晓蓝呗。他没回答，而是直接吹起口哨，也很低。晓蓝也像那只小雀子似的，眼睁睁地盯着听。

……一个吹，一个听，意思有些太浓了。

一到这样的时候，丁成功就会扫兴地也是及时地想到玻璃，这一想，他便收住口，把口哨声像石头那样突然扔得老远，并随口找出个新话题，比如他们共同认识的厂区孩子，那孩子找着什么好差事了，或是混得很差劲了等。晓蓝不答话，只照旧盯着他。唉，看得他简直心如刀割。到底有什么隔在他们中间，他为什么总是这么的怯弱、绝望？难道真有那么样一块玻璃?

9

有一次，晓蓝突然主动提起，要公开他们这种交往——但讲这话的晓蓝，丁成功清楚，不是真正的晓蓝。大学的最后一年，为了考研与分配，如何优中选优，她拿不定主意。她随手拿起一根旧铁棒子，在手上摩挲着，弄得满手是锈，然后又把铁锈乱七八糟地涂在白净净的另一只胳膊上。她吞吞吐吐地抱怨着，她在大学，其实并不那么带劲——“节目主持轮不到我，演出节目轮不到我，器乐一样不会，体育也没强项，辩论大赛更不要提了。”晓蓝咬着她细白的牙。

“算了，成绩好不就行了，管那么多！你也不要事事这么要强。”真高兴晓蓝说出这些，这样，丁成功也终于……可以“抚慰抚慰”她了，虽然他并不觉得她说的那些有多么糟糕。

“嘁！成绩好，多老土！没有用的，在师范大学，艺术细胞、全面发展什么的最要紧！老师才会有印象，才会重视！我真担心分配的事，重点中学恐怕轮不上我！要到个二三流的学校去，那就完蛋了！但是，考研里面也有很多名堂……不过，我还是打算试试考研。”晓蓝流露出一点惶惶不安，不像从前，说起考研、读博，如探囊取物。

丁成功又能说出什么呢，考研又不是十字街上的桌球，他真一点忙帮不上，只能眼睁睁旁观着晓蓝那么辛苦地交叉跑动，进行急行板式的搏击……他继续沉默地抽烟。然后，就听到晓蓝用一种古怪的气哼哼般的语气，像在跟她所不满的现实赌气，说是要带他到女生宿舍、带他到家里见苏琴！现在这样太虚伪了，跟妈妈当初不是一个样子嘛。不行，得“公开”！怎么样，你同意吗？你敢吗？

丁成功看着她，她脸色都发红了。唉，他要真是个有血性的，就该上前紧紧搂住她：我同意！走，我们见我老爹去，见你妈去，见十字街去，见全世界去！还要见我那蜡嘴雀去，它可一直听我吹着你哪！

可是不会的。从一开始他就告诫过自己：还记得那些吃尽苦头、临了一无所有的老工人吗？要记住人生的残酷，他要尊重这个真相……她都要考研了呢，两个人只会越来越远的。

丁成功于是吹起一段口哨，这既无调子又没歌词的哨声，就表明他的立场了吧。

晓蓝听懂了，她那绝望的冲动劲儿也缓过去了。她勉强一笑，尽量振奋地谈起她在图书馆征文比赛中获得的二等奖。无记名投票选举团干部，她比当选者就差两票，等等。

好哇！丁成功连忙扔掉刚点上的一根烟，并代表所有不在场的人替晓蓝拍起巴掌。这掌声虽有点空洞，但何其热烈，发自肺腑！他希望能让她高兴起来！她是这么努力的一个人，不该这样失意的样子啊。

锅炉房在他们背后颤抖着吐出一口粗气，白烟升腾，像是消逝了的蒸汽火车正要开始仙境般的旅程。这模拟的远行氛围里，有着相濡以沫的悲凉感，使他们能够感受到一种亲人般的信赖与搀扶。

“你知道的，我肯定要离开这个破地方！我受不了这里。”晓蓝下意识地再次信誓旦旦。

“那当然，你要待在这儿我都不让。我受不了你待在这里跟我们一样。”丁成功同样信誓旦旦。

“我绝对不会跟你好的哦。”晓蓝唱歌似的。

“你就是想好，我也不会同意的。我会用生命来阻止你的。”黑色的咏叹调一般，丁成功严厉地回答。

这么的宣誓让他们安详了，并更加心心相印了。

自那以后，他们便进入更清澈的境界了，彼此的心思简直就像只隔着层玻璃。

仅有的一次，他们畅谈过“人到中年”这样的假设。在那个假设里，晓蓝嫁了个像她爸爸一样温文尔雅的男人，一到周末就一家三口到餐馆和影院；丁成功呢，在厂区娶了个泼辣的女工，生了个胖小子。那晓蓝呢，晓蓝就生女儿吧，女儿贴心——描绘、构筑这样的现实画面有助于增强他们的意志，有助于他们沉入古井般的无澜死水。

而他们最鲜美的时光就这样虚度过去了。一个二十六岁，一个二十九岁了。

四年，这既好，却又不够好，既让人满足又永远得不到满足的一段共同时光，应当足够用来对抗漫长人生的剩余部分了。

丁成功只是在等，好脾气地等，像沉迷的食客在一桌好酒饭上等着最后一道菜。

10

但这天，丁成功完全不知道就是最后一道菜了。

晓蓝像往常一样察看了丁成功的伤势，丁伯刚最近喜欢揪头发和抓人，像女人的动作，因为这些动作不那么耗体力吧。晓蓝用她随身带着的紫药水替丁成功小心地涂上，开了个玩笑：“你以后，不会再怕女人抓你、揪你了。”

不过，她情绪不太好，最近她很不顺——考研与分配，两件事都砸了。她最终分配去的这个中学，夹在厂区与市区中间，名声不好，爱捣蛋的早恋学生、愚昧的家长、枯草一样乏味的同事，条件很差的教工宿舍。晓蓝在外面大约还是昂着头，但在丁成功面前，已经大起大落若干次了。有一次，更是崩溃到请求丁成功最好能鄙视地狠狠痛骂她一顿……唉，她高高飞翔的期望是那么强烈，以致反而脆弱得像根细面条。

她拧紧紫药水的瓶盖，却不放回包里："你收着吧。以后你要自己替自己擦了。"

她的目光冷冷的，看着别的地方："你看看，我这样竭尽所能地事事努力，积极争取着所有的机会，结果呢，也只是达到了跟所有人差不多的平庸，可笑!"

"知道我最讨厌什么吗，就是上课铃与下课铃。的儿……的儿……那种电子声频，通过扩音器，像在我的神经上拉锯，生怕我忘了怎么的？我知道我的时机已经过去了，这辈子再不会有什么戏了！哦，对了，你倒是说说看，还要委托我去代表你奋斗吗？其实，最终咱俩一样，什么也不是!"她摊牌似的望望丁成功，似在请求丁成功进一步证明她的败落。

丁成功躲开晓蓝咄咄逼人的眼光，吭哧着："嗯，不管怎么说，你也已经算是出去了，比厂区大部分人都好了。"晓蓝为什么这么不满意？她到底想要什么？她与他之间，这方面的障碍，大概一辈子都克服不了，可他又正是喜欢这样的她呀。

晓蓝表情却更加晦暗。丁成功明白，这话劝得不对。"再说，老师，十年树木，百年树人，灵魂工程师。"这又是什么屁话废话，他还怕晓蓝没听说过这些？

“算了。别说这些，好在我还有办法的。来，有个事，你帮我拿个主意吧。”晓蓝像是冒出个好主意。她骤然一笑，很美。这天过去之后，连续几个晚上，丁成功回想他们所有的对话，终于明白过来，晓蓝前面的那些话其实是在做一个隐约的解释与铺垫，为了她接下来将要说出的内容。

“你说，我好好听着，一定帮你拿。”丁成功心里一下子也美起来。他最乐意的事就是看晓蓝这样笑了！

“替我选个结婚对象呗，你知道的，我不想问我妈，我们总是一谈就崩，晓白呢在外地，总得有人替我仔细权衡一下才好。”

“你有……有具体的人选吗？”丁成功惊骇极了，一下子周身汗毛倒竖。当然了，当然了，吃惊什么呢，她迟早会嫁人，嫁给任何一个别的人。只是，她这么冷不丁的，并且是用这种口气。

“当然有，有好几个呢。这件事我很重视的，大三大四我可没闲着。”晓蓝似笑非笑，“你莫非忘了，我不是长得还凑合嘛。不管怎么说，比起没头苍蝇的个人奋斗，这个倒是不太费劲！”

丁成功一时噎住，忽然感到自己又聋又瞎又蠢——相处这么久，她竟然还同时有着别的交往，并且一直只字不提，并如此的理所当然……啊，打住、打住吧，这是怎么啦，他有什么资格质疑与妒忌，他只是“成功哥哥”不是吗，应该替晓蓝高兴才是！毫无疑问：嫁一个好人，这对现在的晓蓝来说多么重要，她……那么的不如意。

“你生气了？”晓蓝问，一边从她的格子帆布包里掏出个相机。正是这天她替丁成功拍了那张照片，这其实是一张分手照，可苏琴看到时，却一下子捕捉到了爱情。

“没有没有，生什么气啊。”丁成功甚至让自己笑了一声，“我只是在替你想，什么样的人最合适……”

“无所谓合不合适的，能让我的生活升一个台阶就行，大的原则就这一个。”晓蓝放低声音，显得很有耐心，“你心里应当明白的，就只是结婚而已嘛。”她抿了抿嘴唇。

“我懂。我懂。”丁成功连忙摆手，不让晓蓝说下去。她越是这样稀松平常，他越是难以忍受。

“所以，咱们今天就搞定这事吧，你替我选一个。”

晓蓝详尽地说出两个人选，像是介绍某个家具的尺寸与功能，她列举他们的要素。一个就在母校，师范大学的物理助教，留校的，据说只要领证就能拿到集资房子，“这个人从我们同学时就追我，别的人都不追了，他还坚持到现在。”

另一个是学工民建的，原来在设计院，后来辞职跟朋友一起干，开个小公司，做室内设计与装修。别人介绍的，接触过几次，能挣会花。本地人，市中心那儿有现成的新房子呢。

丁成功看到晓蓝手边上那一只好像蛮专业的相机，他拿过来，细细研究上面的按钮。他其实不大懂相机，但他感谢这个照相机，它帮衬了他——具体听到这从天而降的两个人，好像就活生生地看到晓蓝将要跟他们中任一个所要开始的生活，他完全地被摧毁了。他们像陨石一样砸得丁成功脚下两个大坑，他就要从这个世界掉下去了。

“嗯，在听我说吗？”

“有没有……其他人选?”丁成功语气不大满意似的。像个买东西的人，假装挑剔货架上的现有商品。

晓蓝眨着眼睛，没有立即回答。实际上，“嫁人”之路也并没有她说的那么轻巧。尽管妈妈苏琴经常催促，可她总迷迷瞪瞪地耽搁和推延，懒散地满足于跟丁成功的暗中交往……等她真正起意，已经没有多少余地再去挑挑拣拣，再迟一步只怕又是一场尴尬的败仗。但她不愿这么地对丁成功详细说出。

“别的？全说出来只怕你会打瞌睡，反正也都差不多吧。总之，就这两个里头，你替我挑一个好了!”晓蓝用她的手指甲敲着他们身后的铁架子。叮叮叮。叮叮叮。这个小地方，是个尚未完全毁坏的模具车间，他们两个来得最多，有种因为局促和简陋而产生的亲密。

“呃，那么你本人，更倾向哪一个呢?”丁成功谨慎地吐字。他听到自己的声音，不像是从喉咙，而是从某个罐子里发出来的。有一次，晓蓝带了只“随身听”来，他们玩了会儿录音，录下自己的声音再重新放出来——现在，他听到自己的声音就像那个，别扭，离耳朵很远。

“我啊？你问我喜欢谁吗？这个问题还要问吗，难道还要我说出来吗?”晓蓝随口答道，像是在哼唱一般，她仍然漫不经心敲打着铁架子。可他们都清楚，她刚刚是说了什么！如此的心酸而饱含柔情。

有了这句话，一辈子就值了吧。现在，那两个陨石不见了，丁成功脚下的地面又恢复了昏迷般的宁静。他囫囵吞枣收起晓蓝的这句话——他现在没空，他要带回家，带到他的小房间里去跟蜡嘴雀一起慢慢咀嚼，并要一直保存下去，以供将来的艰难时刻节俭享用。

晓蓝从丁成功手里拿过相机，往后跨出几步："来，我先帮你拍张照片吧。"

他顺从地按照晓蓝的吩咐，倚着生了锈的旧铁架，他抬起头看着晓蓝，留下那张充溢着爱与惆怅的单人照——他看着镜头，却目无所见，有如身陷弥天大雾，有如与世隔绝，末日的荒凉笼罩着他，也笼罩着晓蓝，笼罩着这个小小的简陋天地。

"那要我看，就那个辞职开设计公司的，好点儿。"现在，丁成功从相机的取景器出来了，他的声音也从录音机里出来了。

一切恢复了正常，像一个家里人、一个哥哥，他利用他有限的经验来判断和建议，煞有其事地分析。要知道，在工会，他可经手办过不少家伙的辞职手续呢。他对他们总有莫名其妙的崇敬，他们富有雄心，那么漂亮地一跺脚就甩手走了。然后，不断传来关于他们的消息：做小老板了，发财了，其收入是一个令人张大嘴巴的数字。他们真的很了不起。而留校教授，想想看，自命不凡、文乎乎的，还会有一茬茬的女学生……

"好吧，就照你说的办。"晓蓝毫不犹豫地抿嘴一笑。

11

大约一个月后吧，给老爹送酒的珍珍还乐呵呵地替苏琴带来了晓蓝的喜糖。她有点炫耀的意思：她跟苏琴那边，是有往来的！她喜欢自己扮演这种家庭外交家的角色。

丁伯刚捧着杯酒哼哼唧唧，顽皮地剥开一粒扔到嘴里，就着还喝了一小口辣酒。这样搭出来的味道看来有些怪，他眉毛都拧成了团，冲着珍珍做鬼脸：“晓蓝的喜糖？哼，晓蓝，还晓青，还晓黄呢，看这名字取的！是你酒店的同事？比你结婚迟这么多年，肯定是个很不好对付的老姑娘！真要过起日子来，烦着呢。”说最后一句话时，老爹好像扫了一眼丁成功。

珍珍把糖给丁成功，一边留意看他的神情。丁成功竟是痛痛快快地接了，甚至把她的那两份也一并拿了去：“珍珍你不能再胖了，少吃点儿！”

“嗳，我这还有带给黑皮的呢。”

可丁成功已经拍上门了，好像忙不迭地就要去一心一意吃晓蓝的喜糖了。

事实上，就在前一天，他已经吃到这些喜糖了。但他还是想吃，像个从没吃过糖的馋鬼似的，一粒接一粒，迫不及待，他统统扔到嘴里，大嚼大咽。

……昨天的晓蓝开门见山，心情蛮好："我跟黄新领证了，不打算办酒席，就直接旅行结婚，等他公司的几笔业务弄妥，下下个月吧，到新马泰！你想想，这可是正儿八经的出国呢。"

"嗯，可不是嘛，挺正儿八经的出国！"丁成功跟着重复。

"不过，我特为来告诉你的，不是关于旅行结婚，是这个：我们以后就不再见面了。没意义，你知道吗，没有任何意义，纯粹就是浪费。"她像个铁姑娘，深思熟虑，那语气里的理性头一次令丁成功感到由衷的讨厌。

"你说……纯粹是浪费，浪费什么？"丁成功勉强追问。

"浪费，嗯……"晓蓝没答上，或是不想往下说。她的脸色蛮稳的，"总之，再不见面了。我发誓，你也要发誓。"

丁成功知道，晓蓝说到做到，就真的不会再来找他了，他们将成为无情人海中不通音讯的两粒小粟米。

"可能……可能最好再见一次。我替你准备了件结婚礼物的。"丁成功两只手分别摸摸口袋。这是他临时想出来的理由。晓蓝这样太狠绝了，没有这么办事情的，他和她之间不应当是这样的。他怎么喜欢上这样的晓蓝呢，挑男朋友、决定结婚、谈分手，简直就是立地拔刀、兵不血刃。

"哈，礼物！我能猜到，一定是玻璃做的玩意儿对不对？你说我要真收下了该往哪里放，黄新问起来我又怎么说，真得讲上几天几夜吧，最起码先得从我妈跟你老爹讲起……"晓蓝的话听起来多么无情，她笑嘻嘻的，有点轻浮，活像她真的攀了高枝儿。看看，她说变就变了。她把她的心给埋起来，再也不对他敞开了。

丁成功把手从口袋里拿出来，有些生气晓蓝关于“玻璃玩意儿”的猜测，可她猜得一点不错。他曾经总想着送她样什么东西，镶边镜子，天鹅摆件儿，花瓶，相框，琢磨来琢磨去。除了玻璃，他真就没想过别的。能有什么东西比得上玻璃呢，尽管手一松它就会碎了，可说到底，世界上什么不会碎啊。

“那也好。”丁成功忍住心口的疼，抬头看看天色。今天天气还可以，今天不冷不热。不远处传来人们的声音，他们在讨价还价，在为了无心的碰擦而用力吵架，真不错，他们活得热热闹闹的。

“其实我们也够本啦对不对，处了这么好几年，将来想想这些，也很不错的。下面就各人好好过各人的吧。”晓蓝到包里面翻翻，拿出包粉红色的喜糖，撕开，“来一颗。”

晓蓝剥开糖，几乎粗鲁地塞到丁成功嘴里——这是他们这些年来最亲昵的举动吧，托晓蓝的大婚所赐，托那位黄新先生所赐！丁成功细细品尝，真的，从没吃过这么甜的糖——接受这既成的甜蜜吧，像放弃本来就近似于无的财产。

只是，他想到一个问题，夜里睡不着时，他曾想到过各种疑问，这是其中的一个。

“嗯，晓蓝，我想问你。如果，假设一下，我们两家从来没有来往过，然后，我们就只是那种最简单的同学或是熟人啊什么的，并且，我当初也考上了大学，说不定就是你的校友或是同事什么的，而且我们不是在十字街上认识的，是在，嗯，其他什么地方，你说，我们会不会……我的意思是说，如果统统都不是现在这样，那我们……”丁成功含着糖块，有些口齿不清，眼神也不清，都搞不懂他到底想问什么。

晓蓝没有说话。过了很久，好像有人推着她的胳膊，好像有人在她耳边大声呼叫，好像有人在摇晃着她一生中这唯一的时刻，她有些不确定地往前凑近，轻轻地贴近丁成功。

他嘴里的糖块还没有完全融化，短暂如闪电的亲吻中，那破碎的甜味在两个人苦涩的舌尖上弥漫。

这天晚上，等送喜糖的珍珍走了，等老爹几经折腾终于熟睡过去，等黎明还没有到来，一直和衣而卧的丁成功蹑手蹑脚提起鸟笼子，走到空无一人的十字街，在厂区特有的腥臭空气里，放飞了那只跟了他八年的蜡嘴雀。

体形基本没变、好像跟当初来家时一模一样的小雀子惊讶而激动。它在丁成功附近的地面上弹跳着，又短短地飞了几圈，看到主人那瘦高的身影，正半仰着头，吹出它所熟悉的口哨，低低的，不成调，没词儿。蜡嘴雀一阵振奋，扇几下翅膀，像只被扔出去的火苗似的，消失到黑暗里去了。

丁成功目送着看不见的蜡嘴雀，决定明天就去办理辞职。

12

这一年的秋季，晓蓝在金光灿烂的泰国庙宇前与黄新拍照留念时，丁成功则日以继夜地扑在他的玻璃屋上。

他在十字街的尽头租到一间临街房子，拿出工作以来的全部积蓄，替自己张罗了一个闪闪发亮的玻璃屋——最起码得抓住玻璃吧。丁成功最终捣腾出来的这个玻璃屋拥有一个绝对虚空的底部，予人以一种悬浮半空并随时会消失的幻觉。

明显的，他并没有设计才能(他又不是黄新!)，也不懂任何力学与建筑原理。简直就像文盲写书，他冲动而固执地拆东拆西，完全不讲道理不计后果，把负责店铺装潢的小工头逼得半疯。最终，经过一番离奇的改造，这个破门面房被拦腰一分为二，成了一个危楼——

下面整个一层，从前到后从左到右完全地只用落地玻璃门窗与玻璃砖来作支撑，这里便算作是店铺。整个店铺里，从地面到隔断到货架到桌椅，无一不是透明或模拟透明的材质，加上所陈放的百来种样品，也套叠在各自的透明里透明着。要是有人从街前面看过来，绝对可以透过整个玻璃屋，影影绰绰地直望到街后面。

与一楼形成黑白之势的是扁扁的小二楼，相当低矮，四壁密封，供他生活起居，显然，这是他原先那阳台小屋的翻版。他白天置身于下面的通体透明，晚上则爬到上面的黑暗洞穴……丁成功的新生活就这么脚踏虚空地开始了。

关于店铺的经营，从执照登记开始，他就永远而唯一地只卖一种质地的商品：玻璃及其制品。钢化玻璃、磨砂玻璃、喷砂玻璃、压花玻璃、夹丝玻璃、中空玻璃、夹层玻璃、热弯玻璃、玻璃纸以及各种玻璃艺术品。他这“玻璃”劲儿隐而不发多年，一发便是滚烫，好像他前面这些年的压抑全都寄托到上面了。在这个尘嚣滚滚、物廉价美的十字街上，他的玻璃小屋像个不真实的、离群索居的存在。

对了，玻璃屋还有个特别之处：店铺招牌，这么个蛮可以弄些玄妙的地方，却只立了面阔大的镜子，雨天水流满面，晴天则蒙上一层灰，依稀照见电线杆与树影。

“这面大镜子，有什么说法？怎么连个店名都不写呢？”不同的人大致相同地一再这样地问他。

丁成功摸摸下巴，回答十分无趣：“因为总想不好店名。本想就放块大玻璃的，但太容易碰碎了，只好放镜子，好歹跟玻璃算是一家。”他抿住薄嘴唇，拒绝更多的解释。

最终，没有人再关心这个问题了，镜子就镜子吧，随他去呗。人们便用最为省事的玻璃屋来称呼丁成功的店铺，并且，这成了十字街上多情而无用的浪漫主义笑料。人们会在谴责某个人或某件事时这样提到它：“嗳，我说你这个人，你这是干什么？这不是跟丁家儿子开的那玻璃屋一样吗，中看不中用的，省省吧你就！”

当然，晓蓝不这么认为。四年之后，大肚子的晓蓝踏上通往玻璃屋的路。她满怀热望地相信，在丁成功的这间玻璃屋，她将获得前所未有的放松，微妙但最具真实感的抚慰……他们的好日子，将像熟透的果实一样饱含汁液。

13

丁成功从不知道，老爹丁伯刚对自己辞职、弄个玻璃屋怎么看——越来越没谱的醉意与失忆，使得他完全失去了作为一个父亲的价值。他从未打听或谈到过丁成功的这一系列动作，也从没踏进过玻璃屋。只是每天早上，他那例行公事式的"十字街穿越巡游"会比原来走得稍远一些，路过玻璃屋，目不斜视地路过。

那时玻璃屋一般还没开门，但丁成功因为失眠，早就下楼来，一个人静静地坐在最里头。隔着玻璃窗与玻璃砖看出去，正可以看到老爹丁伯刚走过去。他那邋里邋遢眉眼不清的样子有些变形，还有点五颜六色。丁成功懒散而疲倦地看着，嘴中竟会念叨出丁伯刚经常挂在嘴边的一段话，像相声里的小包袱：咱儿子啊，一岁会数数，两岁会背圆周率，三岁会背唐诗，四岁会读报纸……三年级，他拿起四年级的书就会读，初一，他拿起初二的试卷就会考……

但他从不出去打个招呼、搀老爹一把，他不习惯。再说，有珍珍呢，她就跟在后面不远，带着重任在肩的表情，远远地陪着老爹。包括老爹在急诊室的输液台上，于醉梦中吐出最后一口气，也只有蜷在躺椅上呼呼大睡的珍珍算是送了他最后一程。

……丁伯刚死去的这一夜，正如丁成功后来跟苏琴所隐约提及的，他差点就有了一个女人。未遂的精子制造运动所带来的生理疲惫使得他睡得分外深甜，并不知道他刚刚失去了当年为他的生命提供精子的人。

还记得玻璃屋门前的无字招牌吗——那面大镜子，照着来往的人，照着绿树叶黄树叶，照着没有了晓蓝的秋天与冬天，照着野马奔跑的时光……还照来了另一个姑娘。总是这样的，不管你要不要，生活它喜欢塞点意外的小东西。

玻璃屋对面，是家吆五喝六的“五元店”，旁边是山寨版手机卖场，再过去，是家杂牌的运动品专卖店，满目跳楼价，好像次日就要倒闭——那个姑娘就在这里打工。这姑娘一望而知，也许来自河南或安徽的乡下，从约定俗成的阶层观上来看，这些打工妹子比之厂区人又要跌下去一个台阶……显然，她非常务实，想在厂区把终身大事给解决了。她的方式挺有意思：最近以来，每天中午，放着她店里的镜子不用，偏要到玻璃屋这里照这面大镜子。

她的这个照，可是相当规模的照：从头发开始，两只手抚弄来抚弄去，卷卷发梢，或是绾到头顶；接着照脸，眼角，两腮的雀斑，鼻尖上的黑头，还有牙齿，像检查有没有卡到菜叶；接着是身段部分，侧面，背部，还有脚与鞋子……丁成功坐在店面的深处，玻璃什么都挡不住，他看得清那姑娘的意思。他感到沮丧，新生活这么快就来了吗？省省吧，他真一点都没兴趣……

不久，那姑娘手里多了块纸巾，她开始抹这面镜子。事实上，丁成功每天开门头一件事，就是搬出这面镜子、擦拭干净，它根本不脏——她在外面特别使劲，手脚没轻没重。

他这才不得不走了出来，缺少阳光的身子扶着镜子站定："嗳！行了！"

"行了吗？"姑娘抬起满是雀斑的脸，小眼睛笑得像个细月亮，非常勇敢地把她那点小意思像毛笔字一样大大地写在她脸上。

丁成功心中一阵搅动，多久了？从 2002 年分开至今，三年了，他从未再看过第二个少女的笑，可这个笑却又让他更加清楚地记起那个人的笑，清明的荒地里，那么灿烂而悲凉。

他怎么可能把她从生活里抹掉呀，这唯一的寄托。

丁成功态度突然很差："以后别再擦了。这镜子不稳，经不住。"

姑娘一愣，可她没话找话："这镜子一定很贵？我从小到大，都没见过这么大的镜子。要我说，你这面镜子，它不仅是整条十字街、整个厂区，也是整个城里最大的一面镜子！"像在用"不仅……也……"造句。

丁成功不作声。他替这姑娘心酸，她跟晓蓝，其实都是一样的吧，她们都试图借力于婚姻，哪怕她们可能并不爱对方……

姑娘又问："贵不贵？有多贵呀？"

丁成功只得开口："够你打工苦两个月的。"

姑娘接下来的动作可有点劲儿，她突然用脚一踹，哗啦，丁成功这面"不仅……也……最大的镜子"瞬间就成了碎镜子！"那我到你这儿打工，苦两个月赔你吧！"

丁成功站在碎镜子里，遗憾而沉痛地看着她，她脸上仍然写着大毛笔字，好感与冒险都写得那么明显，真是个错误的姑娘……这错误的人让他愈加想念那个正确的人，眼前的这个可能性让他更想念那个遥远的不可能。

“不要你赔了。”他干巴巴地说。

“那不行，一定要赔。”姑娘用手挠挠脸上的雀斑，蛮有把握地笑了。

她不是盲目的，她以一个打工妹的实用主义与蛮力气相信着，不要讲两个月，哪怕就两个星期，只争朝夕，她不仅会成为这家玻璃屋的专业店员，更将笃定地打下一个准老板娘的基础，真的，什么都会发生。一个抑郁闭闷的小老板，一个富有行动力的打工妹，在空中阁楼般的玻璃屋——每个人都在以不同的方式勾画着自己的命运，这是天赋人权。

那些谈不上有什么创新的过程就略去不谈吧，重点在于，就是丁伯刚永远醉去了的那个晚上，这个有想法的姑娘留下来了。她用丁成功给她的工资买了面跟原先一样大的镜子，并决定把自己和镜子同时送给丁成功。

如果事情就这样通顺、光滑地发展下去，并合乎逻辑地迎来一个缔结的婚姻与三口之家，将多么令人欣慰啊，就像丁成功与晓蓝曾经构想过的那样。可有些事情，其发生的同时就证明了它的荒唐，并令人更加沉痛地思念所有远去的亲爱。

……其实丁成功非常配合，衣服都脱了，也差不多让自己有些激动了，可天知道啊，他的身体像被打了麻药一样勉强无力，甚至连一个起码的搂抱都做不出来。最终，他狼狈地抓起衣服，缺乏风度地丢下赤裸的姑娘，一个人逃到楼下，坐到玻璃深处，浑浊的夜色透过一层又一层的玻璃，照到他身上。

他打量着衣衫不整的自己，打量着这没有任何快乐可言的生活，感到前所未有的难过以及对自己的轻蔑：怎么就搞砸了？想想晓蓝，她是那么勇敢地越过了她的困难，并代表他们去过上好日子了，他这一边，也应当顺溜地把生活也给解决了，这样才算真正的长治久安。

老天在上，你看到了吗，这段时间，他也在努力的，像身着单衣、赤手空拳攀爬珠穆朗玛峰一样的努力，想要对生活顺水推舟，跟这个照镜子的雀斑姑娘相好、过下去，慢慢胖起来、溢脂性掉发，跟老婆打架、骂骂小兔崽子，并在星期天带小兔崽子逛逛动物园……那样的生活他熟悉得很，十字街上遍地都是！其实并不坏的，他也是愿意的。

可是，更为顽强的结果就在这样的妥协与搏击中水落石出，他既骄傲又伤心地发现：他做不到。世界上绝对没有一个人能把晓蓝给代替掉。就是所有最漂亮的姑娘都排着队脱光衣服来示好，也抵不上一根晓蓝掉下来的头发。他与晓蓝之间的不可能，已经从根本上毁坏了其他一切的可能。当然，是他本人在纵容着这种毁坏，他是自织罗网的苦行僧。

……他嫌恶这样孤苦作态的自己，也嫌恶那摊在将来的、注定无趣的生活。

而“死”的念头，就在这个稀薄的凌晨，像黑暗中的火光，小而清晰地闪了一下——这样地活着，真不如死去了吧。丁成功吃了一惊，正待细细思量，突然听到屋外珍珍的声音，清晰得如耳边惊雷：“哥，快到急诊部去，咱老爹过去了。”

虽说第一个得到消息，但丁成功却是最后一个赶到的。他愣愣地加入寒碜的吊唁仪式，直挺挺地跪着，脸上几道被抓伤的血印，耳际还被揪掉一撮头发，似乎这是他为老爹所精心准备的送葬礼。

——离开玻璃屋之前，他到楼上一趟，推醒姑娘，请她不要再出现在玻璃屋。结果，那姑娘动上手了……丁成功一动不动，毫不抵挡，也好，就当是用另一场殴打来对老爹加以悼念吧。

伴随着哭诉与诅咒，姑娘四面八方地又抓又咬又踢，打得毫无章法。从这不成样子的花拳绣腿里，他头一次意识到，可怜的老爹是多么悲惨！像个孤独的刺猬，他徒劳地想对自己好，可那糊涂的老家伙不知道什么叫作好，他只会东一榔头西一棒槌地骂骂咧咧，不切实际地希望自己继续神童的神话、过上高级的生活。唉，现在好了，就是趴在他面前求他再伸手来甩上一个耳光都永无可能了……丁成功闭上眼睛，暗中把这个姑娘的小戳小掐加以放大，感受皮肤上麻辣辣的胀疼，一边想象着醉人的酒香，试图唤醒那些来自老爹之手的伤痛记忆。

14

毕竟中间隔了有十年多，丁成功第一眼差点没认出晓白。

玻璃屋平常少有客人，门庭相当冷清，厂区人至今不习惯他这个大冰块似的玻璃屋，总觉得里面那些闪闪发亮、纤尘不染的玩意儿，是完全不适合他们的。这样也好，丁成功倒喜欢这种寡淡的局面。他每天最大的事情就是拿块雪白的大抹布，不急不忙地把他所宝贝的那些玻璃制品轮流着摩挲、擦拭一遍。反正老爹也死了，没有人再介意他的发达与否并为之酒灌愁肠，除了珍珍偶尔来访时会煞有其事地人云亦云，提到什么成家立业之类的……

晓白走进来，一直走到最里面。丁成功以为可能是个好奇的外地人，路过时进来转悠一下，便只顾继续擦拭一个仿水晶的玻璃花篮，这个镂空花篮枝叶纤细，极易积灰。

来客停在他的背后不动，形成小小阴影。丁成功抬起头，愣了几秒，认出是变瘦变高了的晓白。

晓白站在丁成功一侧，倒退几步，又前进两步，既害怕又满意地环视着这片足以吞噬一切的透明，脸上现出感慨万千的敬意。“你真的搞了个自己的玻璃屋！老天，真不敢相信，太了不起了！”晓白两只手握在胸前，像是悲怆地反复感叹。

丁成功瞧着晓白。晓蓝的弟弟来了，他是晓蓝的弟弟。晓蓝，那个他永远不会拥有却覆盖并摧毁了他全部生活的名字。某些旧时光又如过山车般轰隆隆地来了，带着丝毫未减的愁苦与快意……得了，三十啷当岁的人了，怎么还这种样子！丁成功突然间满脸堆笑，寒暄着拿出玻璃杯子，忙着泡茶。

晓白一只手放在兜里，手心里一直紧紧攥着丁成功当初夹在旧衣服包裹里寄来的那张潦草纸条儿。那张纸条儿，他可真看了不少遍，尽管内容平淡无奇——晓白：这些神童衣服寄你，可任意处置。祝好运。丁成功。

刚刚出门时，他把这张小纸条找出来随身带着，好像这是与丁成功重新接头的一个必要道具。一路上，晓白为这个久别重逢准备了一句话："十年零八个月，你记得吗？就在你们家门口，我们大家一起分的手！我们两家，六个人，像一窝没心肝的蚂蚁那样分的手。"这样开头将很不错吧，真的，晓白设计好了——但此刻，丁成功这平庸的接待方式已经让晓白不再那么激动了。

晓白于是也寒暄着坐下，还叠着跷起了双腿（他没意识到，他这姿势，让丁成功惊讶得不愿细看）。他开口了，语气却一如当年那个小男孩的虔诚、热切："呃，你寄来有两年了吧，我一直好好保管着，租房子租到哪里都原封不动带着。这次回来，也一件不少又带回来了。它们现在全都好好的。"

丁成功点头，有点不再愿提起的样子："给你添麻烦了……还带回来做什么，我早就忘了，现在忙玻璃还忙不过来呢。"

晓白心里突然一阵难过，从进门到现在，他一直假装惊叹，实际上，他心里很空洞：丁成功变得真多！不是他在南方常常想起的那个保护神一般、热血奔流的"大哥"了，他这么平常了，有种暮气沉沉的散淡感，甚至连个子都变得矮了些。他其实不过也才三十二岁吧，怎么变成这样？

"就一个人？没结婚？"晓白明明知道，还是问了一下，像杀人前确认姓名。

丁成功点点头，没做解释，只把手里那块雪白的抹布抖开，看那里面的浮灰在光线里乱飞。

晓白把手心里的纸条捏成小团，再费力地在兜里打开、抚平，如是两次，终于鼓起劲儿：“我……回来，有件重要的事，就是向你，也是要向晓蓝说明一个情况。当初，我，在你们俩之间，无中生有撒了很多谎。她从来没有跟我说过她喜欢你，什么安全感、小礼物、长得帅等，所有的一切，全是我瞎扯的。”

丁成功一声不吭，他的老习惯，用一只手遮起眼睛。那抖着的白抹布停下来，浮灰却还是没有停，仍在光线里飘动。

晓白狠狠心，接着往下：“然后，等你这边起来了，我又到她跟前儿撒谎，说你多么多么喜欢她之类的，我添油加醋地形容你多么可怜，这样她自然会有兴趣帮你一把……我也没别的意思，人小、孤单嘛，想让两边再紧密再热乎点儿。当然，不久反而散了，我算是白忙一场……我最近才知道，你们当真了？尤其是你！晓蓝她很聪明，该干吗干吗，最近都怀上孩子了。可你这过的算什么？我今天来，就是要当面告诉你，不要把我的捣蛋当真，那就是个海市蜃楼，你该好好地过你的日子。”

“她要生孩子了？”这是晓蓝结婚后，丁成功第一次听到她的确切消息。上次在老爹的守灵夜，苏琴什么都不肯说，可她那表情让丁成功无法释然，心下如种下一块石头。但今天晓白的这个新消息，却也没能让这块石头移走，反而使石头裂成几块，各种滋味杂糅。看哪，晓蓝她都要当妈妈了。

“你看你，还在问她！你倒是搞好你自己啊！”晓白的难受也分成了好几块，内疚是一块，但失望与痛心更大。他想了想，勉强地给丁成功鼓气，“嗳，你从前不是最爱讲玻璃哲学吗？全是假的空的，你就要统统打碎这些幻象！要不然，我真会内疚一辈子啊。”

丁成功“嗤”地一笑，拿开遮住眼的手：“嗬，你倒拿玻璃来跟我说事了！其实，怎么说呢，当时那情况，我又不傻！我那个死样子，晓蓝她怎么可能真的注意到我？但是，我很愿意当真，因为当真了就特别舒服你明白吗？否则，我的生活里还有什么是有意思的？再说，你一定已经知道了，后来我们真的有过一段儿……所以，还说什么对不起呀，要不是你起这个头，我们不可能有下文的。所以，我反而要谢谢你。”他挺正经地对晓白道谢。

“可是你……她现在……”晓白直摇头，觉得丁成功实在糊涂得可以，晓蓝那儿都快生孩子了，他还这么忠心耿耿的，自己跟自己玩吗？于是换了个问法，希望这样可以让丁成功真正清醒，“你认为晓蓝会怎么看这个事？全是我两边瞎扯的？”

丁成功果然就慌了，眼看着他脸上冒出一层汗来：“晓白，不如，帮我就帮到底，不要再跟晓蓝说了！反正后来不都是真的吗，就让她以为一切都是自然而然的……答应我吧！”

晓白不作声，只点点头——回来之后，他已见过晓蓝多次，每次都害怕开口，以晓蓝那性情，真不知她会作何反应。但是，他回来，本就决意是要统统坦白的……算了，先答应下丁成功吧，他这样子，石头人也没法拒绝。

晓白转转眼睛，有点忐忑地想着，现在，可不可以谈另一桩事？他这次回来的另一桩事情。

张了几回口，却也想不到更婉转的说法，只是把语气弄得比较轻巧，像在QQ上打出几行快活的字："我到现在，也还是一个人。到底找个男朋友还是女朋友，我都还没搞清。你，呵呵，有没有什么好建议啊？"

丁成功"噫"了一声，端起茶来接连地喝，好像没打算回答。他拿起手边一个淡彩的琉璃饰品，对着光看了半天，又递给晓白，指给他看里面的流动与阴影，仍是讲他的老话题，大意是，玻璃多么多么的好啊，它可以解决和解释一切难题。比如，喜欢上谁或是被谁喜欢上，人与人交往的算计，成功发达的规则，索取和回报的交换等。这些方面，如果有什么想不通的，就想想玻璃，玻璃会告诉你，什么叫可望而不可即，什么叫他人与自己，什么叫熔化与变形……玻璃它绝对有资格发言的，它是1300度烈火焚心的，它有七十二变化，它知道退守与变通，实在不行，它也是先让自己粉身碎骨……丁成功讲得面容透亮，语调儿如传教士一般："所以这么多年，我就一直死心眼儿地崇拜着它。我是建议你，不管碰上什么事情，多想想玻璃，感觉会好很多的。"

一边说着，他站起身往店堂的那一头抹去了，好像就在他们讲了这一阵子话的工夫，玻璃屋里又被这个世界落下了一层灰……正午偏晚的光线里，各个角度的折射与反射形成千万条光柱，抽象与凌乱中，浮尘泛动，归于万一。

晓白抬头，凝望着在他整个少年时代占有特殊地位的丁成功。他那四处擦拭的单调动作里带着一种令人神伤的宿命感，可以看得到，此后的若干年以及一辈子，他都将在巴掌大的十字街空荡荡地度过……这让晓白涌起一股后怕般的庆幸，不管怎么说，自己还算是走过一些路、见识到一些不同的生活。

“你，就没想到过做些别的事情？比如开个出租车或别的什么工作的？”

“还真从没想过呢。玻璃是我唯一算懂得一点的东西。这听上去是不是有点可怜啊！”丁成功自己倒笑了起来，“其实也不见得的。‘多多’就是‘益善’，‘变化’就是‘好’。实话说了吧，你别再劝我了，包括女朋友，有过一个晓蓝，我这里就够了。”

晓白于是也陪着他笑了，心里一片酸涩。

“总之，那些小衣服，就继续拜托你吧。”最后这样加上一句，丁成功简直都有点心满意足的样子。

那就只能这样吧，再见，祝丁成功和玻璃……祝什么呢。

晓白告辞走了。

晓白不知道，他出去之后，丁成功站住目送了一会儿，确认他已经走远且不可能回转，他转身便收起了玻璃屋外的大镜子，不管外面光天白日，早早地挂上打烊的牌子，一个人爬到黑房间里，面朝下趴到床上。

直到这时，他那一直控制住、遍布全身的绞痛才真正发作，像是刚刚被一辆超长的载重货车从全身碾轧过去。

他的确谢谢晓白，但他刚才撒谎了——他太惊骇、太难过了。是的，他曾经对此事有过怀疑，也寻求过证据与细节，但经过谨慎的论证，他已经一一排除掉了，而一旦推翻，他便是全身心交付、忍受不了半点虚假了。

虽然后来他们已经真了；虽然这真的现今也一样地没了；虽然真的和假的从结果上看已经没什么分别，可他却感到绝望透了。他真的无法承受：这么多年，这唯一的、可以维系的美好情感，其起源，完全是无中生有。

他活得多像个傻子啊。他仅有的两样东西，玻璃是空的，晓蓝是假的。这样地活着还不如死了。

看，又来了，又想到了“死”。还记得上一次也想到这个事的吗？

许多人都曾在生命中的某些时候，有过死的念头。等到事情过去，大多会自劝自慰地继续向前。丁成功原本也跟所有的人一样，试图模糊、自欺着过去。但这会儿，当这“死”的念头第二次来袭，他却又因似曾相识之感而体会到一种特殊的欣喜了。

他趴在他的黑窝子里，用漫长而污浊的夜晚来仔细品味着这特别的欣喜。

15

这样的欣喜感一直保持到珍珍的来访。

那天有些燠热，一路跑来的珍珍头发汗湿，都贴在脑门上，圆脸通红。丁成功瞧瞧她圆滚滚没高没低的身子，想起不久前晓白带来的消息，感到有点凑巧：她们倒是差不多要一起生孩子嘛。也好。

尚未及细想，他就给珍珍吓了一大跳，万万没有料到，后者大老远跑来，竟一张口就跟他道上喜了，什么晓蓝将要送上门、白来的儿子、现成的一家三口子之类的。他有些气恼地盯着这样的妹妹，她什么时候能说点有准头儿的话呀。

她还在说呀说呀，唾沫星子都要飞起来了，从晓蓝四年婚姻一直说到她的怀孕与分居什么的，每一句都是感叹句："你不会相信吧，晓蓝是那么、那么地想回头来跟你过！你明天可一点咯噔都不许打！你想她多不容易，四年的婚姻！一下子完全扔掉！"

玻璃屋里静悄悄的，好像把珍珍的声音及其回声都吸收到那透明里去了，他都听不懂她到底在说些什么。

丁成功伸出手来捂了会儿脸，一边厌恶自己这个习惯性的躲避动作，但正是这股厌恶给了他点力气，他凭这点力气回绝了："我不会接受的。我不会让这一切发生的。"

珍珍来去鲁莽如风，如滚烫的致命的风，风走了，可丁成功却感到自己被深度灼烧了。心中的碎裂，比上次晓白来访更多出若干倍，甚至连关门打烊、爬上阁楼的动作都做不动了。

他听任玻璃屋门户大开，街上春风摇动，正是这个城市最明媚的季节，人们在太阳下走过，有跟过去的晓蓝一样年纪的女学生，也有跟现在的晓蓝差不多年纪的女人，有大着肚子快要生产的胖女人，也有弯腰驼背的老女人。他看着他们，却又什么都模模糊糊看不清爽。

他气愤得目不能视物。

晓蓝她怎么能这样啊。她这么不尊重她自己、不尊重他、不尊重生活。这一切不都是说好了的。包括黄新，是那样慎重而绝望地挑选出来的。她真要重新回到他这里吗，好吧，二婚、拖油瓶、玻璃屋老板娘，对了，还有那个宝宝，又将要重演他们的成长之路，在十字街的尘土里打滚，背后被人们指指戳戳……她如果能够冷静下来好好想想！

丁成功揩揩眼，视线稍好一点了，大街上的人影之中，竟似乎看到晓蓝了！她正回过头，冲他不以为然地抿着嘴，那种不认命的、藐视世俗的气息正是他最为陶醉的。丁成功为这个幻觉而自嘲，也为他刚才的愤然而惭愧——其实没什么的，只要她不怕，只要两个人一起，再说，这……并没什么见不得人的，这是爱不是吗？

丁成功闭上眼睛，尽量地让自己生发出遗世独立的豪情，可是，生发出的却仍是迷雾似的幻灭感。他不敢想象那样的生活：晓蓝真的来到身边，亲密地成为他的妻子！就像是一幅墙上的画，看了不知多少年，突然间它活灵活现、人物走下来活动，那种欺天盗日、大逆不道般的心惊肉跳……不，幸福不是用来得到的，而是用来想象和安慰的。如果他跟晓蓝，成为“真的”了，那就没有寄托了，生活就走到尽头了。

矛盾吗？的确说不通。丁成功觉察到自己在嘟嘟囔囔。他有点不好意思，慌忙站起来，走到门口，倚在那里，往街面上看。

黄昏不知什么时候来了，街面上的人看起来匆忙了许多，都在往各自的角落里奔走。隔壁铺子的老板光着半个膀子在洗头，老板娘在替儿子抓痒。丁成功跟老板娘打了个招呼，说她的儿子眼看着又长高了，八岁的孩子看上去简直像十来岁……这么说笑着的时候，丁成功心里清楚地觉察到，他的悲哀更加增强了，隔壁铺子的这个三口之家，这么个泼辣的天伦之乐的缩影，似乎可以推算出他与晓蓝以及那个宝宝之间的世俗结局……他不喜欢这个，他不能想象，这不是他与晓蓝之间的方式。

就像对珍珍所说的那样，他“不会接受……不会让这一切发生的”。明天，晓蓝若真来的话，就这么做吧。肯定会伤到她的，并且可能是极大的愚蠢，但他无论如何都要阻止她。

迟钝与苦恼中，倚在门口的丁成功回头往玻璃屋里看：昏黄的暮色照进了整个玻璃屋，光线层叠，阴影浓重，橙色与黑色的搏击之中，玻璃屋像个巨大的珠宝，流转着绝望的美。丁成功看得目不转睛，这样的美景他日日看到，此刻却另有所心得，他依稀替自己找到个化繁为简的解释：他的不能接受她、不愿得到她，正是他所爱她的方式，他只能隔着层玻璃去爱她，永远触不到的。这就合理了。

而死的念头，就在这个恍然大悟般的时刻第三度造访，丁成功惊讶地一愣，却让脑子转得更慢了：对待老朋友应当慎重一些，也许这就是最好的办法。

丁成功相当认真地想了又想，心里却又满怀着对晓蓝的不放心，以及一种奇特的同情，还有对她未来生活的遥望，甚至提前想到她的老境，当她偶然回忆起年轻时的他……唉，他是太自私了吧，留下她孤零零的一个。

丁成功在玻璃屋里转着圈，转了好几圈之后，他努力地又把自己拽回来了一点：不是还有玻璃的吗，也不能辜负它呀。

直到第二天下午的两点四十二分，丁成功最后的理由也失去了。他的玻璃屋、他的玻璃们，像是通晓人性般地，突然先他而去了，非常彻底，毫不留情，齐齐地死去，成了碎片、成了凶器。

在这之前的半个钟点，丁成功正度日如年、不停地诅咒自己的过分执念，他担心自己做不到绝情，又担心表现得过分绝情，有什么办法，可以既不伤着晓蓝，又能拦下她！唉，真希望可以立时死去，并把这颗绝望但依然忠诚的心掏出来扔到大街上！唉，她就要来了，他所有的感官都能闻嗅和觉察到：晓蓝正在向他走过来，满怀热切，盼望着可以从他们挂满往事的枝头摘下这唯一一串甘甜的葡萄……晓蓝的想法，美好极了，如同己出，那样真切地、同样"嘣嘣嘣"跳在他的胸膛里，他分秒难以忍受，听听，她越走越近了……

感谢老天爷，这么及时，他的玻璃如此善解人意，他真的没有白爱它们！它们齐心协力、示范般地自毁了，并形成一个晶亮的巨大洞穴，把他深深地埋葬，与外面完全隔绝。他没有听到外面兵荒马乱，以为这只是属于他一个人的暴动与逃逸。

其实这时候，他只是擦碰了一点皮肉，可是死亡的念头熟稔地最后一次光顾了，疾如闪电地光顾了。它水到渠成地就手替丁成功挑选了一根楔形的玻璃，并陪着他度过了血流汩汩的最后时刻，它还在丁成功快要失去知觉的时候，体贴地提醒他，用雪白的抹布遮住手腕，以便掩盖住这令人神伤的细节。

单行道

1

“4 月 13 日下午两点四十二分”，必须再一次复述这个时间，因为它跟所有的时间一样不值一提。人们总在各种不值一提的时间里做各种不值一提的动作，比如，抽根烟。

啪。一个细小的声音，十字街上的某个路人心不在焉地掏出两块钱一个的打火机，凑到他皱巴巴的“南京”烟上，一边捏着口袋里瘪下去的烟盒，胡乱想着，妈的，又一包快没了。

打火机的火苗只是像萤火虫那样闪了一下，除了老天爷，绝对没有任何人能够看到，但就是这个萤火虫，扇动起它的微型翅膀，轻而易举地点燃了已经弥漫整条十字街的浓郁芬芳，魔术般地引发出一个颇为华美的声光视听盛宴。从地下一直到地上，地火滚天雷、蛟龙缠玉珠，并伴随着震动耳膜的高音与低频、各种原声或拟声的音效。树叶、门窗、屋顶、倒闭了的报亭、葡萄酒广告牌、自行车棚、老人们的旧沙发、装着昨夜剩菜的冰箱、挂着手套的摩托车以及裁缝店里的塑料模特——整条街上的万物，全都拥有了变天大法。它们争先恐后以各种极其优美的姿势飞扬起来，有的瞬间无影无踪飞升至宇宙之外，有的在低空优雅地盘旋，有的粉身碎骨化作丝丝缕缕，有的崩出粉红的汁液，有的翻卷出白花花的羽毛。

最神奇的是那些恰巧路过或停在车边的面包车或是小轿车，本是硬邦邦的钢铁家伙，却瞬间被捏得皱巴巴的，像报纸团一样骨碌碌地翻滚在路边。从里面蠕动着爬出来的人无一不是浑身鲜血，活像在演电影似的呼天抢地。而作为背景的天空也非常应景地升腾起巨大的浓烟，灰色夹杂着橙黄色，慢腾腾地扩散、变形着，构成瑰丽的线条与色块……咳咳，这弃妇般的十字街，真令人惊叹啊，此一瞬间，这么地富有激情、这么地后现代派！毫无疑问，这个“嘀嗒”一秒，是十字街此生空前绝后的唯一高潮。

拖着八个月的肚子，晓蓝从市中心赶回厂区，正于此时抵达，有幸躬逢其盛，与十字街上的众人一起分享到这粗暴的、充满激情的化学气流，脖子上飞扬起来的丝巾被一根斜刺来的树枝划成两半。紧接着，这根树枝还翻了个小跟头戳到了晓蓝脸上，富有创意地在她白净的左腮制造出一个抽象的伤口，迸发出参差不齐的鲜红。

——如果不是出发前花了太长的时间翻找那条珍珍赠与的真丝丝巾，晓蓝应该早就到玻璃屋、见上丁成功了。但在这一天，晓蓝的节奏与智力都发生了可以理解的偏差：她就是觉得，在脖子里系上那条旧丝巾是件十分重要的事，无论如何得把它给找出来，再说既然已经南辕北辙耽搁了这么些年，再拖延片刻也无妨吧。她甚至有些恣意地沉浸在这最后的黑暗时光。想想吧，几个小时之后，一切将会截然不同。

她爬上爬下地打开所有的柜子门，总算在几件散发樟脑味的旧毛衣里发现了那条包装依然完整的丝巾，同时翻出来的还有几本大学时期的读书笔记，倒连自己都忘了。她居然还打开来匆匆翻了两页、读了几行，然后才拆开丝巾比画了几下，不满于上面许多顽固的旧折痕，又想着，应当用蒸汽熨斗给烫烫平才好。

如果，她真的仔仔细细地烫了，那么赌盘就又转到另一个数字上了，那条丝巾就会永远漂漂亮亮地系在她脖子上了！可晓蓝随即又否定了这个念头，责怪起自己的磨蹭，简直像个一辈子没出过门的老太婆，还是加紧的吧，快点去、早一点与他见面！

就这样，在那个被圈点过的时间，她不早不晚地出门了。

晓蓝身形庞然、手脚蹒跚，像艘迟迟起航的旧船，百感交集，思绪如钟摆，在往事与此刻的两极摇摆。她抚摩着腹部，从街道两侧的橱窗里察看自己。她感到，自己这肚子里，不仅仅是一个胎儿，还有她前面的三十年，就像一只蜗牛，走到哪里，都会驮着那些黯然的年份，每一步，都吃力地拖曳着背道而驰的泥浆……橱窗影影绰绰的镜像中，晓蓝渐渐走得迟疑了，涌上一阵心悸：真的可能吗，真的回得去吗？

2

怀孕之后，斗争着是否要留下孩子的时候，晓蓝曾在一个讲座上听过一位周姓教授的演讲：《社会各阶层状况及其分析》。那位尊敬的教授个子不高，南方口音，淡色的镜框，头发白得令人信赖。晓蓝没有能够听完，中途就溜了出来，眼睛里全是泪水。这位教授的斯文气派以及他那怜悯的语气，均令她非常地难过，像在大声地提醒她，到目前为止，她所得到的，不过都是作为失败者的收成……他说的是许多跟她一样的人，还是正是指的她？或者，她正是其中一个可怜可叹的典型？所有这些年，在摆脱既有命运、通往上一阶层的奋斗中，在“成功学”的压迫和裹胁下，她全副盔甲、羽毛纷张，与世界关系紧张，无数次鲤鱼跃龙门式地艰难起跳，一再地违心而行，直至践踏掉最后一点柔情。

某种程度上，希望生活蒸蒸日上、希望过上富丽堂皇的日子，这是一条普天大同的生存之道，像是一种愚蠢而固执的公共基因，奔腾在每个人的血液里——就包括红鼻头丁伯刚，他为何给儿子取名为“成功”并抓住那点神童旧事不放？包括黑皮，他对珍珍反复宣称的那狗屁不通的三代贵族培养计划。更包括丈夫黄新与他的朋友们，小公司要变成大公司，高级要变得更高级，有钱要变得更有钱。不管身在洼处还是已登云梯，少有例外，人们的想法如此简单、统一，像大型阅兵式上士兵们的高抬腿：要往上、往上走；要变好、好上加好。这是整个物质世界的最强音，震得每个人的耳朵嗡嗡作响——哪怕正是这阶层间的更替、掠夺与羞辱，导致了人世间一切的不满与不幸……

晓蓝总记得小时候的一个画面：市中心亮闪闪的大商场，隔着玻璃柜台，妈妈伸出手指慎重地移动……妈妈不愿意在十字街购物，宁可带着他们车马辗转一番到市里百货公司去，哪怕是雨衣或手套这样的小东西。他们母子三人，像一支小小的队伍，严肃地在几个商场间比较、选择。妈妈带着自尊、向往的表情，指点给他们看一尘不染的马路、两边的法国梧桐、斯文体面的行人、昂贵的电器行，似乎连那些欺负人的价格，也值得无声地赞赏：看看，这才是城市的上游，是一个人值得生活、应当生活的地方！

而她稍后所接触到的电影、新闻、小说、诗、流行歌曲，那里面的高雅与美好则予以她更强烈的刺激。她悲哀地意识到，这不仅是厂区或任何一个郊区的事，在全世界任何一个地方，只要有人类聚居，就都存在着这个古老却永远有效的问题。哪怕就是贵为全世界中心的纽约，曼哈顿上东区与布鲁克林区是可以写进议员简历里的；布鲁克林区适合不羁的艺术家；皇后区吗，或许只有那些第一代老移民们会勇于承认；“地狱厨房”克林顿街区一带，则声名寒酸得连流浪狗都羞于认领，虽然后者任何一家餐馆的特色甜点，都足够平壤市市民吃上一星期好菜好肉的。总之，随便什么啦，东部与西部，纯种与混血，上海人与苏北佬，就连同一头牛身上的不同部位，都会被主妇们赞赏或嫌弃……此类事情真可以说上三天三夜啦。就这么回事。不要嗤笑这种软弱，所有处在下风、满面尘土的人都尝过这种滋味……

晓蓝从不否认，她对自我出身的憎恨就在那时生的邪根儿，强烈得让她牙齿咯咯发抖。厂区、弟弟的死胖、与人同居的妈妈、酒糟鼻的准继父、异父异母的兄妹，所有那些平庸暧昧的言谈……都什么跟什么呀！她感到自己浑身长满倒刺，无法自控、总想发作！只要能够刺破这令她绝望的现状便好。

她挑了妈妈下手。唉，妈妈。

大学宿舍里，有天晚上，有人提起关于母亲的话题。像是相互攀比心理学常识，舍友们争相发表感想，母亲的影响，对峙的惯性，恶毒的青春期，虚伪的原宥与哭泣……忽高忽低的嗓音，她们说得那么戏剧化，有的还哽咽了。晓蓝反而保持了沉默。跟外人真能讲得清楚吗？就算跟自己，也难以说清吧。

……这些年，她与妈妈之间，有着太多的误解与较量，可能她赌气多些。可她真是在乎妈妈的，她只是气！她从不反对妈妈重新开始，可她那么标致的、干净的一个人，为什么要找丁伯刚那个烂果子呀，而且弄得那么鬼鬼祟祟的，这简直就是作践死去的爸爸、作践她自己、作践整个家。她太愤怒了，以致更激发了那种对洁净与正确的崇拜，一种冷冰冰的崇拜。谁也指望不上，只有靠自己，在翻腾的深水里挣扎、在被野草遮蔽的路口出没。她必须野心勃勃，无情而坚强地朝向她遥远的目标，把厂区及其破落永远地甩到身后，哪怕这是一条漫长而疲倦的失败之路。

但那件事——以丁成功来刺激妈妈，得算到晓白头上，是晓白那莫名其妙的鬼念头给了她灵感。

她一直记得晓白那处心积虑的样子，懒洋洋地倚在被窝上，拍打着自己柔软的胸部，他咂着嘴，有些神叨叨的：“你可不要跟别人说！丁成功那家伙，好玩得很呢，他有个奇怪的收藏：旧衣服，小时候的衣服，一件件全都留着，还说他自个儿是个大神童，你说怪不怪？”晓白假装透露了丁成功一个不可思议的怪癖，“更奇怪的是，他特别、特别地羡慕你！”晓白倒吸一口气，以制造效果。

“羡慕我？为什么？那真太奇怪了！”晓蓝扬起眉毛，一边噼里啪啦地收拾她的书，放出一点“我在听着呢”的意思。哼，死胖子，他这是想干吗呀。

“真的，骗你是小狗！他说你是他见过的智商最高、头脑最冷静、前程最远大的女孩子。对了，他还说……”晓白装作回忆，一边想着晓蓝最爱听什么。

这个小坏蛋，他在拼命组织词语，其实没事的，不必那么严密，不管他说什么，晓蓝都会“相信”的，她甚至也将“无意”地说出一些话来让晓白再传过去——晓蓝发现自己有点反常的兴奋，还有好奇，也可能是被“正确性”的努力弄得有些疲惫了吧，绝对没有人想到她会这样玩，不如看看会有什么化学反应：与一个提不上筷子的、毫无前途的吹玻璃工，并且还是“那边”的儿子。当然，怎么说呢，那个丁成功，的确有点不一样，是“值”得这么“荒唐”一下的。最关键的是，她发现，妈妈对此高度敏感、非常惊骇的样子。对啊，也让她尝尝这个滋味，当最亲爱的亲人作践自己，像个破罐子……

但随后所导致的部分：两个耳光、一个拉钩之后，妈妈竟然那样轻巧、毫不犹豫地与丁伯刚分手了！这震撼了晓蓝，她意识到苏琴深藏的狠劲儿，以及令人不忍的紧张感，那么不顾一切地扑向莫须有的威胁。其实丁伯刚也并不是那么糟的，晓蓝也从未想过要他们分开——从这时候起，一种欠债的、需要偿还的感觉，就成了她对母亲的主要感受。

是的，她当时答应下苏琴，从此远离丁成功……但只要是承诺，就总会伴随着逆反性的诱惑。也可能，正因为他是丁成功、因为他是最“不正确”的那一个。

嘘，还是老实交代吧！当终于摆脱厂区的泥淖、前景一片康庄之后，她为什么要重新找上丁成功？明摆着的，还丝巾只是表面的行动，“帮帮可怜的丁成功”更是装饰的小花一朵，最根本的动力像包菜心一样紧裹在最里头：她打心眼里喜欢这种逆行感、刺破感，明知不可为而为之。

所料想不到的只是，这次逆流而上的后半场：眼睁睁看到自己落入水中，陷入十字街，陷入了丁成功，与他裹缠进难以言说的寂寥与苦涩，一种从未体味过的温柔情感，好似微风入林，吹得她险些迷失方向。

是什么时候开始的？又如何解释这种感受？她与丁成功之间的性质在慢慢地变化——晓蓝发现，其实是自己更需要他！尽管有那么几个可供遴选的比丁成功要“优秀”得多的恋爱对象，可跟其中任何一个相处时，她总感到自己得踮起脚尖、装着精神抖擞，那可真耗人！也可能她根本无法洗刷掉城郊接合部的深色胎记，她就是个“上不了台面”的，在更优越的阶层面前，自卑地紧缩，像只小刺猬……只有，只有回到厂区的背面，在那粗犷的边缘，在这样的丁成功面前，她才会松下一直紧绷的脚弓，不必留意自己的出身状况以及出人头地的热切愿望，她可以厚脸皮坦陈各种势必会落空的痴心妄想；啊对了，他们还可以放肆而亲热地嘲笑厂区的一切，像是打骂自家的牲口！多么惬意啊，世界上能有这么个人，可以如此安逸地一起待在某个角落，忘掉红彤彤的进取心，无欲无求中懒汉一样度过时光，如同躺在一朵虚构的大白云里，进入停滞的、纯粹的化外之境。

还有可能，某种兄妹般的禁忌更从潜意识里增添了一种暗色调的激情。

……多少次，盯着丁成功平静的侧脸、下巴上一个不太明显的疤、发根下的青头皮，看他长久地抽着烟，喷出叹息般的细细的白，她会产生家人般的恍惚，可这同时却又会令她遐想到一种对称而轻佻的格局：丁伯刚和妈妈，丁成功和她。

有一次，不知出于什么鬼心思，晓蓝试图这样理顺与丁成功的关系：“其实，我们也算是一家人、是兄妹嘛！你不就是我的……成功哥哥吗。”哥哥！除了两家初见时，应妈妈的命令，晓蓝这样称呼过他，后来就再也没有喊过了。可是现在听听，成功哥哥，真面对面叫出声来，麻耳朵呀，既像兄妹，又像恋人，一种乱伦的亲昵……真是摇动人心。

丁成功把头扭过去，显得极不自在。晓蓝却故意地，再次轻声地喊："成功哥哥。亲哥哥。好哥哥。"

丁成功慌张地用手遮起脸，他看上去吃不消了，像是情愿休克在这一声里！唉，她就知道他会喜欢的，这样地唤他为亲哥哥。多么希望他可以抱抱她！

晓蓝迟疑着，主动往前凑了两步，近得都能闻到哥哥鼻腔里的气息了。但终于，她还是没有靠上去，她生硬地停在她铸铁一般的意志里。她清楚，一旦越了界，是再没办法收得回来的。这样的时候，以及其他一些时候，连她本人也为自己的无情所震慑，对成功和高级的向往像是具有邪恶的力量，使得她如此坚定地蔑视一切的柔情蜜意。她简直都怕了她自己。

过了一会儿，晓蓝恢复了端庄，像是突然想起来，慢吞吞地说："噢，你知道吗？我今年二十六岁了。你二十九岁了。已经差不多了，得正经往前走了。"

此后不久，晓蓝即决定结婚。这闪电般的速度可以避免一切冗余的犹豫与解释，尤其是妈妈。她不愿看到妈妈那客气的、欲言又止的模样。更何况，不过是婚姻嘛。

——在通往更高阶层的孤独之路上，晓蓝有着许多犬牙交错的矛盾哲学，其中有一条，随着时间的移动，越来越清晰：人与人之间所谓的爱，总是艰难和偶然的，是不可能改善生活本质的，甚至只能妨碍进程，使岁月更为沉重。与之相比，婚姻却可以，婚姻的门槛天生就是供人踩踏、供人合乎情理地利用。而且她相信，这一定不是她独有的想法，世界上有多少人可以发誓说，他或她的婚姻仅仅是为了纯真疯狂的爱？谁没有势利的掂量与比较？

……所以，在厂区那个挨着锅炉房的废模具车间，那个冒着白蒸气的角落里，她那么轻松地让丁成功来替她抽取一个丈夫。反正谁都是一样。同时，她还寄希望于时间。时间会像灰尘那样地，一层又一层地落下，富有同情心地覆盖并密封住她与丁成功的一切。

3

要说起来，丁成功替她挑得不错。

黄新，真算是不负期望的了。他与她，在价值观上是默契的，与整个时代也是默契的——婚后的这四五年，夫妇二人精诚合作、共同进步，可谓效果卓著：晓蓝调动到一个很好的重点中学，黄新的公司顺利介入政府工程，家里换成一个楼中楼的跃层，还在南郊购置了一个连排小别墅，并在考虑买进家里第二辆车……他与她，与他们的朋友以及他们的妻子，医生、检察官、财务总监之类，聊天的话题是网球教练的比较、最省心的理财投资、绿色有机农场购物体验、某家意式餐厅的特色菜，等等。这符合大众成功学的生活，应该还算可以的吧，可是，一种钝刀割肉之感却像阴影慢慢来袭，癌细胞般耐心地蚕食。

有一次，她跟黄新共赴一个需要携带家眷的高级宴请，什么青年企业家联谊会之类，所来的应当全是有为才俊、主流精英吧。整席酒饭，晓蓝就看着那些满面自信、故作风趣的人们忙碌着相互奔走敬酒，赤裸裸地表达同修共好、相互提携的诉求。他们那样优雅地分享并扩大着彼此的人脉资源，搭建着欣欣向荣、令人艳羡的专有平台；而作为家属，女人们则煞有其事地谈些关于皮肤护理、奢侈品、孩子的境外修学游等不痛不痒的话题，顺带着提及自己或自己男人某些值得一提的荣耀与名誉……多么熟悉的气息啊，这正是嫡嫡亲亲的欲望之味吧，难以摆脱、令人迷醉，尽管偶尔也会使人气喘吁吁、手忙脚乱，可总的来说，真如同万能的春药，所有的男女都因此容光焕发、相亲相爱……

晓蓝应付地拨拉着小盅的菜品，一边煞风景地想着——这富丽而快活的欲望大席面儿，每夜都在烈火烹油、鲜花着锦地上演，所有的灯光、杯盏、冰块、调料拼盘、酒的涟漪和即将被倒掉的菜肉，所有的元素俱全。正如在另一些地方，灯火摇动的阴影里，吃土豆的家人围坐在一起，沉默地吞咽他们的失败与饥饿，忍让着彼此的自暴自弃，勉力地相互取暖。

这里有什么问题吗？没有，当然没有。但她就一直想一直想，像有个乒乓球在两边抛来抛去，使得半边脑袋都疼起来，胃口全无。

回家的路上，黄新呼出一口酒气，排数着一沓刚刚交换来的名片，计划着下周有选择性地操办一个更加紧密的小型聚会，以趁热打铁，促成可能性的政商合作。

晓蓝开着车，附和着黄新，木然地瞪视着方向盘前。路灯下的斑马线上，夜风夹裹着尘灰，有人推着自行车一路小跑，两个外地人笑嘻嘻地啃着烤肠，一个瘦女人背着个鼓囊的编织袋。不知为何，她突然深感悲怆、浑身发凉，好像她是个冒名顶替的大骗子，她本不该消闲地这样坐在车里，而应劳碌无功地奔走在前面那个斑马线上！

就像另一些时候，当晓蓝与黄新、与他们其他一些朋友坐在一起，也常会涌上这种眩晕般的浮萍之感。她会伸出手来暗中触碰自己、掐拧大腿，惊惶地环顾在座诸位的面孔，她怀疑自己是一个虚假的批量复制的人。她跟黄新无关，她可以是在座任何一位男士的妻子，可以跟他们走进任何一个物管五星级小区，一排排相邻着的灰色屋顶下，大开间的户型，对讲防盗门的铃声，电视与沙发的距离、床的朝向、马桶的坑距，全是一模一样。她可以脱掉跟他们妻子同样高达六公分的高跟鞋，打开最新一期的铜版纸城市画报，喝下同一个牌子的牛奶，然后跟一个差不多的男人步入差不多的夜晚……

为何会有这种失心疯的感受，莫非自己那叛逆性的嗜血偏好已成了强迫动作！真难以相信，真该连扇自己十个大耳光，都走出去这么久、都用力地爬了这么高，她这不配多情的心，为何又坠入了回溯的旋涡，为何总魂不守舍于旧日的十字街？也许，怨恨与爱，本来就是混淆着、纠缠着的产物吧——她摆脱不了那个角落里的泪水与裂缝！以及那泪水与裂缝里蝇营狗苟、井底观天的人们，那些幼年的疤、黑暗中的梯子、踉跄的搀扶，一切被唾弃的景象。

……不，别再由着性子抽风了，就此打住、打住！眼下所应当做的，当然是继续面带安详微笑，佯装心满意足地一直往前。

是的，她有时会怨恨妈妈，好像这里也有她的错，虽然这并没什么道理。但她越来越少回厂区、回妈妈那里了，以避免跟妈妈交谈，她不敢流露出内心的危险想法，也不愿继续展示生机勃勃的假象。

怀孕是个偶然。偶然啊，真是生活里最上等的调料，可以激活多少寡淡的、濒死的残局。

一个早醒的凌晨，晓蓝侧身躺着，昏暗中，她睁开眼，睁得很大，盯着身边人，眼中所见，却是城北以北的十字街，昏黄的路灯，那灯光所照不到的角落，以及角落里同样睡不着的另一个人。她那紧缩、旋转的黑瞳孔，如同刚刚烧制出来的黑色玻璃，有着令人惊骇的温度，蕴藏着另外一个无法开放的空间——她不知道枕边人什么时候也睁开了眼，正难以置信地盯着她。她调整瞳孔，辨认出他是黄新、是她的丈夫，可是她无所谓地、继续公开着她冷淡的冥思。

她看到黄新带着友好的努力调整了下躺姿，使他的脸善意地正面对着自己，如果晓蓝这时候稍微假装一下，一切都还可以囫囵过去，像生活中以往那些游离的破绽情境。然而，不！在这个猝然而醒的凌晨，她又一次感受到内心里那钢铁一样的坚硬与执拗，她不想装了，她就要崩盘，就要这样视而不见地看着黄新：

她一点都不爱他，从来不。

那怎么办呢。

简直有点蒙太奇了。她的脑子突然往另外一个方向转去，并冒出个彩色蘑菇般、带点毒性的主意，一个可能是坏的也可能是好的主意。

黯淡的微光里，带着新鲜的力气，她如灵活的小兽一般地翻身到黄新身上，用肉的方式演绎灵的决绝与暴力……整个过程中，她一直瞪大双眼、目无所见地俯望着他，俯望他越来越迷惑的颤动，也俯望着即将到来的明天。以这个毫无掩饰的凌晨为始，以这猛烈冰冷的交欢为始，以一个刚刚获得的合法精子为始——给这悬浮的生活挂上秤砣，然后半推半就进入下一个公共程序，成为一个严厉的中产阶级妈妈，以教育孩子的漫长使命来闭着眼睛、厚着脸皮继续往前过，把“好生活”的接力棒再往下一代传，往金字塔的上方，追求更多的占有，人上人，更高级……看看，她多么无耻、狡诈！她不是出于情爱、性爱、母爱或任何一种爱才要的这个宝宝，她只是想借其来做绳索，好让自己更多一个道具，捆绑在这“正确的”方向里。

一个月后，她清醒过来，脑子里嗡嗡地，大有万劫不复之感，全身上下每一个器官都泛起了与早孕无关的恶心，好像随时都能把整个人呕吐到垃圾箱。她脸色苍白、如踩云雾地前往妇科门诊，想去预约人工流产。发抖的等待中，突然听到有人喜悦、粗鲁地大喊她的名字，跟多年前在师范大学的校园里喊她的那个声音一模一样。

4

大四上学期时晓蓝选修过一门行政管理课。这门课的教授口才雄辩、富有鼓动性，讲课时喜欢大段引用令人振奋的励志读物。晓蓝把那些排行榜热门书一一找来，终日捧读，奉为圭臬，并更加确信，成功是生而为人的唯一价值，其余皆为炮灰、不值一提。她甚至不大愿意做老师，而想跳到别的行业，开创新的局面，“挖掘潜能”，做一个“管理者”或是“经理人”之类……那几年以及随后的这些年，机场或书店，讲座或报纸，这方面的话题总是极为热门，不仅是她与她所认识的人，好像这整个代际都歇斯底里地迷狂上了个人奋斗与物质成功。直到最近，晓蓝才冷不丁回想起来，当年那位鼓吹成功的教授本人其实是个碌碌无为的庸者，学术上毫无建树，还经常挑逗地跟女生们谈人体之美。比如，关于大腿的性感标准，应当是夹紧膝盖之后，腿缝仅容两指，过宽或过紧都是不合格的……但这并没有让她瞧不起这位教授，相反，她有点模模糊糊地松了口气，并体会到所谓“成功学”的滑稽感与流行价值观的虚无。

啊对了，为什么要提到这个老师，是因为晓蓝一直记得这位老师某节课上所讲到的“鱼刺图”，又叫作“树图”。他在黑板上画出枝枝杈杈，每个分杈上用小框框标明各种参数的作用力，以及一些意外因素的干扰等。最终，所导致的结果或得出的结论，则是一个大框框……晓蓝带着嘲讽之笑回想起这张用彩色粉笔画在大黑板上的示范图。这个早已落后的管理学方法，她是用不上来分析一个项目或一个案例了，但用来分析她本人倒还是可以的——她怎么就走到了最后的大框框：拖着大肚子回去找丁成功？

“鱼刺图”可以倒过来分析。

第一根细而长的鱼刺，是她与黄新这合作式、社交式的典范婚姻，时时刻刻在戳着她。但要加个括号，公平地说明：黄新他没有错。生活的狡黠在于：彼处象牙，此处鱼刺。

第二根软软的鱼刺，是珍珍。

对珍珍这样的个人，晓蓝本谈不上多么的投机。唉，要在所有那些雅致的人们看来，珍珍，只具有中等偏下的智商、情商、财商等其他一切的商。她算什么哪，包括晓蓝自己，不也一直拿她当个小石子般、可以忽略不计的小人物！

可看看吧，她多像是一个粗鄙丰硕的女神，在那个阴暗的妇科候诊处从天而降，降临在晓蓝刀锋般的挣扎里，把晓蓝给拽了出来……那一段不好过的时间里，她哈哈大笑着列数丁伯刚的坏记性，夸耀黑皮浑身的破烂味道，亮出她那空荡荡的肚皮，并发表气势磅礴的婴儿宣言——这样忠贞的愚昧的对生活的挚爱，真让晓蓝震动、长叹不已。想想自己那些算计与折腾！瞧着吧，一无所有的人永远不会害怕失去，也永远不会失去。难道都抵不上珍珍一根脚指头？怕什么呢，就此去吧，离开黄新，放下这逾越得来的一切，放下这没有诚意的婚姻，从隔阂的优裕里出逃……

至于宝宝——把手放在肚脐眼偏左边一点，放两分钟，轻轻地拍一拍，里面的宝宝就会富有感情地、十分信赖地动一动了。珍珍说得没有错，这个生命，是她的血亲。

第三根鱼刺，不能不归功于晓白。

晓白从南方回来之后，他们姐弟两人见过好几次。

他们谈起过丁伯刚，后者去世时他们都没有去。他们聊了聊他美味的厨房以及厨房里那厚厚的、快要滴下来的油渍，他用厂里的下脚料巧手做出的渔网状铁丝窗户，作为"贿赂"的自行车与英汉字典，当然，还有他后来的一些失忆传说。也谈到妈妈对丁伯刚葬礼的全面张罗，他们不安地又有点热乎乎地承认：妈妈对丁伯刚的感情，比他们所能理解的，要多。但现在，随便什么觉悟都是迟了。他们在这个话题上沉默了好一会儿，好像在心里重新扫描、重新定位了一下丁伯刚与妈妈。

不过，晓蓝感觉到，晓白实际上想谈别的。他有些遮遮掩掩的，她熟悉他这个鬼样子。

"有什么，就老实说吧，不会是什么见不得人的事吧?"这天，晓蓝故意这样问。肚子不算太大，但还是有点碍事。她半躺着，正好可以看到沙发边晓白一个挺大的布袋子，他前面两次来看她，也都累赘地随身带着这个袋子。

晓白哂笑着摸摸下巴，倒也坦然："嗯，关于丁成功，以前我乱扯的那一套……现在想想，你当时就知道了，只是将计就计对不对？”

晓蓝摇头不答。果然，他是要说那些。唉，多远的事情了，真不重要了。再说，爱的起源也许就应当是虚构、误会、自欺与欺人。

“好在，你头脑清楚，拿得起放得下，跟黄新结婚就对了。”晓白的语气仍跟从前一样的老气横秋，“可是，你干吗又这个样子，还折腾着分居！而且，我听妈妈说，你结婚前跟丁成功又来往了一阵子。我跟你说，你头脑可不要犯糊涂！”晓白不满地环视晓蓝租住的小房子。

晓蓝冲晓白摆摆手，她不想听这些——现在这个局面跟丁成功其实是没有因果关系的。同时心里吃惊，妈妈怎么会知道她跟丁成功来往过的？她老人家这回怎么倒一声不吭呢。这样一来，她更不愿意回家了。

晓白闭上嘴，吭哧了一会儿，神情略有点别扭：“对了，妈妈她，就一直没跟你说过关于我什么吗？”

“没机会说，你知道的，我很久没回去了。对了，我最近的情况，可不要告诉妈妈，她会多想的。”

“唉，她恐怕想不过来了，我这里还有一摊子事……这样，我先从老山跟你讲起吧。”

老山，何许人也，晓白其实并不清楚他的来路与去程。就连他的年纪，是比晓白大上十岁还是三十岁，晓白始终都没搞清过。这世界上总有些人，年纪是不重要的，职业也是不重要的，重要的是他可以控制他周围的空气、人与事物。

老山看到晓白时，晓白整二十岁，毕业后分在当地测绘分局，一间朝北的绘图室里，已经待了两年，那放大与缩小的比例尺、河流与街道的精确定位，传递着人生一切到此为止的禁锢感。他觉得自己就是一块按“1∶50000”缩小的石头，扔在这无人知晓的城市，被异乡的青苔覆盖。他努力过的，试图结交朋友，可他由衷地厌恶女人，总记得她们在他身上乱抓乱摸、一边啧啧有声的情形，包括妈妈或姐姐，她们经期的腥气飘满了他的整个少年期。至于男人，更糟，他们总无所顾忌、淫邪地谈论异性，让他条件反射地想到那只窗户里的“手”，恐惧感挥之不去……走在肤色偏暗、个头精悍的南方男人当中，晓白那么胖，且白，那四顾茫然之态，像极了一只临时寄栖的鸟——起伏的人群中，他那弱者的乖顺气息，会一下子吸引到强悍的人，并想伸手去抓住他。

老山用下巴蛮横地朝晓白一抬，然而那声音是柔和的，令人迷糊：“跟我来吧。”老山笃笃定定地看着晓白，把他从大街上引进帕萨特。老山长相斯文，较瘦，手腕上两串细腻油光的珠子。

他并不急着跟晓白谈话，只一心一意地开车……晓白默默地坐着，偶尔侧头看看老山，更多的时间，是看外面的万家灯火。有种被施了麻药般的懒惰，放弃意志吧，无须甄别也无须思考，就直接服从面前这个人好了，一种浑厚的依靠之感，他从此都不必再操心人生的投靠与归属……这可能就是那条他注定要踏入的河。晓白安心地闭上了眼睛。

心理诊所里，面对医生的催促，晓白不得不多次回忆当天的情景。迎着对方不可思议的眼神，他自己也觉察到几分荒诞与拙劣——人与人，如何能以这种轻率的方式结交。

这不可能！医生玩弄着手里的笔，尽量耐心，肯定还有别的细节，你再想想呢？晓白沉默了。每次的心理咨询总会在此处卡壳，他试图追根溯源，那个瞬间，为何毫不犹豫地就迈向了陌生的老山……

但晓白很乐意转述接下来的画面：老山带他进入了一个堆满巨大沙发与巨大床铺的房间，打开一盏红色偏黄又带点紫的小灯泡，照在脸与身体上，隐约而妖娆，凸处与凹处都被放大。他跟晓白解释，他以前做过摄影，一直喜欢这样的暗房光色，“你看，我们像在这些颜色里游泳似的。”老山温和地说，一边抚摩晓白的脖子。

晓白盯着心理师，用较慢的语速强调：“但我不行，我一下子就让开了，被烫了似的。我根本不能跟他那个。”他满意地看到后者陷入困惑。

晓白一般就在这时候，再重复一下他的求诊诉求：“但我也同样讨厌女人的身体。我就是想让你瞧瞧，我到底怎么回事。”

老山后来又试了几次，都遭遇到了晓白的排斥反应。他非常可惜地拍拍那些沙发：“看看，这么软，这么大！够我们打好多滚儿的。”

最后一次送晓白走，老山拿出一张银行卡，用卡片敲敲晓白肉鼓鼓的臀部："去吧，这里面有些钱，去找医生聊聊，聊顺了就再来找我。你不知道，我有多中意你，我不会看错人的。"

但晓白随即就从手机里删去了老山的联系方式，他既依恋又怨恨老山，因为老山堵住了他本来以为行得通的一条路。接下来怎么办？到底该站在哪个队伍里？

看心理医生的滑稽过程就是此后开始的——某个医生主动打电话来，用很当回事儿的口气约他见面，晓白结结巴巴地没有能够拒绝，因为对方提到了老山的名字。那好吧那好吧，晓白妥协。可这一去，他妈的，晓白发现自己竟喜欢上了这件"可爱的"事，他有事情忙了。他像对待工作一样庄严地对待他的"心理问题"，他很喜欢被逼迫着询问的那种感受，说得不要脸点儿，就像被逼着解大便似的。他涨红着脸，往事就像便意，逼着逼着，就一点点冒出来，这次冒一小截，下次再冒一小截子。

嘿，他们可真会分析！他还真不知道，原来自己肚子有这么多货色。他从小受了那么多伤害啊，的确是个小可怜儿呢。他缺爱呀，不仅缺父爱缺母爱同时还缺所有的爱，他压根儿不知道什么叫合家美满，什么叫友谊万岁，什么叫姐弟情深。他从来就没有安全感啊他需要被关注啊——听听，他们那么一本正经、头头是道，用慎重而科学的语气……每当眼前的这位慢慢有些颠三倒四、理屈词穷时，晓白就会体贴地决定离开，寻找新的医生，从头开始挖掘深藏不露的各种便意。

那一阵，他几乎成了一个著名的无名病人，一个令所有诊所都满意的模范病人。他的一切症状都那么典型，他那么热切地涨红着脸回忆屁眼大的鸡毛蒜皮，他熟悉并配合一切的推理流程，跃跃欲试地尝试西方传来的各种新测试，从不拖欠任何账单……在此期间，倾吐与排泄似乎还产生了最高明的药理作用，晓白那一身肥膘开始慢慢消退下去，老天爷啊，他开始瘦了！就像第二次发育，他在消瘦中显得高了，眼睛从肉洞里出来了，下巴有了棱角，原来的肥衣服晃晃荡荡地挂在身上，像个不走运的艺术家。

他有些恶意地想，如果老山看到这个结果，可能会后悔他留下银行卡了。

晓白在南方的最后一位心理咨询师是个难看的瘦女人，一嘴被烟熏黄的牙，却拥有崇山峻岭般的自信。她扔给晓白一大堆色情图片，像生词卡片一样让晓白从各个角度进行分类，人种、肤色、毛发、手指或者器官特质、性交形式等，态度苛刻而顶真。她死死盯着晓白，记录他在每一张卡片上停顿的时长。她不停地取下、戴上她的宽边眼镜，追问一些古怪的问题："你感受到什么？下体是否发紧？口干吗？有口水？你最讨厌哪一张？如果要找个大明星做伴，你要谁跟你一块儿？对这一张，你兴奋，还是讨厌？"

晓白不习惯这样，并感到心力交瘁、摸不着头绪，他多么喜欢从前那些小夜曲般的心理分析。这个既难看又难缠的女人！

最终，女心理师掷出她的半截铅笔，以权威的口气宣布："其实，你只是心理哺乳期阶段的同性恋，你对同性和异性的厌恶都是出于意识惯性，但成年后的身体有着独立的进程。因此，你现在的情况就是，你生理上的发育与需求已经来到了现在，可你的心理欲求还固执地停在过去，明白吗？所以，就慢慢等着吧，也许不久，等它们同步了，你就将回到我们这个平淡无奇的大阵营里来！”

她慢慢转动着桌子上一个巨大的密布着各种符号的金属圆球，表情狡黠，突然冲晓白眯起眼，像射出一枚暗器：“不过，小家伙，刚才那些都不是重点。这个球告诉我，在你心里，扛着个很大的负担，你是否……曾经捣蛋搞过什么坏事，并且后果不太妙？嗯，你必须把那个解决了，才能走出你的哺乳期。这样吧，我们下次见面就谈谈这个！”

晓白脸色蜡黄地走出诊所，潮湿的空气如裹尸布上身。他不想再见这个女心理师了，他有点害怕她桌上的那个金属圆球，那女人转动着、看到了什么，然后停下来责问他。可是，不应该呀，所有的心理师都认为是他们亏欠他、所有的人都对不起他，他们统统不关心他！

这天晚上，晓白躺在床上，燥热极了，像是躺在一艘漂浮起伏的海船上。

这几年，厂区不断传来各种消息：改制、下岗、居委会、结婚、破烂大王、失忆症、玻璃屋等。筛选掉那些他不在乎的，有两个消息他感到很是刺耳：丁成功的辞职开店与晓蓝的闪电结婚——他的敏感一如当年，这两个几乎同时抵达的消息传达出一种危险的关联，让他极为不安。当然，他可以继续做鸵鸟，把头深深地埋在南方，假装事不关己。可这个女心理师讨厌地跳了出来，她让晓白像个半夜睁眼的人，突然被刺眼的记忆所照亮，有如恶疾发作。

……清晨醒来，他发现自己掉到了床下，斜着的腿正抵着床下的一排包裹——那是丁成功在开店前寄来的小衣服，他感受着脚趾被挤压的疼痛，使劲地再挤，让脚指头一再地疼痛，心里浑浊得像泔水！真如那个女巫的诊断吗？他应该回到老地方，去寻找一个匹配的参照系，重新校正自己？

离开之前，还有一样东西千万不能忘掉。他拖出旧箱子，翻出当年的练习簿。十几年过去了，它们已变得既黄且软。他突然间视线模糊，不敢翻开阅看，只急忙忙、粗手粗脚地抱起它们，像抱起那一沓庞杂细小的往事……他龇牙咧嘴，倒吸着气，哪里疼似的。

他把练习簿与丁成功的旧衣服整合到一处，结结实实装进了一个最大号的编织袋。

好像为了更进一步加以佐证，顾不上漫长追叙之后的口干舌燥，顾不上这次的谈话已将近凌晨，晓白从沙发边那个大布袋子里掏出练习簿，那手像是折断了一般地，僵硬地把它们一股脑儿推到晓蓝面前。

夜色浓重，四周寂然，大概半城的灯火都是黑的，简直分不清这是何年何月。晓蓝很疲惫，有点坐不住。她用一只手撑着酸胀的后背，一边透过泪眼去翻阅：厂区的空气、阴阜图、窗户上的手、星期三的无字、令人饱撑的食谱……

心疼而抱歉的泪水像溪流那样流淌。为什么早没有想到，晓白不是无缘无故撮合她和丁成功两个的！可怜的弟弟！六个人里，恐怕只有软弱的他，是这样满腔热血地对两边的家寄托了爱的厚望。她徒劳地愧疚于往昔，如果她当初对晓白多一点注意力，如果表现得像一个真正的姐姐，哪怕是凶巴巴的训斥，他的今天应当有所不同，最起码不会随随便便就跟着个大街上的老男人走吧！

……记得，有个星期三的晚上，晓白突然在半夜醒来，扒着床沿像树叶子般发抖，抹着泪花儿向她讲述一个梦。梦里，某个人让他喊“爸爸”，他满头大汗，翕动着嘴唇努力，却难以置信地发现，他发不出这个音，好像这完全是门外语，与他的舌头不配套。这太糟糕了，他曾经有一个爸爸，并曾经喊过许多遍不是吗？但是，爸爸到底是个什么东西，他怎么全然不知？“不知道就对了！只管喊就对了！”陌生人刺耳地大笑，像耳光那样直打到脸上。

含混不清的复述中，晓白抽搭搭地哭着，像被悲怆淹没了，他裹着被子可怜巴巴地请求她讲讲爸爸。

晓蓝记得，她把床头灯的罩子转了转，使得光打到屋顶上，弄得小屋子里气氛有点怪。她看着那簇光，答话里带着小小的骄傲：“切！你那时太小，他又住了一年多的医院，你不可能记得他！告诉你，我们家就只有我在真正想着他，时时刻刻！这些年，我一天都没有丢下过他，包括到‘那边’去，我都把爸爸放在心里带着！我看到什么、想到什么，都会跟他说的！”

晓白被晓蓝的话所震慑，他羞愧地轻轻地追问，像打听一个刚搬来的邻居：“那么，他到底是个什么样？”

“嗯，他皮鞋黑亮亮的。他会说俄语，总爱教我舌头如何打滚发出那种音，要知道，那很难，可我学会了！他会踩缝纫机，照着服装杂志上，他替我做过一件粉红滑雪衫，我们学校第一件滑雪衫。他还会吹口琴，我睡觉前，他吹给我听，越吹声音越小，然后我就睡着了。嗯，他晚饭后最喜欢带着我们散步，讲笑话……”晓蓝好像有个关于爸爸的大仓库，随随便便就拖出几样存货来。

“爸爸喜欢我吗？”晓白小心地打断。

“嗨，别傻了，你连他讲的笑话都听不懂，什么地方应该笑都不知道！”

现在回想，像一个冷冷的第三者往回看，旁观自己那眉飞色舞的模样。她十分清楚，那里面有不少细节属于胡编乱造，这是一个固有记忆加上自由虚构的爸爸，以便于她随时增减、独自占有，这一直是她独自悼念爸爸的方式。她喜欢给爸爸增加一些更高雅、更亲切的细节，这会使得她孤独的追求有点渊源，不那么突兀……她扬扬得意地展示着，带着愉快的残忍，瞪着一无所知的晓白，满足于他的隔阂与沮丧。谁知道啊，也许正是这些无意中的冷淡力量，把弟弟推到了最顶头的墙角。

难道不敢承认吗？不止这一次，也不仅止于晓白，这么些年，她一直秉持着这种粗暴、强硬、理所当然的自我中心主义，好像他人的情感与悲喜都是可以忽略不计的，他们只像是植物或家具一样，其昨天、今天与明天不可能有任何质的变化，只有自己出人头地的“奋斗与成功”才是唯一具备价值的主题。也许，可以推卸责任般地反刍一下爸爸的早逝吧。一个有爸爸罩着、疼爱着并可以时常撒娇的女儿，绝不会有着这样冰冷冷的心肠，硬得像块生铁，硌着了身边的每一个人，也硌着了自己。真是可怕，还来得及吗？宁可一无所有，宁可泯然众人，她只想做个有泪水的、知道冷热疼痛的人。

晓蓝把那些练习簿整理好，一本本重新摞得齐齐整整：“小家伙，你的那个……事，是小事情，不算什么的。不就调个落差嘛，我陪你，我比你更没个准，正好也要调！总之你放心，随便怎么样我都在你这一边。你就等着瞧吧，我会很漂亮地重新做个好姐姐的。”

晓白握着两只手，垂下眼皮，显得好像无所谓的样子。他把练习簿一本本放进布袋子里，口气重又变得老里老气了：“最近回家一趟吧，跟妈说说你的事。我们不能两个人都背着她。还有，我们的房子下个月就要拆掉了。”

晓蓝伸出手去，隔着碍事儿的肚子，轻轻抱起她心爱的弟弟，好像他还只有八岁，好像他们的父亲才刚刚去世——晓白感到他的后脖子落下一串滚烫的泪水。晓蓝在喃喃自语：“你现在应该明白吧，我为什么要离开黄新，跟你一样，我也是在找我自己，但愿还来得及，我要诚心诚意地做个好女儿，做你的好姐姐，将来，还要做个……好妈妈。”

“那你不做个好妻子吗?”晓白马上机灵地反问。

晓蓝愣了一下，露出一个犹豫的、遐想的笑：“那要看呢，有机会的话。”

到晓白走后很久，站在窗前，看着慢慢亮起来的城市，看着渐渐有了轮廓的城际线，以及一群早起的飞鸟，晓蓝忽然有些激动——真的，她是完全地下定决心了，往回走，把丢失掉的东西一一地捡拾起来。她甚至想到，这对黄新也是公平的，他也应该另找一个全心全意的像样的好妻子。

……但到这时为止，上述这几根鱼刺所导向的，也只是离开黄新、做单亲妈妈而已。毕竟，她还是顾忌着妈妈，也顾忌着生活本身，她不愿动作太大、再次越过丁成功这条线。

直到第四根鱼刺短促地加入，刺得血一下子冒出来：与老屋的雨中告别。

是的，她还是没有做成好女儿。可能跟天气有关，暴雨助长了她们的愤怒、淹没了她们的理智，同时也浇灌着那越来越沉重的亲人之爱——她与妈妈见面不过半小时，但吵了有二十分钟。关于丁成功的事，她们这次说得很发狠，也很透彻了。

晓蓝不理会晓白失望的呼喊，在雨中转身快走……离开老房子、离开妈妈越远，晓蓝就越是明白，刚才自己所说的都是赌气话，就算不管对妈妈的承诺，就算丁成功当真接纳，那样的组合模式也是高危的、疯狂的！可是，真要怪那样的鬼天气吧，头顶上暴雨如注、血液里大江奔流，她清楚地感受到，那股魔怔劲儿又上来了，往事泛滥，激情如闪电，有什么不可以，不是想好要做个有情义的人吗？不也幻想着做个好妻子的吗？就这样老老实实挺着肚子去投奔丁成功吧，不管她将要得到的是背影还是怀抱。这就是命运，她注定得跟它玩高难动作。

可以庆幸的是，不管多么鲁莽的决定，都有珍珍在后面撑着呢，因为她还有个更夸张的假肚皮需要解决！说真的，她都可以想象出那个画面：她与珍珍，一拍即合地达成约定，像两个不怕死的战士，分别抱着她们一真一假、炸弹般的大肚子，向左走，去找黑皮，向右走，去找丁成功，各自寻求修复和赎罪的可能，祈求爱的怀抱……

众鱼刺所指向的根部，就要在面前打开了。

5

爆炸气流所造成的后果之一是不可计数的玻璃制品的破碎，无数的人家失去了落地窗、封闭阳台、浴室移门，以及电视屏幕、酒瓶子、玻璃餐台、大花瓶、水果托盘、鱼缸……离核心最近的几排临街房子，其所有曾经起到遮羞作用的玻璃门窗都被齐齐地抽空，以致变成了一个真人版的摄影棚。站在十字街上仰观，就像面对一个巨大的集体表演墙，可以毫无阻挡地看到各家的住户在门洞大开的房间里叠内衣，在布满油垢的厨房里剁肉骨头，在阳台上捆扎旧报纸——真有趣，他们简直像是赤身露体。

在此后长达一星期的时间里，整条十字街上的人都在哗啦哗啦地扫玻璃，他们的姿势优美而随意，看上去像在扫鞭炮碎屑，一边扫一边还兴致勃勃地谈天说地，交换各自的最新见闻。关于爆炸的影响区域；关于伤亡的真实人数与媒体公布人数（尤其若有某人的熟人在其中，那就更加带劲了）；关于事故原因的调查；关于损失情况的估计（数目一次比一次大，简直像是吹牛比赛，比手画脚越说越带劲）；关于某位作为替罪羊的小官员，及其将要保不住的职位等。由于多次的交谈，就是那些妇孺们都能把“丙烯气体泄漏”“拆迁工程多次转包分包”“地下管线图纸缺失”等这些典型的媒体用语都说得像是菜篮里的黄瓜与苦瓜。

而关于造成事故关键的地下管道，人们更几乎是炫耀般地，指出这是只有厂区独有的品种方面的丰饶，其复杂缠绕程度绝对堪比女人手工编织的毛衣花色，拧麻花或是格眼网。那些管子们可忙得很呢，有的输送乙烯、丙烯、氯气、玻璃水、橡胶水之类，有的负责天然气或是柴油，有的则是排放甲醇、二甲苯或是废气废油废水什么的。他们想到什么，便胡乱添上什么。哼，别处的地下能有什么哪？最多就是自来水、电话线和煤气！想想看嘛，那些挖管子卖管子的家伙，真让人眼馋死了啊，听说一挖就是大几吨，就算要各处孝敬打点，也足够肥，能撑死的了！不抢着挖简直就是傻子嘛！所以千怪万怪，只能怪那个在十字街上点烟的冒失鬼，没的说，他肯定给炸得赤条条、碎拉拉的！人们倒吸着气，想象那个家伙的最后惨状……当然，他们最终的注意力在赔偿标准上。

——据说，每一平方米玻璃将要赔偿到一百多块钱呢！比市场价都要高，这倒是划算的。听说，有些精明人把没有破的旧门窗也赶紧砸了呢！

——嗬，那这么说来，有个家伙可要赚翻天了，丁家的，那个开玻璃店的！他妈的从前到后、里里外外全是玻璃，可不就要大赚一笔了！比他做生意要强多了！我看他一年到头也开张不了几笔的！

——哎哟，你还不知道吗？那倒霉的小伙子没了。你想想，他那整个悬空的玻璃屋，爆炸开来还了得，再说，他那个位置正好在街最顶头，离那个泄漏的地下主管最近。可怜，听说还是个单身汉！

当十字街的玻璃屑在人们的扫帚下跳舞并发出清脆的声音时，晓蓝却在一个深渊里跳舞。整整五天，带着左腮上一个清晰如花体签名的红色疤痕，她在一个类似死亡般的地带里进进出出。

她的意识指针在爆炸的瞬间停顿了一格，然后，又平安无事地接着往下走了——当然要往前走了，出什么事都得去！能走出这一步，真是不容易的，就是落血下刀子，她也得去找上丁成功啊。

她看到自己顺顺当当地来到了丁成功的玻璃屋，却又胆怯地停了下来。她在门口看到一面大镜子，便停在那儿，照了照，整理了一下头发及脖子里的旧丝巾。不知为何，那镜子里的人看上去有点悲伤、不大自信，她冲镜子笑笑，鼓励自己：不如，一进门就紧紧抱一下他吧！真的，她与他，还从来没好好拥抱过呢，这次一定要好好地，往骨头缝里抱，咯咯作响地抱，像溺水般地抱。借着拥抱的机会，她要对他轻声耳语，像个挚情的恋人，说出她能想到的最好的情话，所有这些年被她压抑掉、屏蔽掉的热爱与渴求，都要一字不落地在耳边倾吐给他……

晓蓝吸了吸腹部，惊讶地觉察到自己竟是个孕妇，正挺着个大肚子，活像个卖气球的女人，浑身上下都十分碍事，好像被气球给包围住了。这样子，多丑，而且不方便抱住任何人的！哦，真气恼啊，急得眼泪都差点淌下来了，她要还是个苗条的姑娘多好，要是一切还跟从前一样多好！她二十二岁，或者，再早一些，她刚刚念大一，那最好的时候……

最终，晓蓝发现自己什么动作都没做，平平静静，只像是一个回家的人一样，去推开玻璃门。她记起了结婚前与丁成功的那些约会，他们一直都尽量保持着一种平淡、节制的心境，像是从正在干涸却永远也不会真正枯竭的河里小心掬取当下的一刻。

她的手刚碰到门把手、就要推动的那一刻，却像是触动了什么按钮，玻璃门自动打开了，她跨进去，发现自己踏入了一片无边际的白净沙滩，周遭忽而大雾弥漫，忽而蓝空如洗，杳无人烟，根本就看不见丁成功。为什么，他应该在这里等她呀，她这么满怀期望而来、千辛万苦而来，她渴求着马上要见到他！

难道来得不对吗？难道他不愿一见吗？

晓蓝浑身空落落的，下意识一直地使劲儿地往深处走，一边极目张望，脑子里却莫名其妙地想到了属于爸爸的那个小方块，“润阳区五楼8室64503号”，在那里，她曾参观、熟悉了那么多的死亡，像早就预习了关于死亡的功课……还有，在丁家的那个乱坟堆，她记得当时自己有点畏缩，总感到那些寂寞的坟在向自己点头问好、发出邀请。幸好，丁成功带着她和晓白，他们三个，呈“之”形，走在春天的暖洋洋里，走在最贴近死的青草里……为什么会想到这些，莫非这会儿就是在通往死亡，如此之亲切、宁静？

死是没有关系的，她从来不怕，死并不是消失，只是换了一个地方待着，只是睡在亲人的心里，就像爸爸一直睡在她的心里，就像“爱妻黄秀明”睡在丁伯刚心里，每个寂寞的亡魂都会睡在某个人心里的。只有一件事放不下啊，她想再见到丁成功，哪怕只说几句话也好。

拐了个弯，那空荡荡的沙滩突然被拥挤不堪的十字街所取代，但拥挤着的不是人群，而是无数的片断，你争我抢、川流不息，简直把她冲得东倒西歪：十四年前第一次在客厅的见面；星期六餐桌上从不发生的对视；他眯起细长的眼睛，报出一串与玻璃有关的化学名词；坚持要买的绿色手电筒；细雨飘摇的十字街上，无数的拳头中，他抱着头不作任何抵抗；师范大学里的手足无措；废弃厂房深处，她察看他的瘀青；他替她进行“男朋友的二选一”；直到最后一个画面，那一粒在彼此嘴中破碎的喜糖……栅栏般的光影里，细节们就像赴宴的精灵，匆忙而吵闹地从她身边裹挟而过。等一等啊，求求你们！仅有的这些记忆，像穷苦人家的空橱柜，简直不堪清点，更如梦幻泡影、如露亦如电……晓蓝左伸右拉，想要挽留着这些瞬间，请它们逗留片刻，可它们却那么没有心肝、那么顽皮地疾速溜走了。

晓蓝奔跑、祈求、寻找，旧照片一般的褐色光线里，看到了，她终于看到了丁成功，以他曾有的那种懒散样子，蹲在转弯口的路牙子边，手里仍旧捏着根烟头，一明一灭的微弱光芒，那张亲爱的面孔却怎么也无法看清，似有大雾阻隔、白绫拖曳，像一滴沉入水中的黑墨，正无可挽留地淡去，带着难舍的永别与祷祝。

晓蓝停下来，站住。她想永远待在那里，沉睡在浓雾与大水之间。

6

晓蓝一直昏迷着，没有任何值得乐观的指征，院方认为病人的自主求生意识处于懈怠与不应的状态；而早产的婴儿则又是另一个未知数，甚至不让家属见面，进出的护士们故意显得匆忙、来不及答话……珍珍每天到医院来探听消息，脸不知怎么的，肿得像个大面团，也不拾掇，浑身邋里邋遢的，走路拖着步子，像带着镣铐一样，见到谁都有些躲躲闪闪，包括对苏琴。她们两个有时一起在监护室，她也离得苏琴几丈远，只缩着脖子哼哼着。

好在，苏琴在事故后显得有点忙，总像只母鸡般一左一右拎着两个塑料袋，里面照旧是韩版仿水晶头花的半成品——她到哪儿都窸窸窣窣拎着这两个袋子，包括在晓蓝床边，一坐下就急忙忙打开袋子，两只手机械动作，好像被什么人逼着要在一小时之后交货。她的表情因此显得有点呆板，不大跟珍珍交流，都没有注意到后者那一反常态的畏缩之状，更没有注意到她那仍旧习惯性高挺却显得异常虚空的胖肚子。

这天，医生查房走后，珍珍再也忍不住似的，突然冲苏琴嘟囔了一句："她真要醒过来，可怎么弄呢?"听她的口气，倒好像巴不得晓蓝一直这样下去似的。

苏琴正对着灯光研究一个水晶花，仔细察看是否有瑕疵，以决定是否继续加工。她没有吱声，显得有点没礼貌。

珍珍往近处又挪了两步，埋下头凑到苏琴跟前，拿起一个为婴儿准备的老虎枕头挡起她自己的半边脸，说话的声音像是在掐自己的脖子："苏阿姨，我一直不敢说，我简直怕晓蓝醒过来，我真不知该怎么跟她说……实际上，这次出的大事儿，跟黑皮有关，跟我的肚子有关。我的肚子……"珍珍绞着手，像一个面对预审团的犯人，"不如，我先跟你说说，算是练习一遍。"

苏琴扫扫珍珍，显然没听明白，但她条件反射般地浑身一紧，眼神迅速挪到晓蓝身上，挪到晓蓝那平下去了的腹部。昏迷者的脸色仍是大理石一般，像是不会再有悲喜与冷热……苏琴却"嘘"的一声，怕吵着她似的，拎着两只大袋子，轻手轻脚把珍珍往走廊外拉去。

消防通道的楼梯上，珍珍坐下来，伴随着狭长空间的空洞回声，她垂着眼皮开始了结巴巴地追述。事情的前后次序她有些颠倒不清，某些不必要的细节上却又流连不前。

黑皮失踪的那个早晨，珍珍给他的手机吵醒。她拿着手机四处乱喊，这才发现：黑皮不在家，同时也想起来，昨天把假肚皮的事跟黑皮说清了。

都是拆迁工地上的人，好像是两个人在轮流打黑皮的手机，嗓门真大呀，他们对着珍珍的耳朵死吼，他们要地下管道图纸，过五分钟，再打，还是要地下管道图纸。他们催啊催啊，说他们等不及地要拆，时间都是卡好的，收管子的下家讲好了下午就出车来拉货的，最好的价钱！无论如何中午就得出活儿！

珍珍特别有耐心地替黑皮接电话，态度好极了，像个被指定的但不够称职的临时秘书："我不是黑皮啊，我是他老婆呀，请问您是？哦，这工程转给您搞啦？图纸嘛，哦，真抱歉啊，不知道呢，我家黑皮，哦不，我是说我家老板也不会有吧？我们也是从别的老板手上转来的，我们黑皮他要有的话肯定会给你们的，图纸我们留着干什么，又不能吃又不能穿的……你说说呢，我们留着干什么，能吃还是能穿还是能卖钱?"直到对方挂了，珍珍还在重复着这些车轱辘话。她是想着，态度越好，黑皮就越不会生她的气了，他说不定就要回来了，说不定就站在门外听着呢，这是他的家，他能去哪里呢，总不能像以前那样，睡到小破饭店里去喝酒吧。

“苏阿姨，你知道水上步行器吗？算了，晓蓝知道的。这个以后再说。我在家里找呀找呀，我刚发现少了水上步行器，外面就炸了，明白吗……啊算了，不谈爆炸。我要说的是关于这个拆迁的活儿。”

珍珍又把时间往前跳了大约一个月。

这个月，黑皮接到一个大活儿，虽然是转手过来的，虽然他所承担的也只是其中的一部分，但已经算是黑皮入行以来最大的一块肉了。

他租了两台液压机、三台铲车，手下近十名手足如犁的工人夜以继日，在新鲜出炉的废墟上蚂蚁一般爬上爬下，钢筋铁丝要的，PV管要的，旧电线电器要的，开关插头门把手要的，木头门窗椅子凳子要的，大梁整砖水泥墩子也可以要的……最了不得的是那曲里拐弯的地下管，奶奶的，厂区到底是厂区，老底子还是厚的，全是一顶一的老铸铁管子，有的还是铜弯头。用早年间丁伯刚的话说，绝对是遍地“真金白银”，真叫人挖得心花怒放啊。

而珍珍的肚子也在这个月达到了最高点，在猪排、牛肉、煎鸡蛋与韭菜盒子等的共同合作下，加上姿势与形态，加上绝对的信心，她那胖肚子还真越来越有样子了，简直像是对未来生活签下的一张幸福保险单。黑皮美不滋儿地瞅着，简直兴奋到屁股蛋蛋上了。

知道吗儿子！隔着毛衣与外套，他得意扬扬地、带着点表演性地对着珍珍的肚子吹嘘，吹得好像他是个最牛的拆迁大老板。你老子手上的这个买卖，儿子啊，我只跟你一个人说——是厂区这里面积最大、废料最多的厂子，烷基苯厂。你听不懂吧，没关系，宝贝儿子，你不要听懂，所有这些乱七八糟的你永远都不要听懂，因为你老子会从地上到地下统统把它们拆得精光！嘿这回你老子可真赚得挺猛！够你到双语幼儿园念几个来回的！儿子啊，你就踏踏实实地，给我长得瓷实点儿，正好等老子干完这一票，你就刚好出来花钱！

珍珍鼻孔朝天，像个女王一样，能多骄傲就多骄傲，压根儿不理会蹲在她肚子下头絮絮叨叨的黑皮……空肚皮怕什么哪，珍珍相信晓蓝，更相信自己，她们两个不是正在商量着的吗？两人加在一块儿，肯定能把所有的难题都解决好的。

珍珍现在又把时间“哗”地拉近，拉到她与晓蓝相互约定的那天，也就是出事的前一晚：……赶着暮色，（她愣了一下，把到丁成功处报“喜信儿”这一段给生生咽了下去，是啊，这个倒没想好，是否要说出来呢？尤其是对晓蓝），赶着暮色，她一路急急忙忙跑回家。

洗过澡，她特地换上件下摆很大的衣服，天气暖和了，一撂起来便露出肚皮——她把圆滚滚的肚皮朝黑皮亮出来了。在工地忙得黑瘦了一圈的黑皮，与珍珍那从未见过天日的白肚皮还真是形成鲜明的对比呢。

“你过来，摸摸我的肚子。”这是珍珍宣布她怀孕以来第一次这么说，了不起啊，她的肚皮一向都是黑皮的禁地呢，最近的接触也要隔上三层衣服。

黑皮有点眼馋，却克制住，他把珍珍的衣襟往下一拉：“得了，别吓着咱儿子。你不总说，我这么臭烘烘的会熏着他吗！再说这能看见啥呀。”黑皮反而往后退了几步。

珍珍只得重新撂起：“你没见过八个月的肚子吗？你好好看，我这像吗？”

“嘿嘿，我还真没见过。不过我知道有的人肚子小，再说你人胖，不显。我懂的！”黑皮又把衣服拉下去。

珍珍不想再启发了：“行了别拉了。黑皮你听好了，我搞错了，我其实没有怀孕，我这里头除了大肠小肠和脂肪，根本没有小孩。我这叫心理假孕，或是想象妊娠，还有个长点儿的名字，叫癔病性腹部膨胀综合征。你可以去问医生，这也算是一种正儿八经的病，想着想着就把肚子给想大了。”珍珍又恬不知耻地亮出肚子。

黑皮眉头向下耷着，想了想，他笑起来：“真是的！闹这一出有意思吗？我知道我最近对你差点儿，可我不就是忙那个大活儿吗？替咱儿子多弄点钱嘛。你放心，我可以以我丈人的名义对你发誓，我最近真的没有再找过一只野鸡！我对你、对咱儿子，那绝对是忠诚的！别闹了，你想要什么就直说！钱不够用？”

“没闹，肚子里真没货，这就是想着让你高兴高兴的。”珍珍小声说。一边用手抓紧桌子，她想，万一黑皮打她的话，不要那么快倒到地上。

黑皮盯着珍珍，表情像老树皮，风吹雨打的坑坑洼洼，慢慢注满了黑乎乎的固执："绝不可能！你还记得我们一起去谢谢那个苏阿姨吧，咱们那天多高兴啊，她也多么高兴啊！还有老丈人，我都去供过酒跟老人家道喜说他要有外孙子了，你怎么能让他们落空呢。而且，你看看我，你看看我这永远洗不出颜色的手，你闻闻我这身上的味儿！"黑皮的眼睛像只小土狗那样，可怜而湿漉漉的，"无论如何，再过一个月，你得替我生下来！我所有的兄弟手下都知道了，我老家所有的亲戚都通知了，这里的左右门面铺都知道了，我黑皮要做爸爸了，这个是不能变的。你还想让我在十字街上做人吗？"

"都跟你说了我是骗你的！"珍珍都有点不耐烦了，他为什么还不揍我呢，痛快下劲死揍一顿不就完事儿了吗？身上是件烂兮兮的人造棉旧衣服，珍珍一用劲，一下子把整个下摆都撕掉了。跟时装模特儿似的，她一下子把衣服给搞成了短打，衣服吊在她的腰上，整个白花花的肚皮像个大牲口似的，"你放心，丢人的事我来做，我明天就会去告诉所有认识我们的熟人。告诉苏阿姨，还有我哥，包括我家老爹，就说我搞错了。这没什么，大家都知道我这个人的，他们不会笑话的。"

黑皮往后退一步，沉痛地伸出手来，远远地在珍珍的肚皮上比画了两下，像在半空中托着一个胎儿："珍珍，我们结婚六年了，一直没有，我本来早就死心了的，嫖嫖赌赌也能混下去，可你，还有你那个苏阿姨，你们是不是串通好了的？又活活把我的兴头给挑起来了！你们这是干什么？”

黑皮忽然笑了，羞耻到极点的表情：“可是，你想想，生儿子这么大个事，怎么骗得起来？你的破绽真多得不得了……”他满脸鼻涕眼泪，神志不清似的，比珍珍第一次在车站小酒店的凌晨里看到他时还惨，“但我愿意信你、必须信你！越信才越开心呢！你知道为什么？因为我不相信你会这么玩我，明白吗？你这可不是骗，而是玩弄，是不拿我当人，是把我回转过来的心肠踩在脚下，还使劲儿地拧啊拧啊。谁都可以这样对我，珍珍你真不应该的，你知道我是吃了多少苦的……”

他抽了抽鼻子，歇一歇，好像又平静了下来，“我的好老婆，你从第一步开始，就应当想到最后一步啊！这下子可怎么办？你把我活活给撕了，你让我不想再看到你了，也根本不想赚钱了啊。咳，我那好不容易的罗氏大地资源公司，还有嘴上这块辛辛苦苦的大肥肉。”

珍珍一直抓着桌子，抓得手都发酸。说实话，她觉得事情进展很顺利，她非常满意，黑皮这不是终于搞明白了吗？至于骗与玩弄，也没什么了不得的区别吧，反正她又没什么坏心。

当天晚上，珍珍听到黑皮打了几个电话，好像是在托付什么事给什么人，语气有些不耐烦。她没敢偷听，破烂上的事，反正也听不懂的。深夜，可能是下半夜，黑皮出门去了，他并没有特意蹑手蹑脚，而是满房间转了几大圈，甚至连阁楼都走到了，然后，他就走了——珍珍多多少少听到了点他的动静，心里想着他一定是气得去找野鸡了，她多多少少也想到要爬起来，可她爬起来又说什么好呢，没什么好说的。这些日子，除了谈孩子，他们没别的好谈，而现在，孩子没有了！她的资本也就没了，还不能让人家出去松快松快？再说，她多久没有睡得这么香了啊。一个人，只有说了实话之后，睡觉才真的叫睡觉！舒坦得根本就不想动弹……

“苏阿姨你说，要是我那晚上不睡那么死，要是我晚一天或早一天跟他谈这事儿，事情就不会这样了。所以，你看……”珍珍把两只手平摊在大腿上，不停地摩挲，把裤子理得十分的平整。突然，她想起什么，伸手抽出垫在屁股下的小包，从里头翻出个烂兮兮的信封，又从信封里抽出张薄薄的纸，是从病历上撕下来的一张，她嗫嚅着：“其实……我以前到医院查过，有点小问题，叫子宫壁不附着。”她展示着，如同出示证据，一边紧盯着苏琴，像要讨个罪名，最好能判她个一棍子到底的死刑。

这些天来，一直绷着、一直冷淡地忙着活儿的苏琴却猛地有了表情，好像珍珍这么一来反而触动了她内心里罪与罚的一连串机关。她一下子扔掉那些韩版仿水晶头花，几乎是从另一级楼梯上爬过来般地上前拉起珍珍的手，轻轻按着后者那依然肥硕的肚皮，层层叠叠的道歉一下子成了她的专利，是她替自己所挣得的台词：“珍珍你千万别这么想，该怪我！根子全是在我这儿！我这个没用的老东西，你晓得的，自己两个孩子都被我带坏了不说……嗬，一心以为总算能帮到你呢！我没想到你是真的怀不上，还自作聪明地掺和进去、教训黑皮，这反而让你骑虎难下了不是吗！唉，还有你哥，你想，如果一开始我替他找上工作了，他又怎么会去搞那么个啥都不是、让人笑话的‘玻璃屋’啊……我真对不起你们老爹！这些年，我是从头到尾就没有做对过一件事啊。珍珍，好孩子，你能想象出我心里现在这滋味吗!”

苏琴检点着陈年烂谷子的往事，进行着各种原罪的推理与联想，似乎她在每个人那里都欠下一笔账，衰老的喉音夹着痰与口水，没完没了。

7

……好像拉开被寒夜冻住了的沉重栅栏，晓蓝费了很大的劲，才睁开眼，头昏，耳朵里轰轰的，闭上，再慢慢用力地睁，世界歪斜着，一堆缺乏轮廓的影像，并隔着许多层的脏玻璃，远远地，依稀看到一个胡子拉碴的男人面孔，有一瞬，她以为是丈夫黄新。

她记起来了，那天跟珍珍分手之后，也就是出发去往玻璃屋的前一个晚上，在租住的小屋里，她曾花了足有三小时的时间，给黄新的邮箱发了一封长信，同时也在硬盘里留了个备份。是啊，这信，真也算是写给自己的，详解她的自私与冷酷，坦承她对物质和情感关系的错误处置，以及推翻与重新取舍；她写到死去的爸爸，也谈及珍珍，更写到丁成功，用了太多的、简直刹不住的篇幅……总的来说，信写得非常之生涩，像是在用一种异国的语言，毕竟，这是向四年的枕边人，第一次交代出这样一个如旧物深埋却又新鲜出土的自己——这对黄新来说，算是闻所未闻，他肯定会接受不了的吧。但她想，到最后，在时间的帮助下，黄新会明白她的意思的。也或者，早在那个受孕的凌晨，他便已明白了。婚姻的好、不够好，坏、不太坏，他心里必然也是一清二楚的。再说，等他回来，事情当已更为明朗了——她知道黄新到外地参加一个招标会了，顺带着要考察几个周边项目，起码得十天之后才会回来，才有空理会到这封私人邮件，那样最好，大家都可以从容处之……

只是，孩子呢？孩子在哪里？晓蓝记得自己在信的最后与黄新谈到孩子，她本可以不告诉他，但是她想，就算分居或离婚，他有权利知道……晓蓝急了，使出很大的劲，像扛起一根沉重的义肢，小心翼翼地把手推向肚皮，她惊惧地发现，那里平坦如一片贫瘠的碱地。

她张开嘴，忽大忽小，又开又合，她不知道，她全力以赴所发出的声音只如蝴蝶在扇动翅膀，嘶嘶嘶。

“什么?”胡子拉碴的男人凑到枕边，声音嗡嗡的，像坏掉的高音喇叭，晓蓝需要费力辨认，“呃，你先等一下……”他有些犹豫地说。他的眼睛像头顶上的黄灯泡，水盆里晃动的彩色倒影，从若干年前的深夜里看过来。晓蓝认出来，这是弟弟晓白。

她向亲爱的弟弟伸出手，努力了很久，而晓白也从远处伸手过来，隔着好几条大街似的，终于，她够着他了，肢体在麻木与酸胀之中，仍可以一下子感觉到，晓白不一样了，不仅是多出一下巴不太整齐的胡子；他的眼神、手的力度，跟不久之前的那个深夜他们拥抱时，有点不同了。

大概吧，晓白是有了一些变化。

爆炸发生之后，他一直穿越于几个并行的、截然不同的空间——女人们的软弱、不可靠出乎他的预料，珍珍与妈妈两个，像瘫子一样，跌坐在随便哪里的地上，没日没夜地相互检讨、后悔，不肯吃饭睡觉，她们散漫、失去理性、抓不到重点，根本别指望她们帮上一点实质性的忙。

晓白不得不成了唯一的主心骨，新亡者的后事、玻璃屋的清理、婴儿的抢救方案、与医生谈话并签字、点着头听那些表示同情的雷同的话、接受官方关于某些细节的反复询问、与赔偿小组核对一些无聊的冰冷的数据……快到晚上，他来医院替换女人们休息，坐在晓蓝的床边，疲惫的瞌睡中，他倾听昏迷者的呼吸，一边惊奇于自己的混沌，简直像个石头似的，真的，他甚至都还没有掉过一滴泪。

他倒是很希望自己能哭一场的。他记得自己动不动就两眼泪汪汪的，在哭泣中，他会感到世界更柔和一些，尽管妈妈和姐姐都最讨厌他这一点。可是，关于这件事，他却总没有想好：他应当怎样哭，应当哭什么？坐在晓蓝病床前，他继续地想，一边不认识似的盯着自己的两只脚。

爆炸发生前，他的这两只脚有点不雅地搁在电脑架上，键盘夹在膝盖间，正在线上与几个讨价还价的家伙纠缠，弥漫了整个十字街的浓香及随后的巨响突然让他的显示屏一阵剧烈地抖动，继而黑屏。他悚然一惊，扔掉键盘，像警觉的狗一样四肢着地趴到地上，以一个最快的速度从床下拖出那堆旧兮兮的练习簿，紧紧搂在怀里，他只怕这些练习簿遭到不测。这末日般的担忧那么强烈，他甚至想象着他将遭遇意外、远离人世。这假想让他热泪盈眶，略感安慰的是：曾经隐瞒的事，他已坦白了。

本子边上，便是丁成功的那几包衣服，这让他一下子从伤感中清醒过来，后脑勺发凉。两只脚以最快的速度跑出门去，跑过许多毫无意义的画面，跑过空白的惊惶，跑过在空中翻飞的塑料韩版头花，他没想到自己竟能奔跑得这么勇猛、粗鲁……终于，他的两只脚踏入了玻璃屋的废墟，它们一前一后地踢里踏拉，如在深水里前行。那个曾经堂皇的玻璃屋呀，当初看起来那么透明的、像是啥也没有的空架子，但它们化成的玻璃屑子竟是这么的厚，像是人世间所有沉重的灰色阻力，他的裤脚与鞋子很快被割得丝丝拉拉。

……看到了，丁成功躺在最里面的一排玻璃墙砖下，曾经被他擦拭得纤尘不染的那些玻璃现在被不均匀地染上了殷红的血。丁成功只穿着背心的上身，仍然健硕得像那个多年前的清明。那一天，他脱下外套，有力地铲着泥土，把它们撒向坟顶上的青草。晓白忽然注意到，有块被血浸红的抹布像只张开双翼的鸟一样覆盖住了丁成功的左腕，好像盖住一个微弱的、请求原谅的留言。

晓白犹豫着，迟钝地把眼珠挪向丁成功的右手，那儿有一片不规则的三角形玻璃，钝角安详地卧于他的巴掌之间，而锐角的那头，则像丹顶鹤的顶，厚厚地凝结着一层颇为华丽的晶莹。

这些天来，在做“主心骨”的同时，晓白脑子里有个单独的角落一直在强迫运转，不停、不停地想着丁成功这最后一个画面。不会真的那样，没准儿只是个巧合，那准是个自然而然、无须思量的闪电一瞬，丁成功不过是与他的玻璃合为一体而已……而妈妈与珍珍之间那些重复的、含混的呜咽与自责，总像讨厌的小虫子那样嗡嗡缠绕在他的耳边。他假装只顾着在病房内外来回奔走，可他自己知道，他的脚步一直都在发抖，得用很大的控制力，才能闭紧嘴巴，才能咽下嗓子眼不停涌上来的一阵阵辛辣：关于丁成功之死……他真想告诉眼前这两个哀苦中的女人！不，闭嘴吧，说出来或是不说出来，都是不公平的，又有什么意义？最多让她们的悲哀从东边转到西边而已！再说，自己又敢不敢像她们一样地大声承认，一开始的起点是在他那里，从他孤独的练习簿出发，丁成功跟晓蓝之间才一步步弄假成真的。真要排个先来后到、抢个座次，他真该坐头把交椅才对。

啊不，打住，别像个只会哭泣和悔恨的女人……最起码，在想清楚这些事之前，晓白不想让自己哭，也不想与任何人谈，尤其是晓蓝。那么，晓蓝醒来的话，他倒先说些什么才好呢。

然而，他倒糊涂了，直到终于听清晓蓝嘴里吐出的第一个字，他才记起来，晓蓝现在是一个妈妈了，她醒来后最先索要的，是孩子！这真太好了。

晓白把婴儿抱起，展示般地高高举到手上，他把与晓蓝的第一个对话权让给了女婴。

——这个命硬的婴儿，在那个酷烈的街头，由于母体的惊吓与昏厥，她在提前收缩的子宫中开始翻滚，伴随着破裂的羊水与黏糊糊的血水来到了尘雾弥漫的十字街。她粗拉拉地跌落在马路一侧，后背有几道擦伤，左下肢的软组织中度拉伤，呼吸道受到感染。而那个非妇科专业的医生在紧张中把她的脐带结打得也不太漂亮，她可能因此很不高兴，故而一直紧闭双眼、气息微弱，像闹脾气似的，插呼吸机和拔呼吸机那两个关口，她都差点儿又要回头做小天使去了……但最终她还是留下了，到第六天，她终于握着拳头强健而愤怒地闹上了。护士们、苏琴、珍珍、晓白，他们轮番上阵，轻轻摇晃、喂奶水、哼歌，一概无效，她就是啼哭不止。没办法，医生同意把她带到仍在昏迷之中的晓蓝怀里。女婴胜利地、小规模地抽噎着，并神奇地凭着本能把她的嘴往晓蓝的乳房上拱……就在此时，晓蓝像是有所感应，艰难地动了动眼皮，轻轻叹息着，走出了那片荒凉的孤独沙滩。

晓蓝看着婴儿……看看，她的脸蛋真干净得像个小菩萨。可是，很快的吧，她也将一步步踏入严酷的人生，她会跌落于短暂的爱，会沉湎进轻浮的泡沫，被各种欲望所威胁与绑架。毕竟，她将要交给宝宝的可能会是这样一根汗水淋淋、黏糊糊的接力棒：被质疑的身世、经不得推敲的自尊，可能比妈妈的妈妈更加喜怒无常的妈妈，当然，还有浊水流淌的十字街区，以及对这些街巷的爱与憎恨。新一个轮回。看看，出身与阶层、奋斗或失败，这些老问题永远不会消失！

晓蓝感到了枝条抽打般的疼痛。老天爷啊。苏琴女士的话一句没错，在此之前，晓蓝从来没有体验到这种滋味。一个做妈妈的，在宿命的局限前可以面无惧色，并予以真刀实枪的搏击，却会因为对孩子的哪怕是最无奈的牵连而懊恼难当。

晓蓝看到窗台上有一只遗落的水晶头花，其人造光芒在阳光下发出瑰丽的色彩，像是永远淌不出来的泪水。她现在多么、多么佩服这枚假水晶头花的加工者，那位踉踉跄跄坚守私人道德权益的苏琴女士。没有关系的吧，也许没有那么糟，可以向她学习！再说，不是早就带宝宝淋过大雨的吗？她一定可以凌越这没有庇护的生活的——颠沛流离、最为顽强的犹太人有两句很简单的话，子子孙孙相传：1. 本来就是这样。2. 都会好起来的。

……晓蓝不熟练地亲亲女婴，然后用很长的时间轻轻抚摸着婴儿稀疏的、发育不全的毛发。她要了面镜子，看了看左腮上不大平整的伤疤——划过小半片腮，呈叉形，尾部弯曲着上扬，如同一个拉丁字母。算是破相了。她摸一摸，竟有点喜欢上了这个疤，甚至都嫌它还不够深、不够丑的。

晓白在一边默然地等着，毕竟，有宝宝这么过渡一下，像是已经替他铺好了走向事故核心的地毯，再缄默下去就反常了。可晓蓝表情一直相当平静，可能也是有点排斥，除了关于宝宝的身体，其他什么都没问。

直到晓白要走，晓蓝才像是很随意地：“你等会儿替我回去一趟吧，就在我的床头，有个绿壳的小手电筒……下次替我带过来，我习惯一直放在床边的。”

晓白没动，他知道那个绿壳手电筒，没想到晓蓝一直留到现在。她这么一说，他知道，什么都不用说了。

算算看，有十三年了。十三年前，他们四个小孩一起逛夜市——像是从很远的地方看那个夜晚的背影，晓白清楚地看到，破衣烂衫的人群中，他们四个若即若离的背影，像是一幅技法不太高明的传统版画，深浅过渡的单色套印，局限在那个寒酸的画面里。他们那样“奢侈”地尽情玩乐，吃雪糕、羊肉串、打气枪，投套圈。珍珍买了眼影和腰带。晓白挑了魔方和鱼皮花生。丁成功坚持买给晓蓝，而她涨红着脸不肯要的，就是那个绿色小手电筒。

晓白点点头，一边从晓蓝怀里抱出女婴，小小的身体温热香甜，却突然间让他感到无比沉重，压得他胳膊一抖，肌肉的记忆闪现，他想起曾经抱过的另一个身体。他小心地替他遮住左手腕，从玻璃屋里抱出来，抱着他走向十字街，走过他玩桌球、买烟、逛夜市、跟人打架的整条十字街……他那么强壮、曾经让晓白羡慕不已的躯体啊，抱在手中，却那么轻，让晓白感到眩晕而飘零。

宝宝，小宝宝啊。生命到底是什么。晓白发现自己终于哭出来了，世界在泪水中再次变得柔软、湿润，令他感慨，唉，那逝去的，沉重得那么轻，这将来的，却又轻得这么隆重！真让人吃不消啊！晓白紧紧搂着女婴，流畅的哭泣中恍然感到一阵陌生的奔腾感，并涌上一个羞涩但确切的愿望，最起码，为了这个怀抱里的弱小生命，他要全力以赴，做一个像样子的男人……嗯，是的，男人。狗屁的或他妈的心理医生们，别了。

晓白凑近沉睡的女婴，心酸地嗅闻她无邪的芬芳："对了，我那里有些小孩子衣服，它们有点旧，而且还是一个男孩子的，但是，听话，你一定得穿穿！认认真真地穿。"

门外，响起了珍珍拖沓的步子，还有苏琴窸窸窣窣的塑料袋声。晓蓝知道，她们要进来了，多余的温情一幕就要开始了：满目疮痍之后的相互搀扶，争抢着对罪过进行大包大揽的粗暴瓜分，重复些明知无用的假设与抚慰……亲爱的亲人们啊，不必这样的，爱永远都是无辜的，也是无法追溯的。再说，我们难道是温室的小花小草吗？想想看吧，我们有杯中物的失忆策略，有珍珍的傻瓜哲学，有胖晓白的软弱法则与妈妈的私人道德经，当然还有了不起的玻璃原理。想想看，有多少种独家专利般的方法可以把苦痛尽情地搅拌、发酵，直至变为甘浆啊！

晓蓝侧头看看枕边，那里现在空着，但她可以清晰感受到那只绿壳手电筒透明的存在。这些年，她并没有什么需要真能用上它，但她一直记着殷勤地更换里面的电池，推动上面不太灵光的小揿钮，检查是否坏掉。夜市的劣质货，被小心地保养着，以确保它须臾不离的陪伴。

窗外，厂区的天空沉闷地飘动着几片灰色的云朵，像是几块不够洁净的大玻璃，她似乎看到，丁成功正站在那里，手里拿块白抹布，不紧不慢、极有耐心地擦拭着，像擦拭他留在人间的最后一点记号。

8

他们两家所有人的最后一次相聚是在长江堤岸上的野地里。

这天稍早的时候，伴随着远方走了音的汽笛，他们在长江边送走了丁成功，随之流入江水的还有丁伯刚那一直没有安置的骨灰，还有提前两年从石岗骨灰寄存处取回的晓蓝爸爸的骨灰。

这个江水为葬的主意是晓蓝出的，她相信，逝者们会喜欢的——这条浑浊的河流，是他们所见过的最长的河，排泄物最多、繁衍物最多的河，也是最为活跃并经常导致水灾泛滥的河，除非地球干涸、末日到来，应当都不会出现丁伯刚所担心的拆迁或迁移问题了。

珍珍和苏琴一起，用不听使唤的手，笨拙地把红绸布的包裹解开，慢慢地松散，听凭其散落。最后，她们手一松，三块红绸布都落入了奔流的江水，旋即翻滚着消失了。

晓白眯眼瞧着翻滚的江水，瞧着一下子就消逝掉的红绸布，那里面，除了爸爸、丁伯刚、丁成功，还有他悄悄放进去的、已经变作灰烬的练习簿——

晓白不知这念头是怎么冒出来的。就在昨天的傍晚，他到处找打火机，一会儿又嫌打火机太轻浮，便又四处找火柴，却又挑剔着火柴盒的花纹与火柴棍的长短，试了好几根，观察火苗的色泽与形状，玩了好一会儿，最后才像是饶有趣味地亲手点燃所有的练习簿。到底只是纸啊，一点就着，真好烧极了，简直让人以为那么多日日夜夜也是这么一晃而过似的……

黄昏的风像多管闲事的人那样围拢上来，不知生命将尽的练习簿们无知地在风中翻动着它们的页码，复习着曾经熟知的段落，并制造出呛人的黑烟——晓白屏住呼吸，小心地用手掬起温热的纸灰，感到耳边风声呼啸，自己正像个飞人似的跑步穿过他的哺乳期与青春期。

苏琴走近来从晓蓝怀里抱过宝宝，脸色带点涩意："我知道你一直忘不掉你爸爸，我跟你一样。可是……我后来也喜欢丁伯刚了。你别怪我，这不矛盾。"晓蓝心中一动，她知道妈妈说的是实话，但这肯定语有所指。妈妈果然又接着往下，强作自如，但显然不自信于她将要说出的内容，"所以，我想劝你一句，丁成功与黄新，其实也不是那么矛盾的。日子终归还是要往前过的，只要你诚心诚意的，对吧。"

晓蓝点点头，没吭声。她有点走神，正痴迷于眼前这江水……

当然，黄新提前从外地赶回来，第一时间就见过了她，确认了母女的平安——他那理所当然的愤怒、后怕而庆幸的样子，让晓蓝想起了他们共同岁月中较好的那一小部分。也可能，是婴儿的存在，调和了她固有的感受。当黄新抱起婴儿，她承认，那个画面，是不坏的。黄新提到那封信，说他“不大赞同，但很喜欢”，并正在写一封同样长的回信……观察着她的表情，黄新用商量的语气提出是否可以由他来替宝宝取个小名儿，甚至还提出来要参加今天的江葬。晓蓝努力了，但最终只是接受了前者。她并非刻意要排斥黄新的善意，只是身体里那股强硬而逆反的气流，还像腊月里的寒风那样凄凉地呼啸着。她不知道，内心里这冰冻三尺般的阻隔，何时才会迎来和煦春光，获得解冻般的流动……再说，唉，黄新啊，他大可不必过多地诠释或勉力申辩——从社会进步的角度来看，尽管饱受责难，但欲望或功利本身仍然是无辜的，甚至是必需的构成与动力。这是晓蓝早就明白的常识，就像她明白自己一直以来所持有的傲慢与偏见。

唉，倒是好好看看这江水吧，这么滔滔，这么浩荡，从高洁的源头奔流万里，一路裹挟至此，不管承载了什么或是沉没了什么，从不骄奢与自伤，它跟时间一样的强悍而宽大，值得人类去崇拜。只是晓蓝不知道，她能不能追随上它们的节奏与气魄，把往事与阴影付诸东流，毫无惧色地只管继续与命运搏击。最起码，丁成功是这样期望着的吧。

……在她刚刚苏醒过来的那天，珍珍故意磨蹭到最后一个离开病房，肿着眼睛支吾着补充：“呃，晓蓝，还有个事。其实那天我们分头之后，我先去跟我哥去报了个信儿，把你的想法通通跟他说了。嗯，不管怎么说，他已经知道你的心意了。”

“那他?”晓蓝从床上昂起身子，感觉到一层黑色的面纱，正往她的头上覆盖，全身一阵异样的麻刺。

珍珍想起哥哥以手遮脸的样子，他那绝情般的答复：“我不会接受的。我不会让这一切发生的。”珍珍骤然紧张了，心里咚咚直跳，老天爷啊，她难道不该说吗？珍珍移开眼睛，假意抚弄起婴儿的小手指：“我哥嘛，你知道的，当然，他高兴死了，说他热烈欢迎啊，欢迎你和你肚子的宝宝入住‘玻璃屋’。”珍珍说谎的才能全在假肚子上耗光了吧，这真像一句蹩脚的酒店欢迎词呀，毫无生气。

面对珍珍那溺水者般的急迫眼神，晓蓝忙点点头表示她对此举的释然与谢意，可她整个耳朵整个头脑里啊，猛然涌上秋蝉的嘶声鸣叫，却又夹杂着深巷里的梆子，一声紧过一声。对了，这就对了，早该想到的。丁成功一定不会接受她的回头，他会不顾一切地维护她既有的物质与功利生活，并严厉地要求她勇往直前、永不回头。这是爱的基本原理，更是他和她所在阶层的共同本能。他以此作为他最后的赠言。

也好。晓蓝阻止自己再想下去。江风清冽，略有腥气。汽笛声鸣叫，一艘暗绿色的旧轮船杳然远去。

“我们的人生就是一个被艰难包裹的人生。对于这个人生，回避是不行的，暗嘲或者堕落也是不行的，学会生活，学会爱，就是要承担这人生中艰难的一切，然后从中寻觅出美和友爱的存在，从一条狭窄的小径上寻找到通往整个世界的道路。”这是里尔克说过的话，晓蓝大学时曾经抄写过，在四处翻找真丝巾的那个慌乱而无比幸福的上午，她刚好看到了其中这一段。

是的，要学会爱……这个再也没有了丁成功的人生，仍将一如既往地渺小、残缺，她会孤独而愤怒地继续与各种欲望谈判、博弈、斗争不止。命运本就是无解的困境，生而局限、胎记丑陋，在永远超越不了的世俗之路上苦苦跋涉，奔向明知虚妄的尽头。

但这些并不可憎吧，这正是生命奇崛、骁勇、充满活力的所在，那蜂蜜与胆汁的滋味，值得我们细细吮吸或囫囵吞咽——并且一定记得，要学习爱、要创造爱，这是不可违抗的责任，因为我们仍然活着，并一口接一口，呼吸着这个庞大的世界。

江葬后他们像游客一样在堤岸边站了很久，晓白像是心有所动，提议不如就在此地来一次野餐吧怎么样！大家响应，随后分头到附近采买。也许，都是想起了十多年前那个郊游般的清明吧。那一天的六个人，全都像喜剧一样的明亮、活泼——如果真的再来一次聚餐，没有比这大江边更合适的了。曾经的老房子们都已不存在啦。只有这儿、只有此刻，可让生者与逝者共享。

天色渐迟，仓促的野餐有点简陋，只是切片面包、盒装牛奶和一些水果，花纹难看的餐布也有点嫌小，可他们毫不在意，他们所看到的，好像还跟多年前的星期六晚餐一样，消逝了的暖色灯光之下，满桌子的盆盆罐罐五颜六色——这是正式分手十二年之后，两家的第一次团聚。他们仍然按照原来的习惯那样坐着，丁伯刚的地方，珍珍放上了她刚才舍不得祭到江里去的陶杯。小婴儿的摇篮上挂着几个彩色的气球，她理所当然地占有了丁成功所空下的位置。想想看，真要让黄新来的话，这小小的桌布，简直就显得太拥挤啦，只能等下一次再说吧。

珍珍突然假装干咳着清清嗓子，那架势活像是高级晚宴上有人用金叉子敲高脚酒杯，等大家盯着她，她又担心吓着谁似的，挨个儿扫了大家一圈，有点惭愧地嘟囔着：“嗯，我东西都收拾好了，打算出去找黑皮——嗯，有公安局给我出路费呢，他们说了，倒手这事儿的人太多，黑皮不算最要紧的，要能主动回来，会再判得轻点儿。你们别担心，跟他当初一样，就沿着大公鸡地图的肚子，一个城市一个城市地找，凡是有水的公园，我去打听，他准在其中哪个地方，穿着泡沫大脚丫子在水面上走来走去……估计他什么都还不知道呢。”

晓蓝拍拍珍珍的宽肩膀：“放心去吧，但要早点回来，这宝宝的命是你拦下的，你是我姐、是她大姨，可要管到底的！”晓白咬下一口干巴巴的面包，使劲儿咀嚼。这是他第二次听到晓蓝喊珍珍为姐姐。多年前的画面在眼前交迭：两家六个人，在那早已不存在了的电子管厂职工公寓里初识，木偶戏般的狭窄舞台上，他们枯树似的站在各人的位置上，站在被命运指定的圆圈里，生分地相互问好，对未来的一切毫不知情。

有人往江水里扔了一些面包，几只饥饿的江鸥在低空飞翔中争抢分食。暮色渐渐浓重，像是一件巨大的衣裳那样松松地罩住他们，他们彼此坐得很近，表情却都朦胧不清。

图书在版编目(CIP)数据

六人晚餐 / 鲁敏著. — 2版. — 北京 : 北京十月文艺出版社，2017.5
ISBN 978-7-5302-1676-7

Ⅰ.①六… Ⅱ.①鲁… Ⅲ.①长篇小说—中国—当代
Ⅳ.①I247.5

中国版本图书馆CIP数据核字(2017)第066865号

六人晚餐
LIURE N WANCAN
鲁 敏 著

出 版 北京出版集团公司
北京十月文艺出版社
地 址 北京北三环中路6号
邮 编 100120
网 址 www.bph.com.cn
发 行 新经典发行有限公司
电话(010)68423599
经 销 新华书店
印 刷 北京天宇万达印刷有限公司
版 次 2017年5月第1版
2017年5月第1次印刷
开 本 880毫米×1230毫米 1/32
印 张 11.5
字 数 240千字
书 号 ISBN 978-7-5302-1676-7
定 价 36.00元
质量监督电话 010-58572393
如有印装质量问题，由本社负责调换。

版权所有，未经书面许可，不得转载、复制、翻印，违者必究。